늙은이들의
가든파티

늙은이들의 가든파티
© 한차현

1판 1쇄 발행 │ 2021년 8월 20일

지은이 │ 한차현
펴낸이 │ 정홍수
편집 │ 김현숙 이명주 임고운
펴낸곳 │ (주)도서출판 강
출판등록 │ 2000년 8월 9일(제2000-185호)

주소 │ 서울시 마포구 동교로 17안길 21(우 04002)
전화 │ 02-325-9566
팩시밀리 │ 02-325-8486
전자우편 │ gangpub@hanmail.net

값 14,000원
ISBN 978-89-8218-281-5 03810

한차현 장편소설

늙은이들의
가든파티

강

차 례

늙은이들의 가든파티 _ 7

발문 누군가의 하얀 얼굴이 유령처럼
       펄럭 눈앞을 스쳐가고 | 김도연 _ 347
                              작가의 말 _ 352

이 소설의 독자는

이 소설을 읽는 순간에만 존재한다

✣

자기 자신을 아는 일은 위험하다.

—루 리드

———

문이 열리고 한 사람이 들어선다. 책상 앞에 앉은 남자가
고개를 든다. 입가에 밝은 미소가 번진다.

오늘이군요. 드디어 오늘.

38일 동안 하루도 빠짐없이 만나온 얼굴이다.

앉으세요.

닥터 이어(Year)라고 했다. 64세라고 했다. 4년 전 의료계
에서 영구 퇴출되었다고 했다. 집행유예 2년 형을 선고받았
다고 했다.

오늘이 마지막이에요. 아니다, 시작.

......

기분이 어떤가요.

한 사람이 조금 수줍어진다.

잘 모르겠어요. 솔직히.

그럴 수 있지. 잘 모를 수 있지. 당사자니까 더더욱. 하지만 괜찮아요. 기분이라는 거, 차차 알아나가면 되는 문제니까.

……

참 많은 순간들이 지나갔어요. 팀원들이 밤낮없이 고생했고 무엇보다 차연 씨가 그랬고. 모두에게 힘든 시간이었지요. 모두가 처음 가는 길이었지요. 길 없이 낯선 길을, 우리들 스스로가 사상 처음으로 만들어나갔지요.

짧게 자른 은발. 마른 뺨에 보조개 주름이 길게 파인, 나이보다 젊어 보이지도 늙어 보이지도 않는, 요컨대 64세 남자의 것이라기에 대략 납득이 가는 얼굴. 마우스 스크롤 휠을 검지 끝으로 긁으며 모니터 위 글자들을 중얼중얼 읽는다.

우리가 해냈어요. 우리가 틀리지 않았어요. 거의 모두 정상 범위 안에 형성되어 있는 이 수치들을 보세요.

차연이 무슨 말이라도 해야 할 것 같다.

"기분이 어떤가요."

처음 들은 언어 역시 그러했다.

"걱정 말아요. 혼란스럽겠지만 조금만 참아요. 아무 걱정할 필요 없어요. 대신에 몸에 집중하세요. 어디 불편한 데는 없는지. 춥거나, 덥거나, 가렵거나, 숨이 차거나, 어지럽지 않은지. 귓가에 낯선 목소리가 들려오지는 않는지. 방향감각에는 별 이상이 없는지. 출입문이 왼쪽에 있었는데 어느 순간 오른쪽으로 바뀐 것 같다든지."

시간 참 빨라요. 함께 생활하면서 우리가 매일 나눴던 대화, 기억하죠?

안경 너머 닥터 이어의 눈이 반짝인다. 눈물은 아니다. 눈의 물은 아니다. 앉은 채 의자 바퀴를 질질 끌며 책상에서 돌아 나온다. 차연의 두 손등에 두 손바닥을 얹는다.

눈을 감습니다.

눈을 감는다.

숨을 천천히. 들이마시고 내쉬는 호흡에 집중하면서.

숨을 천천히. 들이마시고 내쉬는 호흡에 집중한다.

'지금의 내가 다름 아닌 나 자신 같은가'에 대한 질문이에요. 그러한 확신이 또는 의심이 대략 1부터 8 사이의 어디쯤에 해당하는 중일까요. 가장 확실하면 8, 가장 의심스러우면 1.

지난 38일 동안 정확히 34차례 반복되었던 질문이다. 3이라고 한 적도 있었고 4라고 한 적도 있었다. 2나 5를 말한 적도 있었다. 기억컨대 1과 8을 말한 적은 없었다. 어떤 대답이건 뱉어놓고는 늘 어정쩡한 가책을 느꼈다.

그게, 조금 헷갈려요.

차연이 감은 눈을 뜬다. 오늘이 마지막이다. 또한 시작이다.

다름 아닌 나 자신이란 누구일까. 도대체 누구일까.

엄청난 농담이군요!

닥터 이어가 눈을 크게 뜬다.

자기 자신을 아는 일은 위험하지요. 극히 위태로운 일이지요.

차연이 여전히, 무슨 말이라도 더 해야만 할 것 같다.

어쨌거나 고생 많았어요. 저 또한 잊지 못할 겁니다.

뭔가를 건넨다.

이제 시작하세요. 삶을. 멋진 삶을. 장차 얼마나 많은 시간
이 더 주어질지 우리 모두 모르는 일이지만.

봉투다. 붉은 편지 봉투다. 얇고 묵직하다.

그리하여 부디 최고의 이유와 만나시길.

이유와 만난다고요?

그렇습니다, 이유. 차연 씨의 이유. 차연 씨만의 이유.

이유라.

혼란스러울 거예요. 어디서부터 어떻게 시작해야 좋을지
난감한 순간이 많을 거예요. 당연히 그렇겠지요. 처음이니까.
모든 게 처음의 처음이니까.

차연이 혼란스럽다. 받아든 것을 주머니에 넣는 게 좋을지
계속 손에 들고 있는 게 좋을지 몰라 난감하다.

하지만 두려워 말아요. 조급해하지도 말아요. 적응은 사람
아니라 시간이 하는 거예요. 25년 만에 교도소 담장 밖 공기
를 처음 맡는 출소자도 있어요. 어미의 몸 밖으로 나온 지 20

분 만에 버스터미널 화장실에 버려지는 신생아도 있고요. 그리고 차연 씨는, 이제 겨우 스물두 살이니까.

제가요?

잘 가요. 내가 드릴 수 있는 도움은 여기까지입니다.

닥터 이어가 일어선다. 차연이 따라 일어선다.

자부심을 갖도록 해요. 차연 씨는 우리들 모두의 이유예요. 차연 씨와 함께했던 시간에 대해, 우리 모두가 대단히 자랑스러워하고 있다는 사실 잊지 마세요.

✛

건물 외벽에는 누군가 매달아놓은 플래카드가 바람에 너풀거리고 있었다.

'당신의 삶을 리모델링해드립니다.'

　　　　　　　　　　　　　—조해진,『한없이 멋진 꿈에』

─────────

2시 35분. 거리로 나선다. 미간이 절로 찌푸려진다. 강렬한 오후 햇살 때문이다. 아직 완벽하게 적응 못한 시각 때문이다.

숨을 들이마신다. 살아 있는 엄청난 것들이 폐부 한가득 들어찬다. 아찔하다. 8차선 찻길 위를 분주히 오가는 차량들의 엔진 냄새. 가로수 사이를 걷는 행인들의 옷에서 흩어지는 섬유 유연제 냄새. 길가 어느 카페에서 열심히 볶아대는 커피 냄새.

햇살 쏟아지는 거리 속으로 천천히 걸어 들어간다. 상상 속에서 숱하게 만나왔던 순간이다. 한 발, 또 한 발. 누구의 도움도 없이 자신만의 무게와 속도와 균형감각에 집중한다. 걸음을 옮길 때마다 서로 다른 방향과 형태로 작동하는 팔과 허리와 허벅지와 무릎과 발목의 움직임을 머릿속에 새긴다. 대단히 정교한 신체 메커니즘을 온몸으로 받아들이고자 노력한다. 어색하다. 잡힐 듯 말 듯 어딘지 어색하다. 높이 때문이다. 평생 소형 승용차만 몰던 운전자가 차체 높은 대형트럭 운전석에 처음 앉는다면 지금과 같을 것이다.

38일의 매일 적지 않은 시간을 몸에 집중했다. 눈알을 좌우로 아래위로 빠르게 움직이는 동작. 손가락을 하나씩 펴고 구부리는 동작. 입술을 오므려 빼고 짧게, 길게, 크게, 작게 휘파람을 부는 동작. 고개를 좌우로 아래위로 돌리는 동작. 양팔을 크게 휘둘러 원을 그리는 동작. 오른팔로 왼쪽 뺨을 두드리는 동작. 왼팔을 목 뒤로 돌려 왼손으로 오른쪽 귀를 만지는 동작. 크고 작은 물건을 집어 들고 목적한 장소에 옮겼다가 다시 제자리에 갖다 놓는 동작. 개중에 가장 많은 시간을 집중한 동작이 바로 걷기였다. 자연스럽게 걷는 일. 보다 자연스럽게 걷는 일. 주어진 신장과 체형에 맞게, 상체가 흔들리거나 무릎이 이상한 각도로 틀어지거나 보폭이 너무 벌어지지 않게, 일정한 속도와 자연스러운 움직임으로 걸음을 옮기는 일. 쉬운 게 없었다. 처음에는 대체로 그랬다. 시간 지나면서는 익히지 못할 동작 또한 없었다. 그 외엔 달리 방법이 없었기에 어디까지나 견딜 만했으며 적응할 만했다.

걸음을 멈춘다. 여태 걸어온 길을 돌아본다. 저편에 해나루 빌딩이 보인다. 순풍에 부푼 돛 형태의 은회색 외관. 엇비슷한 크기의 빌딩들 사이에 가려 있지만 그 모습을 못 알아볼 수는 없다. 꽤 오래 걸었다고 생각했는데 고작 3백여 미터를 벗어난 참이다. HM재활클리닉이 입주한 7층. 그 높이까지를 어림짐작해본다.

다시 고개 돌려 장차 나아갈 길 위의 풍경을 둘러본다. 사람들이 있다. 청색 넥타이를 맨 사람. 검은 가죽점퍼를 입은 사람. 목덜미에 빼곡하게 라틴어를 문신한 사람. 빨간 치마를 입은 사람. 검은 가방을 메고 검은 모자를 쓴 사람. 블루투스 이어폰을 귀에 꽂고 누군가와 골똘히 통화하는 사람. 종이컵에 담긴 음료수를 마시는 사람. 자주색 유니폼 조끼를 입은 세 명이 이편으로 걸어온다. 정신없이 수다를 떨던 그들이 거의 동시에 차연을 바라본다. 개중의 한 명과 눈이 마주친다. 가운데에서 걷던, 새카만 단발머리에 초록 머리핀을 한 사람이다. 재잘재잘 말이 많던 여자의 표정이 일순 굳는다. 차연을 바라보는 시선이 예사롭지 않다. 뜻밖의 시선 맞춤이 길어진다. 마침내 그녀가, 슬그머니, 고개를 돌린다.

느닷없는 갈증이 인다. 사람들. 거리의 사람들. 저들 중 누구에게라도 다가가고 싶다. 그가 누구건 상관없는 일이다. 무슨 말이라도 붙여보고 싶다. 그게 무슨 말이건 상관없는 일이다. 어떤 식으로건 자신을 드러내 보이고 싶다. 이후로 어떤 상황이 전개되건 상관없는 일이다.

오가는 사람들을 지켜본다.

머지않은 미래를 향해 다섯 걸음 다가간다.

"실례합니다."

인도 왼편에 바짝 붙어 빠른 속도로 걸어오던 남자다. 싱글 재킷. 노타이. 검은 서류 가방. 은테 안경. 아마도 50대. 사내가 차연을 올려다본다. 아주 조금 의아한 얼굴이다.

"이 근처에 가까운 지하철이 어디 있나요."

그러자 기적이 일어난다. 이내 얼굴이 밝아진 사내가 등 뒤 편으로 팔을 쭉 뻗는다. 그 방향과 차연의 얼굴을 번갈아 바라본다.

"저쪽이에요. 제우스 스포츠 매장 보이죠? 거기 지나서 조금만 더 가세요. 강남역 4번 출구가 나올 겁니다."

고개를 까딱, 해 보인 사내가 가던 방향으로 멀어져 간다. 그 뒷모습을 오래도록 지켜본다. 엄청난 사건이다. 낯모르는 누군가에게 다가가 말을 걸었고, 그의 걸음을 멈춰 세웠으며, 어떠한 반응을 이끌어내는 데 성공했다. 짧은 순간 혼자서 단 한 차례의 시도만으로 그와 같은 변화를 만들어냈다.

제우스 라인.

주황색 간판 아래, 검은 트레이닝슈트를 입은 마네킹 한 쌍이 쇼윈도 중앙을 차지하고 서 있다. 그로부터 몇 걸음을 더 걷는다. 지하철 입구를 알리는 구조물이 눈에 들어온다. 싱글

재킷 노타이 검은 서류 가방 아마도 50대 사내가 말한 그대
로다.

4번 출구.
집으로 가는 길이 시작되고 있다.

⚜

"클론들은 영혼 없는 도구일 뿐이오. 이 분야의 가능성은 무궁무진하지. 앞으로 2년 후면 소아백혈병도 정복할 수 있을걸. 이렇게 말할 수 있는 사람이 지구상에 몇 명이나 될 것 같소?"

"당신과 신뿐이겠지요."

"……"

"그 대답이 듣고 싶은 거 아닌가요?"

—캐스피안 트레드웰 오웬, 『아일랜드(Island)』

지하철 여덟 정거장을 지나서 환승. 다시 네 정거장. 역을 나와서 빠르지 않은 걸음으로 4분. 작은 찻집이 있는 골목으로 들어서서 여섯번째 건물. 대아 스타빌. 7층짜리 단독 아파트다. 닫힌 문 앞에서 잠시 서성인다. 주머니 속에 든 물건을 떠올린다. 빨간 봉투에 약간의 지폐와 플라스틱 카드, 종이쪽지가 들어 있다. 거기 적힌 메모. 401호. 384223*.

플라스틱 카드를 출입문 인식 패드에 가져간다. 삑. 공동 현관문이 열린다. 엘리베이터를 타고 4층으로 올라간다. 오른편으로 꺾어지면 402호가, 맞은편에 401호가 보인다. 현관 복도는 조용하고 깨끗하다. 도어락 키보드에 손을 가져간다. 3, 8, 4, 2, 2, 3, 이어 별표를 누른다. 차라락. 자물쇠 풀리는 쇳소리가 묵직 경쾌하다.

지은 지 얼마 되지 않은 새집 냄새가 물씬하다. 오후 깊은 시간이지만 불을 켜지 않아도 좋을 만큼 채광 상태가 좋다. 정갈한 구조와 색감을 가진 18평 원룸이다.

신발을 벗고 마루에 올라선다. 불편하다. 남의 신혼집에 허락도 없이 발을 들여놓는 기분이다.

접이식 침대 건너편, 화장실 문과 창문 사이 공간에 컴퓨터 책상이 놓였다. 최근 출시된 최고 사양의 데스크톱 본체, 모니터도 키보드도 새 제품들이다. 냉장고를 열어본다. 싱크대 아래위 수납공간들을 차례로 확인한다. 당장 전기가 끊기고 가스와 수도가 끊겨도 몇 개월은 먹고살 걱정이 없을 음식들이 곳곳마다 한가득이다. 당장 파티를 벌여 수많은 사람들을 배불리 먹이고도 남을 곡식과 가공식품들이, 손질된 고기와 생선과 과일과 채소가, 다양한 간식과 음료와 양념들이 부족함 없이 채워져 있다. 꼼꼼하고 손 큰 가정주부가 식자재마트와 재래시장을 순회하며 쟁여놓은 곳간 같다.

싱크대로 가서 수도꼭지를 튼다. 조용하던 실내에 스테인리스 싱크 볼 때리는 물소리가 요란하다. 다시 방 안을 둘러본다. 두 사람이나 세 사람, 불편을 감수한다면 어른 다섯 명쯤 충분히 함께 생활할 만한 곳이다. 혼자만의 공간, 을 꿈꾸던 때가 있었다. 언제고 혼자 독차지할 수 있는 컴퓨터와 침대와 욕실과 냉장고를, 좁고 가난한 집과 식구들로부터 멀리 떨어져 사는 일상을.

창가에 선다. 1층에 프랜차이즈 빵집이 딸린 맞은편 건물이, 그 사이에 작게 자리한 놀이터가 보인다. 노란 옷을 입은 여자아이가 젊은 여인과 함께 있다. 여인이 아이에게 그네를 태워주고 있다.

곧 날이 저물 것이다.

많은 일이 있었던 날이다.

처음 며칠은 하루의 거의 20시간을 잠들어 지냈다. 신생아처럼. 인큐베이터 안의 미숙아처럼. 낮잠을 꾸준히 줄여나가는 것 또한 중요한 적응 훈련의 한 종류였다. 그러느라 거의 매일 잠이 부족했다. 거의 매 순간 졸음이 쏟아졌다. 다행히도 몸은 어떠한 상황에서건 적응할 준비가 되어 있었다.

반쯤 열린 화장실 문 안쪽을 바라본다. 샤워 생각이 간절해진다. 머리카락이 녹아내릴 만큼 뜨거운 물을 틀어놓고 오래도록 샤워하고 싶다. 잘 마른 수건으로 젖은 몸을 닦은 다음 침대에 드러눕고 싶다. 아무도 사용하지 않았을 저 연회색 줄무늬 얇고 가벼운 차렵이불을 머리끝까지 뒤집어쓰고 싶다.

꿈도 없는 초저녁잠에 깊이 빠져들고 싶다.

천천히 옷을 벗는다. 라운드티셔츠를 벗고 청바지를 벗고 양말을 벗고 팬티를 벗는다. 벗다가, 허벅지 사이로 팬티를 벗어 내리다가, 움직임을 멈춘다. 이물질 때문이다. 하얀 면 팬티 안쪽에 싯누런 점액질이 묻어 있다. 반쯤 굳은 상태가 선연하다.

몸이 적응을 해나가는 과정입니다. 그 과정에서 불필요한 잔여 물질이 배출되는 현상입니다. 두고 봐야 알겠지만 한두 달 뒤면 사라질 증상으로 판단됩니다.

닥터 이어의 설명은 그러했다.

다만 청결에 신경 써주는 게 좋겠지요. 속옷을 될수록 자주 갈아입고.

팬티를 마저 벗고 허물 벗은 옷가지들을 집어 든다. 실내를 가로질러 다용도실에 들어선다. 세탁기 안에 팬티와 양말을 집어넣는다. 다시 욕실로 향한다. 그러다 말고 문득 걸음을 멈춘다. 소리 때문이다. 벨 소리 때문이다. 처음에는 그게 현관 벨 소리인지 알지 못한다. 귀에 익은 모차르트의 클래식 소품 한 대목을 단순화한 전자음이 원룸 안에 요란스레 이어진다. 여덟 마디를 세 차례 반복하고는 멈춘다. 그제야 그게 벨 소리임을 이해한다. 더불어 지금 현관문 밖에 누군가 서서 벨을 누른 뒤 응답을 기다리고 있음을 이해한다. 이 신호에 어떻게 대응해야 좋을지 잠시 고민한다. 생각이 딱 멈춘다.

상앗빛 현관문을 망연히 주시한다. 누구세요? 소리쳐 물으면
될 일이건만 알 수 없이 망설여진다. 요컨대 남의 신혼집에
허락도 없이 들어온 것만 같은 불편함이, 누군지 모를 방문자
를 상대해야 한다는 압박감이 여간 끈적끈적하지 않다. 와중
에 뜻밖의 상황이 연속으로 이어진다. 삑. 삑. 삑. 삑. 삑. 삑.
삑. 삑. 아마도 3, 8, 4, 2, 2, 3, 이어 별표를 찍는 도어록 키
보드 소리. 이어 차라락 자물쇠 풀리는 쇳소리가 묵직 경쾌하
다. 차연이 경악한다. 경악에 질려 뭐라 비명도 못 지른다. 어
디로 몸을 피할 새도 없이 현관문이 열리고 누군가 사뿐 들어
선다.

"어머나."

바로 지금, 바로 여기일 뿐
다른 좋은 시절 같은 건 없다네.

—『임제록』

여자가 뒤따라 경악한다. 황급히 시선을 돌린다. 차연의 두
손이 그제야 허벅지 사이를 가린다.

죄송해요. 나가 있을게요.

현관 밖으로 여자가 도망친다. 세차게 문이 닫힌다. 자동으
로 잠금장치 걸리는 소리가 차라락 이어진다. 마음이 급해진
다. 서둘러 옷가지를 집어 든다. 집어 들다가, 느닷없는 고민
에 바쁜 발목이 붙들린다. 옷을 어쩐담. 속옷을 어떻게 한담.
30분 같은 3분이 전쟁처럼 지나간다. 청바지 지퍼를 올리고
단추를 채우고 옷매무새를 다듬으며 조심히 현관문을 연다.
여자가 복도 맞은편 벽에 기대서 있다. 어두운 천장을 올려다

보고 있다.

저어, 들어오셔도.

그러자 차연을 돌아다본다. 시무룩 일그러진 얼굴이다.

실례했어요. 아직 안 오신 줄 알았어요.

아니에요, 제가 바보같이, 벨 소리가 그렇게 울리는데 대꾸도 못하고.

여자가 손을 내민다.

인사드릴게요. 문 팀장입니다. 우리 처음이죠?

말씀은 많이 들었습니다.

한 사람이 더해지니 실내 공기가 달라진다. 불편을 감수한다면 어른 다섯 명쯤 충분히 함께 생활할 만한 공간이라고 생각했는데, 그게 생각과는 다르다.

저는 차연 씨를 본 적 있어요. 두 번.

언제요?

수술 끝나가던 즈음 병원으로 찾아갔지요. 재활클리닉에도 한 번 들렀는데, 그날도 너무 푹 주무시고 계셔서.

여자가 컴퓨터 책상에 딸린 의자를 가져와서 거기 앉는다. 차연이 침대 모서리에 여자를 마주 보고 앉는다. 불편하다. 아니 허전하다. 팬티 때문이다. 없는 팬티 때문이다. 새 팬티를 꺼내 입어야 하나 아니면 세탁기에 넣은 팬티를 다시 입어야 하나. 다급하게 고민하던 차연이 선택한 것은 제3의 방법이었다. 불의의 방문객이 떠나가고 샤워를 재개할 때까지, 그

시간이 얼마나 길어질지 모르지만, 아무것도 입지 말자. 청바지 안의 노팬티가 눈에 띄지는 않겠지.

축하드려요. 새로운 삶을 시작하신 것.

메리 엘리자베스 윈스티드를 여자는 닮았다. 눈매가 특히 그러하다. 나이도 대충 비슷하지 않을까?

할 일이 많아요. 차연 씨를 많은 이들에게 증명해 보이는 일. 그로써 의미 있는 변화를 이끌어내는 일. 당분간 많이 바쁠 거예요.

「버즈 오브 플레이」「제미니 맨」「올 어바웃 니나」「머시 스트리트」「클로버필드 10번지」「스위스 아미 맨」「스카이 하이」「바비」「팩토리걸」

제가 함께할게요. 많은 도움이 될 수 있도록 노력할게요.

저는 뭘 해야 하죠.

차연이 묻고 여자가 핸드폰을 내민다.

말을 잘 들어야 하죠.

비닐을 뜯고 종이 케이스에서 막 꺼낸 것 같은 새 물건이다.

방금 개통했어요. 공일공 사삼공사 오구오영.

예?

새 번호. 예전에 쓰시던 번호가 아니라.

「알렉스 오브 베니스」「킬 더 메신저」「내면의 아름다움」「파이널 데스티네이션」「스매쉬드」「바비」「스카이하이」

단축번호 1번이에요. 필요하면 언제든지 전화해요.

다시 한 번, 메리 엘리자베스 윈스티드를 여자는 닮았다. 그녀의 영화를 적어도 10편 넘게 본 차연 생각에는 그렇다. 코미디와 판타지와 액션과 록 음악이 끔찍한 수준으로 뒤섞인 하이틴 영화「스콧 필그림(Scott Pilgrim Vs. The World)」은 개중에서 차연이 가장 좋아하는 영화다. 병상에 누운 90세 노인의 늑골에 칼끝을 박으면서도 또랑또랑 환한 눈웃음을 잃지 않을 것만 같은 그녀의 이상야릇 오싹한 매력이 가장 잘 드러난 작품이라는 생각이다. 참고로 가장 싫어하는 영화는 「더 씽(The Thing)」, 2011년 작품.

도움이 필요할 때. 궁금한 게 있을 때. 갑자기 어디론가 도망가고 싶어질 때. 그런데 어디로 갈지도 모르겠고 혼자 떠나기도 망설여질 때. 밤늦은 시간도 상관없어요. 이른 아침도 괜찮아요. 자느라 전화를 못 받을 일은 없을 거예요.

단축번호 1번. 알았습니다.

대신에 전화, 잘 받아줘요. 무슨 말씀인지 알겠죠? 귀찮게 할 생각은 없지만 갑자기 연락드려야 할 때도 있을 거예요. 참고로 전화기에 위치추적 기능이 내장되었어요. 보호 관리 차원이죠. 24시간 잠들지 않는.

여자가 차연을 빤히 바라본다.

이렇게 보니 아, 정말 잘생기셨네. 새삼스럽지만.

그런가요.

빈말 아니에요. 어디에서건 눈에 띄고 누구건 끌릴 수밖에 없는 외모예요. 그게 어떤 경우에는 대단한 강점으로 작용할 수도 있다는 점, 기억해두시면 좋을 거예요.

여자가 일어선다.

오늘은 여기까지 할게요.

차연이 따라 일어선다. 어지럽다. 몸이 왼편으로 기우뚱, 반 바퀴 회전하는 느낌이다. 일시적 현상이라고 닥터 이어는 설명했다. 몸이 적응하는 과정의 일부니 너무 걱정 말라고 했다. 이럴 경우 되도록 상대방이 사실을 눈치 못 채도록 하는 편이 여러모로 유리하지요. 나아가 되도록 자기 자신 역시도 사실을 눈치 못 채도록 하는 편이 좋고.

조만간 뵐 일이 있을 거예요. 기다리실 필요는 없어요. 자유롭게 생활하세요. 멋진 공연을 보러 가거나, 여유롭게 쇼핑을 즐기시거나. 너무 멀리 떠나지는 말고.

잘 알았습니다.

가볼게요. 쉬세요.

궁금한 게 있는데.

말하세요.

제가, 앞으로 뭐라고 부르면 될까요.

그러자 두 눈을 왼편으로 치켜뜨고 고개를 갸웃. 메리 엘리자베스 윈스티드처럼.

글쎄, 한때 퍼펙트 문으로 통하긴 했는데.

퍼펙트 문?

별의별 일들을 다 하면서 살아왔거든요. 사람에 관계된 일. 조직에 관계된 일. 남들은 지저분하다며 꺼리는 일. 위험하다며 피하는 일. 불가능하다며 포기하는 일. 그간 수백 명의 의뢰인을 만나고 수백 가지 상황과 맞서야 했지만 내 잘못으로 일을 그르치거나 다른 누군가를 곤경에 빠뜨린 적은 단 한 번도 없었어요. 그래서 얻은 별명이었지요.

......

아니어도 상관없어요. 호칭이라는 거, 우리끼리만 통하면 그만이니.

"메리."

차연이 말한다.

"메리라는 이름 어떤가요."

"응? 누구?"

✢

미시건주 디트로이트 북동부의 클린턴 타운십 산업지구에 위
치한 '크로닉스 인스티튜트'에는 현재 환자 162명과 108마리의
반려동물이 냉동 보존되어 있다. 사후 냉동 보존을 신청한 가입
자는 2,000명이 넘는다.

—『나우뉴스』, 2018년 3월 6일

─────────

눈을 뜬다. 암회색 블라인드가, 블라인드에 3분의 2쯤 가려
진 창문이, 창문 밖으로 맞은편 건물의 연미색 외벽이, 외벽
모서리에 기역 자로 조각난 하늘이 눈에 들어온다. 클리닉센
터에서는 볼 수 없던 풍경이다.

눈을 감는다. 똑바로 누운 채 몸을 만진다. 왼손으로 뺨을,
인중을, 이마와 턱을 쓰다듬는다. 불과 몇 주 전부터 생겨난
버릇이다. 오른손으로 벌거벗은 어깨를, 길고 탄탄한 왼팔을,
단단한 가슴팍을 어루만진다. 손바닥을 스쳐 가는 감촉에 집

중하며 군살 없는 아랫배를, 사타구니의 무성한 음모를 쓰다듬는다.

눈을 뜬다. 침대에서 몸을 일으킨다. 401호에서 세번째로 맞이하는 아침이다.

창가로 다가간다. 블라인드를 걷어 실내 한가득 아침 햇살을 들여놓는다. 두 발을 어깨 넓이로 벌리고 선다. 허리에 손을 얹는다. 고개를 앞으로 뒤로 왼쪽으로 오른쪽으로 힘주어 구부린다. 시계 방향으로 시계 반대 방향으로 천천히 회전시킨다. 5킬로그램 넘는 머리 무게를 매 순간 지탱하는 일곱 마디 경추의 피로를 풀어준다. 이어 무릎을 벌려 직각으로 굽히고 두 무릎에 두 손바닥을 가져가서 상체 무게를 지탱한다. 곧게 편 허리와 어깨를 왼편으로 최대한 뒤틀며 고개는 오른편으로 최대한 돌려준다. 요추 어디쯤에서 우두둑, 기분 나쁘지 않은 소리가 난다. 같은 동작을 반대 방향으로 천천히 반복한다. 이어 두 발을 가지런히 모으고 선다. 오른 발바닥을 왼쪽 무릎 안쪽에 갖다 붙이고 오른 무릎을 옆으로 벌린다. 가슴 높이에 두 손을 모아서 천천히 머리 위로 끌어올린다. 시선을 전방 15도로 응시한 채 호흡을 고른다. 흔들림 없는 멈춤 상태를 유지하고자 애쓰며 천천히 스물을 센다. 노끈보다는 고무줄에 가깝지요. 마음이라면 모르지만 인체에 대해서라면 분명히 그러한 비유가 가능하다고 말할 수 있을 겁니다. HM재활클리닉의 선임 물리치료사 P선생을 생각한다.

적절한 반복 훈련을 통해, 노끈처럼 끊어지는 대신 고무줄처럼 탄력 있게 늘어나고 줄어드는 몸을 만들 수 있어요. 어디까지나 적응이 중요한 과제 아닙니까. 뭔가 이야기하다 말고 눈을 심하게 깜빡이는, P선생 특유의 틱장애에 대해 생각한다. 약속해주세요. 밖에 나가서도 매일 빠뜨리지 말고 주문드린 스트레칭과 근력운동을 빼먹지 않겠다고. 두 팔과 오른 발바닥을 내린다. 왼 발바닥을 오른쪽 무릎 안쪽에 갖다 붙이고 같은 동작을 반대 방향으로 반복한다. 나무 자세. 브륵샤아사나. 대지에 뿌리를 굳건히 박고 하늘 향해 뻗어 있는 한 그루 나무처럼 다리 근력을 강화시키고 균형감각과 집중력을 향상시키는 동작.

바닥에 엎드린다. 팔 벌려 바닥에 두 손을 짚고 발뒤꿈치를 세운다. 팔과 허리와 무릎을 일자로 펴서 체중을 지탱한다. 하나. 둘. 셋. 넷. 다섯. 여섯. 일곱. 여덟. 빠른 속도로 팔굽혀펴기를 시작한다. 열다섯. 열여섯. 열일곱. 열여덟. 일정한 속도와 움직임에 짧은 호흡을 맞춘다. 서른다섯. 서른여섯. 서른일곱. 서른여덟. 쉰. 팔을 쭉 편 채 움직임을 멈춘다. 그새 가빠진 숨을 고른다. 다시 팔굽혀펴기를 이어간다. 일흔둘. 일흔셋. 일흔넷. 일흔다섯. 두 팔이 뻐근해진다. 어깨와 허리와 허벅지에 팽팽하게 작용하는 근육의 수축 이완이 생생히 느껴진다. 여든셋. 여든넷. 여든다섯. 여든여섯. 얼굴에 더운 피가 몰리고 있다. 마지막이 얼마 남지 않았다. 아흔여섯. 아흔일곱. 아흔여덟. 아흔아홉. 팔굽혀펴기 100개를 마저 채우고 몸을 일으킨다. 숨을 고르며 경직된 팔과 어깨를 풀어 준다.

리모컨을 집어 들며 체중계에 올라선다. 잠 깨어난 TV가 수다를 떨기 시작한다. 전자액정이 부지런히 숫자를 읽어낸다. 69.43킬로그램. 어젯밤 잠자리에 들 때보다 1.82킬로그램이 줄어 있다. 그저께 밤과 어제 아침의 몸무게 차이가 딱 그러했다.

아침 식사를 준비한다. 즉석밥을 꺼내 전자레인지에 돌리고 냉장고에서 계란 한 알을 꺼낸다. 우리의 영혼은, 자아는, 지극히 물질적인 동시에 비물질적입니다. 그것은 화학작용의 산물인 동시에 펄스를 내보내는 정보의 네트워크입니다. 그러나 자아를 이 같은 물리적인 특징만으로 이해할 수는 없지 않은가, 하는 생각을 한번 해봅니다. 다시 말해 자아란 하나의 생명체가. TV가 떠들고 있다. 누군가의 카랑카랑 열정적인 한편 냉소적인 목소리가 실내에 차곡차곡 쌓이고 있다. 시청자들을 대상으로 하는 인문학 강연이다.

빠르게 차려낸 것들을 간이 식탁에 늘어놓는다. 401호에서 다섯번째 맞이하는 식사다. 첫날 저녁은 굶었으며 둘째 날과 셋째 날은 오늘보다 한 시간쯤 늦은 아침 겸 점심을 먹었다. 그간 401호 현관 밖으로는 단 한 발짝도 나가지 않았다. 어쩌다 보니 그렇게 되었다. 오늘은 다르다. 아침 식사 끝내는 대로 외출을 준비할 생각이다. 정해진 것은 없다. 스타빌을 나서면 가장 먼저 어느 방향으로 걸음을 옮겨야 할지조차 궁리해보지 않았다. 메리가 추천한 공연이나 쇼핑에 관해서 역시도 별다른 아이디어가 없다. 어쨌거나 오늘은, 틀림없이, 집밖으로 나설 생각이다. 우리 존재의 상당 부분은 뇌에서 벌어지는 일들을 통해 대부분 설명이 가능합니다. 독실한 신자들, 불멸의 영혼을 믿는 맹신자들도 따지고 보면 이 점을 부지불식간에 인정하고 있는 셈이 아닌가, 하는 생각을 한번 해봅니다. 자아 또는 영혼의 거의 모든 정체성이 뇌 또는 뇌의 기능과 밀접한 관계를 가지고 있다는 점 말이지요. 싱싱하고 제법 매운 풋고추를 우적우적 씹는다. 우적우적 씹다 말고 새삼 의아해진다. 조리도 간도 되어 있지 않은 생야채라니. 풋고추라니. 입맛이 바뀌었다는 것을 이제는 인정하지 않을 수 없다. 미세하지만 손가락으로 골라낼 수 있을 만큼 분명한 차이. 평생을 함께 살아온 동반자가 곁에 있다면 식탁 위 젓가락이 가는 방향만을 보고도 쉬 알아챌 만한 변화다. 따지고 보면 이상한 일이 아니다. 따지고 보면 입맛이 바뀌었다, 는 자체가 이상한 표현일지 모른다.

210그램짜리 즉석밥 하나를 비우고 자리에서 일어선다. 반찬 그릇들과 수저를 싱크대로 가져가 빠르게 설거지를 끝마친다. 어제와 그저께 것까지 음식물 쓰레기가 제법 모였다. 외출하는 길에 잊지 않고 내다 버릴 작정이다. "뇌는 영혼의 부서지기 쉬운 거처이니라." 셰익스피어가 햄릿의 입을 빌려서 한 말이지요. 83세 된 저희 어머니가 요새 치매가 심하십니다. 과연 우리 영혼의 거처가 얼마나 부서지기 쉬운 물건인지, 요즘 들어 어머니를 볼 때면…… 리모컨을 집어 든다. 톡. TV를 끈다. 밥 먹는 내내 쏟아지던 언어들이, 우울한 열변을 토해내던 철학자의 시무룩한 얼굴이, 18평 정적 속으로 빠르게 사라져간다.

✦

　팔선(八仙)의 한 명 철괴리(鐵拐李)도 한때 영혼이 7일 넘게 육신을 빠져나갔었다. 스승이 사망했다고 믿은 제자들은 그 몸을 화장했다. 나중에 철괴리의 영혼이 돌아와 자신의 몸뚱이를 찾았을 때 남은 것은 한 줌의 재였고, 어쩔 수 없이 이제 막 죽은 거지의 몸을 빌려서 들어갈밖에 없었다. 흉측한 외모의 거지는 지팡이에 몸을 의지한 절름발이였다.

—왕원,『중음에서 벗어나는 법』

————

　붙박이장 앞에 선다. 상하의 의류가 서른 벌 가까이 정리되어 있다. 거의 전부가 이 계절에 입을 만한 것들이요 태그도 제거하지 않은 새 옷들이다.

　오후 1시 넘어 집을 나선다. 나흘 만의 외출이다. 17℃. 맑음(어제보다 1℃ 높아요). 자외선 3(보통). 미세먼지 36μg/m³(보통), 초미세먼지 9μg/m³(좋음) 오존지수 0.021ppm(좋음). 핸드폰으로 찾아본 '오늘의 날씨'가 그러하다. 스타빌 공동 현관 밖으로 나선다.

행선지는 여전히 정해지지 않았다. 일단은 집 동네를 마음껏 헤맬 작정이다. 최대한 멀리. 최대한 오래. 방향감각을 잃을 때까지. 돌아오는 길이 헷갈릴 때까지. 새로운 동네에 얼추 발이 익을 때까지. 버스나 지하철을 타고 어디건 더 멀리 떠나도 좋을 것이다. 걸어서 돌아오기 힘들 만큼 먼 동네까지 나가서 늦은 점심이나 이른 저녁을 사 먹어도 좋을 것이다. 어쨌거나 다행스러운 일이다. 어디고 헤매 다닐 궁리를 느긋하게 해볼 수 있는 입장이라는 것은. 그럴 만한 몸이 있고 마음이 있고 시간이 있고 돈이 있으며 돌아와 쉴 거처가 있다는 것은.

큰길로 나와 횡단보도를 건넌다. 약국 앞 정류장에 서 있던 사람들이 5-1번 마을버스에 차례로 올라탄다. 유모차를 몰고 가던 젊은 엄마가 동네 주민을 만나 환하게 인사한다. 골목길에 멈춰 선 과일 장수 트럭에서 녹음된 장사꾼 목소리가 이어진다. 하굣길 초등학생들이 장난을 치며 그 곁을 지나간다. 날이 좋다. 화창한 4월 오후다.

이것은 생의 첫날.

어쩌면 생애 첫 하루.

재래시장을 가로질러 대형 약국 앞에서 길을 건넌다. 파란색 간선버스 한 대가 멈춰 서 있다. 신호 바뀌기를 기다리는 중이다. 앞문이 열려 있다. 무심코 버스에 올라탄다. 번호도 운행 방향도 확인하지 않는다. 애초에 행선지 같은 것은 따로 없다. 뒷문 바로 앞자리에 앉는다. 버스가 출발한다. 차내 스피커를 타고 라디오방송이 시끄럽다. 두 사람이 열심히 떠드는 중이다. 드문드문 들려오는 단어들로 미루어 시사정치 대담 프로그램 같다.

몇 정거장을 지나쳤는지 모른다. 30분 넘게 달린 것 같다. 끝도 없는 시사 대담이 지겨웠는지 가요 한 곡이 스피커를 타고 흐르는 중이다. 15년쯤 전에 유행했던 가요다. 창밖을 바라보며 이런저런 공상에 빠져든다. 몇 가지 기억들이 앞뒤로 뒤섞이고 흩어진다. 개중 하나는 지금 들려오는 가요에 얽힌 일화 한 토막과 관계가 깊다.

누군가 누르는 하차 벨 소리를 듣는다. 창밖의 장면들이 눈에 선연히 들어온다. 지금이라는 풍경이 비로소 선명하게 인식의 장벽을 넘어선다. 눈에 익은 거리다. 버스가 멈춰 선다. 출입문이 열린다. 검은 가방을 양어깨에 멘 남자가 버스에서 내려서는 중이다. 차연이 부지런히 남자를 뒤따른다. 승객 두 명이 하차하고, 잠시 멈추었던 버스가 다시 출발한다. 내린 자리에 서서 주변을 둘러본다. 방금 전 버스가 몇 번이었는지 여전히 기억나지 않는다.

아니 이곳은.

○○ 도서관 앞이다. 도서관으로 향하는 언덕길이 저편으

로 구부러지고 있다. 날이 좋다. 봄이 깊다. 여기까지 와서
○○ 도서관을 외면할 이유가 없다. 길을 건넌다. 정약용의
동상을 끼고 야트막한 언덕을 걸어 오른다. 이 도시에서 계절
의 변화를 가장 분명하게 확인할 수 있는 곳이다. 이 도시를
대표하는 산자락에 위치하고 있기 때문이다. 이 근방에서 계
절의 변화에 전혀 흔들리지 않는 풍경이라면 무엇보다 저 흑
갈색 두루마기의 정약용을 들 수 있을 것이다. ○○ 도서관
을 세 번 찾으면 그중 한 번은 떠올리게 되는 생각들이다.

1층 로비에 들어선다.

최근에 내부 인테리어 공사를 한 모양이다. 분위기가 많이
달라졌다. 보다 밝고 화사해졌다. 전반적인 구조는 그대로다.
로비를 지나면 2층 정기간행물실로 향하는 계단이 나오고 계
단을 지나치면 엘리베이터 옆으로 라파엘로의 「아테네 대학
당」 모사화가 벽면 한가득 새겨져 있다. 그쯤에서 구내식당으
로 향하는 복도가 이어지며 가락국수 국물 냄새가, 카레 냄새
가, 김치 볶는 냄새가, 밥 뜸 들이는 냄새가 한데 뒤섞여 풍겨
오기 시작한다. 오후 2시가 넘은 시간이다.

일주일에 한두 번은 오던 곳이다. 고등학교 졸업하던 해부
터 20년 넘게 다닌 곳이다. 오후 내내 열람실 구석에 죽치고
앉아 고우영의 『삼국지』, 이두호의 『임꺽정』, 방학기의 『바람
의 파이터』, 허영만의 『식객』, 윤태호의 『미생』 등등의 책장
을 훌훌 넘기던 곳이다. 김용의 『의천도룡기』와 고룡의 『완

화세검』부터 시작해서 전동조의 『묵향』까지 온갖 무협지를 섭렵했던 곳이다. 마이클 코넬리의 『해리 보슈』, 리 차일드의 『잭 리처』, 요 네스뵈의 『해리 홀레』, 딘 쿤츠의 『오드 토마스』 시리즈를 처음 알게 되었던 곳이다. 종일 흐리고 비가 오던 6월 어느 날, 3층 어문학관 네번째 창가 자리에 앉아 장맛비에 흔들리는 밤나무 가지를 하염없이 바라보던 곳이다. 2월 추위가 무섭던 토요일 늦은 오후, 대출 마감 직전에 빌린 소설책 두 권을 가슴에 안고 어둑해진 3층 계단을 도망치듯 달려 내려오던 곳이다. 동네에서 284번 버스를 타면 도서관 앞 정류장까지 40분에서 50분 정도 걸리던 때의 일이다. 서울에서 전셋값이 가장 싼 동네에서, 그 동네에서 가장 싸고 지어진 지 오래된 다세대주택에서 살던 때의 일이다.

3층 어문학자료실에 들어선다. 도서관향 공기청정제를 (그런 게 있다면) 지나치게 많이 뿌린 듯 종이 삭는 냄새가 실내 한가득 고여 있다. 자료실 구조가, 자료 검색대와 책장과 열람 테이블 위치가 크게 바뀌었다. 그럼에도 어김없는 3층 어문학실이다. 서향이라 늘 어둑한 창밖으로 완만하게 이어지는 등산로 풍경 역시 변함없다.

'새로 도착한 책들' 코너로 가서 신착 도서들을 살피는 척 그 너머를 힐끔거린다. 아는 얼굴이 있다. 사서 자리를 지키는 두 사람 가운데 한 명이다. 하얗고 긴 얼굴, 빨간 테 안경 너머 특유의 잠이 덜 깬 것 같은 눈매, 어깨까지 부스스 내려오는 특유의 갈색 생머리. 저 사서의 도움으로 그간 수백 권의 책을 대출하고 또한 반납했다.

"안녕하세요. 저 기억하시죠?"

사서에게 찾아가 알은척을 한다. 그런 상상에 잠깐 빠져든다. 차연을 기억할까. 아마 그럴 것이다, 예전 같았다면. 아마 그렇지 아니할 것이다, 예전과 같지 않으므로.

대출했던 책을 반납하지도 새로운 책을 대출하지도 않은 채 어문학자료실을 나선다. 화장실 가는 길목. 자판기와 정수기와 책 소독기와 소파가 놓인 어름을 서성인다. 간만에 찾아온 도서관에서 할 만한 일이 별로 없다는 것을 실감한다.

안녕하세요.

1층으로 내려가는데 누군가의 목소리가 앞길을 막아선다. 두 사람이다. 한 명은 키가 크고 다른 한 명은 키가 작다. 둘 다 화장기 없는 얼굴이다.

실례지만 학생이세요? 대학생?

차연을 향해 환하게 미소 짓는다.

아니요.

그러시구나. 도서관에 자주 오시나 봐요. 시험 준비?

가끔요. 책 보러.

두 여인이 서로를 돌아보며 고개를 끄덕인다. 차연에게 뭔가를 내민다. 한 장짜리 팸플릿이다. 키 작은 사람이 말한다.

이거 좀 읽어보시고, 혹시 시간이 되시면.

제8회 예사랑 창작 시 발표회. 장소 ○○ 도서관 2층 제1세미나실. 일시 2021년 4월 24일. 후원 서울 ○○ 구 문화관광과.

내일모레 토요일이에요. 5시부터 행사 시작해요.

키 큰 사람이 다정하게 덧붙인다.

정혜초 시인 혹시 아세요? 작년에 대산시인상 수상하신. 저희 예사랑 출신인데, 이번에 참석하시기로 했어요. 시 좋아하시면 부담 갖지 말고 오세요. 친구들과 같이 오셔도 좋고.

예수님의 사랑을 아름다운 시로 노래합니다. 팸플릿 하단의 굵은 문구가 눈에 들어온다.

아, 예, 수고하세요.

차연이 휘청 인사하며 그들로부터 돌아선다. 한 장짜리 얇은 팸플릿이, 그들 보는 앞에서 접히거나 구겨지지 않도록 조심한다. 등 뒤에서 누군가 조심히 당부한다.

"종교와는 전혀 상관없는 행사예요. 교회 안 다니시는 분도 괜찮아요."

우리는 말할 수 없다.

A는 B에서 나왔거나 그 반대라고.

—리처드 필립스 파인만

———

오후 5시 30분이면 해가 지는 계절이다. 집 안이 어둑하다. 현관 센서가 게으르게 불을 밝힌다. 다섯 시간 넘게 집을 비웠다. 간만에 걸은 거리가 상당하다.

보일러를 온수 전용으로 바꾸고 욕실 앞에 선다. 외출복을 벗고 내처 속옷을 벗는다. 팬티 안을 살핀다. 예의 분비물이 아주 약간의 흔적으로 남아 있다. 그래도 며칠 새 많이 나아졌다. 샤워기 온수를 조절한다. 뜨거운 물살이 쏟아진다. 아직은 바람 차가운 4월이다. 아직은 뜨거운 샤워가 만족스러운 나날이다. 잔등에 목덜미에 겨드랑이에 오소소 닭살이 돋는다.

머리를 감고 잔뜩 찡그린 눈으로 비누를 찾아 쥔다. 그때다. 습기 자욱한 욕실 밖에서 어떤 소리가 들려온다. 어떤 소리가 반복적으로 이어지는 중이다. 샤워 꼭지를 잠근다. 물줄기가 잦아들며 그 소리가 선명해진다. 전화다. 핸드폰이 울고 있다. 저 번호를 알고 있을 사람이 몇 명이나 될지 알 수 없다. 나흘 동안 모두 다섯 통의 전화를 받았다. 유용한 주식 정보를 소개하는 전화가 두 차례, 금리 저렴한 대출 상품을 소개하는 전화가 두 차례, 보험사의 전화가 한 차례였다. 애타게 울어대는 벨 소리를 망연히 듣고만 있다. 온 일상을 통틀어 전화 받기가 가장 곤란한 상황이다. 부지런히 머리의 샴푸 거품을 헹구고 수건으로 몸의 물기를 털어 말리며 욕실 밖으로 나선다 해도, 그때쯤이면 전화 벨 소리가 틀림없이 끊어질 것이다. 과연, 자지러지게 이어지던 벨 소리가 이내 숨을 거두고 만다.

배스타월에 거품을 낸다. 어깨와 팔등을, 겨드랑이를, 가슴과 복부를, 사타구니와 엉덩이를, 허벅지를 부지런히 문지른다. 다른 사람에게 몸을 맡기듯 처음 보는 사람의 잔등에 비누 거품을 칠하듯 손끝에 와 닿는 몸의 감촉에 집중한다. 피부 구석구석을 스쳐 가는 손끝 촉감에 집중한다. 매끄럽고 탄탄한 몸이다. 물컹한 피하지방 대신 젊고 단단한 근육들이 적절한 굴곡을 이루고 있는 몸이다.

젖은 몸으로 전신 거울 앞에 선다. 뿌옇게 김 서린 거울을 닦아낸다. 명징하게 드러난 거울 저편 알몸을 바라본다. 아름답다. 젊은 남성의, 충분히 아름답다고 할 수 있는 몸이다. 거울 속 얼굴을 바라본다. 젖은 머리칼을 빗어 넘겨 더욱 단정한 이마. 짙고 푸른 눈썹. 날렵한 턱선과 보석이 쏟아질 듯 우아한 입술. 잘생겼다기보다 예쁘게 생겼다는 칭찬이 더욱 어울릴 외모다. 키 181.7센티미터. 몸무게 69.44킬로그램. 예전과는 비교할 필요도 없고 비교하고 싶지도 않으며 비교가 되지도 않는 숫자다.

"팔등을 만져보세요. 왼손으로 오른팔을 쓰다듬어보세요. 천천히."

어느 날 닥터 이어가 말했다.

"지금 그 감각이 누구의 것 같은가요."

언제나 그렇듯 간단하지만 묻는 이에게나 자기 자신에게 섭섭지 않은 대답을 궁리하기가 여간 애매하지 않은 질문이었다. 뭐라고 대답했는지는 기억나지 않는다. 닥터 이어라면 어떤 답변이 돌아오건 거기에 별다른 이의를 달지 않았을 것이다. 대답 대신 딸꾹질이나 재채기를 했다 해도 말이다.

그런데 이상한 일이다.

아니다 곤란한 일이다.

마른 수건으로 몸의 물기를 닦아내던 와중이다. 뭔가 이상하다. 몸이 이상한 게 아니다. 기분이 이상하다. 뭔가 간지럽다. 몸이 간지러운 게 아니다. 마음이 간지럽다. 간질간질 안타깝다. 성기가 커지고 있다. 뜻하지 않은 노릇이다. 음란한 상상 같은 건 한 적 없다. 쓸데없이 몸을 만지작거리지도 않았다. 거울 속 아름다운 알몸에 잠시 넋을 잃었을 뿐이다. 낯설고 아름다운 몸과 얼굴을 바라보며 얼마쯤 조마조마한 감정에 잠시 사로잡혔을 뿐이다. 그러던 와중이건만 성기가 절로 반응하기 시작한다. 걷잡을 수 없이 커지고 있다. 말초신경이 덩달아 아슬아슬 뿌듯하게 벅차오르고 있다. 이 느낌 오랜만이구나. 마침내 배꼽에 닿을 듯 한껏 단단하게 발기하고 만다. 잔뜩 화난 성기를 망연히 굽어본다. 거칠어진 맥박에 따라 호흡하듯 미세하게 고개를 까닥이는 움직임을 하릴없이 내려다본다.

평상시의 성기도 그러했지만 빳빳하게 단단하게 고개를 쳐든 그것은 더욱 자신의 것 같지 않다. 다시 한 번, 예전과는 비교할 필요도 없고 비교하고 싶지도 않으며 비교가 되지도 않는다.

성기에 손을 가져간다.

가볍게 쥐어본다. 손안에 가득 차는 느낌. 놀랍도록 단단하고 뜨겁다. 아프도록 저릿한 감각이 등줄기를 훑고 지나간다. 처음이다. 스타빌 401호로 거주지를 옮긴 이후로 처음이다. HM재활클리닉에서 눈을 뜬 이후로 처음이다. 걱정했던 것보다 나쁘지 않다. 남의 뜨끈한 성기에 손이 닿을 때처럼 불쾌할 줄 알았는데, 그렇지는 않다.

서른한 살하고도 3개월. 완벽한 동정이었다. 단 한 명의 여자도 안아본 적이 없었다. 키스 한 번 해본 적이 없었다. 애인 커녕 변변한 여자 친구 한 명 없었다. 수음의 경험은 물론 적지 않았다. 끝나고 나면 때로 종종 자괴감이 함께하는 젖은 휴지의 기억들. 그렇다면 이 몸은 어떠할까. 이 몸의 경우는 어떠했을까. 쥐고 있던 성기를 놓는다. 단단하고 뜨거운 감촉이 손바닥에 생생하다. 부드러운 손바닥 감촉이 머물다 간 성기가 아쉽게 한숨 쉬듯 고개를 까딱인다.

성기 만지던 손을 머리로 가져간다.

이마 가장 윗부분을 조심히 더듬는다. 새로 자란 머리카락이 까슬까슬한 부분. 반달 모양의 길고 굵은 흉터가 만져진다. 한 뼘이 조금 넘는 수술 자국. 웃는 사람의 입처럼 휘어진 형태다.

"……빨리 죽고 싶어. 어서 죽어서 이 고통으로부터 벗어나고
싶어. 하지만 말이야, 저 세상에도 이런…… 고통이 있을 테지?"
—구로사와 아키라, 「7인의 사무라이」

———

마른 수건으로 젖은 몸을 닦고 드라이어로 머리를 말린다.
욕실에서 나와 새 속옷과 실내복을 찾아 입는다. 책상 위 핸
드폰을 집어 든다. 부재중 전화 한 통. 17분 전.

낯선 번호로 전화를 건다. 신호가 이어지고 세번째 통화 연
결음 만에 상대방이 응답한다.

—잘 지냈어요?

메리다. 역시 그렇다. 전화 걸어올 만한 사람을 그녀 외에
는 떠올릴 수 없었다. 제2금융권이나 보험사 텔레마케팅 업
체를 제외하고는.

"씻느라 전화 못 받았어요."

─그런 것 같더라.

불 꺼진 컴퓨터 모니터에 비친 얼굴을 들여다본다.

─몸은 좀 어때요.

"좋아요. 많이 좋아지고 있어요."

─집은 어떤가요. 어디 불편한 데는 없고?

"최고예요."

─최고라니 다행이네…… 외출하셨더군요.

핸드폰에 위치추적 장치가 되어 있다고 했다. 지금 위치한 장소가, 움직이는 방향이, 거리와 속도가 매 순간 실시간 파악된다고 했다. 24시간 쉬지 않는 보호 관리 차원이라고 했다.

─다닐 만하시던가요.

"예, 간만에 좀 걸었지요."

─도서관에 가셨기에 내심 걱정했어요.

"……어째서요?"

─회원 카드 발급을 신청하신다거나 책을 대출하려고 임시 등록증을 만든다거나, 뭐 그런 일이 있을까 봐.

"아, 그건."

─저번에 제대로 말씀 못 드린 것 같아서요. 어딘가에 차연 씨 신상 기록이 남겨지는, 그런 일은 당분간 없도록 해주세요.

"명심하겠습니다."

─저녁은 드셨나요.

"아직요."

—어서 드세요. 좋은 거 찾아서 많이 드세요. 챙겨주지도 못하면서 말만 많네.

"감사합니다."

—그리고 우리, 한번 만나요. 그래야 할 것 같아요. 갈 곳도 많고 만나야 할 사람들도 많고. 그전에 준비할 것도 많고. 언제가 좋을까요.

"저는, 언제건 상관없어요."

—이번 주말? 토요일 괜찮겠어요? 아니면 다음 주?

전화를 끊고 불 꺼진 모니터에 비친 얼굴을 다시 바라본다. 컴퓨터 전원을 켠다. 어둡던 모니터가 보얗게 밝아오며 차연의 얼굴을 지운다. 인터넷을 열고 포털사이트 검색창에 몇 글자를 입력한다. 메리 엘, 까지 타이핑하자 자동완성형 검색어가 10개 뜬다. 가장 위쪽에 메리 엘리자베스 윈스티드, 가 위치해 있다. 무수한 정보가 여름비처럼 쏟아져 내린다. 프로필 사진이, Mary Elizabeth Winstead라는 영문 이름이, 1984년 11월 28일 미국이라는 출생연월일과 국적이, 1997년 드라마 「Touched By An Angel」이라는 데뷔 연도와 작품명이, 173센티미터라는 신장이, 2017년 제43회 새턴 어워즈 최우수 여우주연상이라는 대표 수상 경력이. 마우스 좌클릭 한두 번으로 그녀가 출연한 수십 편의 영화와 방송물의 목록을, 각 작품에 대한 자세한 리뷰와 감상평을, 신원 불상의 인터넷 유저들이 자신들의 홈페이지에 올려놓은 관련 글과 사진과 동영상들을, 국내외 뉴스에 소개된 메리 엘리자베스 윈스티드 관련 기사들을 만날 수 있다. 사진 한 장을 바라본다. 민무늬 민소매 검은색 티셔츠를 입은 그녀가 검은 머리칼을 묶어 올렸다. 왼쪽으로 15도쯤 몸을 튼 채 시선만을 이편으로 향하고 있다. 특유의 눈매, 특유의 미소, 특유의 분위기다.

며칠 전 오후가 떠오른다. 401호에 처음 찾아오던 날이다. 분비물로 지저분해진 팬티 등을 세탁기에 넣고 욕실로 향하던 즈음이다. 느닷없는 모차르트의 클래식 소품 한 대목에 당황하던, 현관문 밖에 서서 벨을 누르고 응답을 기다리고 있는 누군가에게 어떻게 대응할지 몰라 난감하던 참이다. 도어락 키보드 소리에 이어 차라락 자물쇠 풀리는 기척에 경악하던 순간이다.

"어머나."

어디까지 봤을까. 희고 넓은 가슴과 작은 갈색 젖꼭지를, 군살 없는 복부를 봤을까. 검은 음모 아래 드러난 성기를, 반사적으로 몸을 튼 엉덩이 굴곡을 보았을까. 원룸 안에 함께 있으며, 이런저런 대화를 나누며, 청바지 안에 아무것도 입지 않고 있었음을 눈치챘던 것은 아닐까.

성기가, 재차 커지고 있다.

다시 걷잡을 수 없이 발기하고 있다.

뜻하지 않은 일이다. 난감한 일이다. 안타까운 일이다. 의자에 앉은 채, 불편하게 솟아오른 추리닝 바지 앞섶을 굽어본다.

　일어서서 좁은 실내를 가로지른다. 싱크대 앞에 선다. 이유
없이 수도꼭지를 꺾는다. 세찬 물줄기가 요란하게 스테인리
스 바닥을 때린다. 흐르는 물에 손바닥을 가져간다. 차갑다.

　지금, 어디로부턴가
　밤이 찾아들고 있다.

"왕이 지금 무슨 꿈을 꾸는지 아니?"

"그걸 어떻게 알아요."

"바로 너에 대한 꿈이란다. 그렇다면 왕이 꿈에서 깼을 때, 과연 너는 어디에 있을까?"

엘리스가 대답했다.

"여기, 제가 있는 이곳이겠죠."

트위들디가 고개를 저었다.

"천만에! 너는 어디에도 없어. 너는 왕의 꿈속 등장인물에 불과하니까."

트위들덤이 덧붙였다.

"왕이 잠에서 깨어나면 너는 사라지고 말 거야. 휙! 촛불처럼 꺼지는 거지."

—루이스 캐럴, 『거울 나라의 앨리스』

분홍 벽지가 있는 방이다.

하늘색 커튼이 창문을 가린 방이다.

가정집이다. 단독주택의 다락방이거나 2층 공부방이거나 그 비슷한 공간이다. 통로처럼 길고 좁은 방 안에 노란 비닐 장판이 깔려 있다. 화창한 오후고 창문이 열려 있고 바람 불 때면 하늘색과 흰색이 섞인 구름무늬 나일론 커튼이 느리게 몸을 부풀린다. 방 한가운데 누군가 앉아 있다. 아이다. 다섯 살? 네 살?

방 안이 낯설다. 아이에게 더없이 낯선 공간이다. 아이의 등 뒤에 방문이 있고 지금 문밖이 무척 시끄럽다. 아이보다 두세 살 많은 형 누나 또래의 아이들이다. 누군가 고함을 치고 누군가를 외쳐 부르고 우하하 소란하게 웃는다.

아이가 우울하다. 자기 혼자 남겨졌다는 사실이 수치스럽고 또한 섭섭하다. 화도 난다. 밖에 나가고 싶지만 그러기에는 뭔가 자존심이 상한다고 생각한다. 울고 싶다. 울고 싶다. 하지만 참는다.

나일론 커튼 아래 책상이, 책상 왼쪽 벽에 키 작고 폭 넓은 3단 나무 책장이 붙어 섰다. 이를테면 그 두 가지가 방 안에 있는 물건들의 전부다. 책상 위는 깨끗하게 치워져 있으며 책장에는 물건들이 가득하다. 색색의 책등을 내보인 채 가지런히 꽂혀 있는 문고들. 기울어진 지구본. 코발트색 장난감 비행기. 식빵 덩어리 같은 야구 글러브. 눈 그친 겨울 마을 풍경이 담긴 스노우볼. 그리고 우는 얼굴의 인형. 못생긴 인형이다. 머리털은 뻣뻣한 금발이고 눈가에 주근깨가 잔뜩 뿌려져 있으며 눈썹은 심술궂도록 진하다. 인형이 무섭다. 잔뜩 찡그리고 울어대는 표정이 무섭기 그지없다.

너 누구니?

인형이 말을 걸어온다.

난 지금 울고 있어. 그런데 너는 누구니? 왜 여기 와 있는 거야?

잠에서 깨어난다.

401호. 방 안은 아직 어둡다.

꿈이다. 등장인물도 사건도 없는 꿈. 두리번거리는 시선을 따라가는 장면들이 전부인 꿈. 침대에 모로 누운 채 끈적끈적한 잠기운을 조금씩 떠나보낸다. 베개 깊이 얼굴을 묻은 채 다시 잠들 수 있을지를 궁리한다. 꿈의 세계에서 건너온 무형의 물질이 몸 안에 고스란히 남아 있다. 요컨대 방 안에 혼자 남겨진 아이를 사로잡았던 감정들이 그 무게감이 지금 차연의 심사를 벅차게 짓누르는 중이다.

이불 밖으로 팔을 뻗는다. 머리맡을 더듬어 핸드폰을 찾는다. 불을 밝혀 시간을 확인한다. 4시 42분. 새로운 하루를 시작하기에는 지나치게 이른 시간이다. 다시 잠들 수 있다면 좋겠지만 그럴 수 있을 것 같지 않다.

모로 누운 채 핸드폰을 만지작거린다. 유튜브에 들어가서 이런저런 영상들을 뒤적인다. 포털사이트에서 이런저런 뉴스들을, 이런저런 이야깃거리들을 찾아 읽는다. 새벽은 깊고 방 안은 어둡고 핸드폰은 분주하다. 습관처럼, 무심코, 페이스북을 찾아 들어간다. 웹 주소 입력 칸에 facebook을 치자 푸른 바탕의 눈에 익은 플랫폼이 나타난다. 검색창에 누군가의 이름 세 글자를 입력하고 돋보기 키를 터치한다. 누군가와 이름이 같은 동명이인 유저들의 명단이 뜬다. 개중 한 명의 공간에 찾아 들어간다. 프로필 사진이 사무치도록 친숙하다. 인물 사진이 아니다. 바다를, 해 질 녘 겨울 바다를 담은 사진이다. 더없이 황량하다. **나는 언제나 나의 불편한 친구. 메시지 확인 안 합니다.** 자신을 소개하는 짧은 문장은 그러하다.

조정필의 페이스북이다. 아직 계정이 살아 있다. 마지막 포스팅이 작년 9월 7일이다. 너저분한 술자리 사진을 어김없이 찍어 올렸다. '좋아요'가 9개. '멋져요'가 2개. 댓글도 3개 붙었다. 오늘도 마시느냐고 묻는 글. 안주가 뭔지 맛있어 보인다는 글. 늘 부럽다며 'ㅎㅎ'로 마무리하는 글. 댓글마다 달아놓은 조정필의 답글을 확인한다. **예, 매일 답립니다. 조기찌개예요. 좀 짜네요. 부러워만 말고 한잔하시지요.** 9월 7일뿐 아니다. 9월 1일 타임라인에도 8월 17일 타임라인에도 그 이전의 것들에도 보잘것없는 동네 술자리 사진들이 대부분이다. 술 마시는 사람들의 얼굴은 좀처럼 보이지 않는, 술병과 안주 접시와 기껏해야 술잔을 쥔 손목들만이 출현하는.

팔이 뻐근하다. 핸드폰을 내려놓고 천장을 향해 똑바로 드러눕는다. 눈을 감는다. 검은 망막 위에 빛의 잔상들이 어른거린다. 뿌옇게 사라져간다.

현관 밖에서 어떤 소리가 들려오는 것 같다. 잠깐 들리다가 멀어지는 것 같다. 이웃집 누군가의 조심스러운 기침 소리 같다. 1층에 멈춘 엘리베이터 베어링에서 나는 기척 같다. 새벽 골목을 달리는 자전거 페달 소리 같다. 아주 작은 소음조차 귓가에 생생할 만큼 사위가 고요한 시간이다. 소리 아닌 것조차 소리로 잘못 들릴 시간이다. 그 방을 생각한다.

어째서 그 방에 혼자 남았던 것일까.

꿈속 풍경에서 건너온 감정들이 여전히 손끝 베일 듯 강렬하다.

고집스럽게 홀로 남겨진 아이.

아무도 모르게 상처 입는 아이.

어쩌다가 그렇게 되었을까.

이 기억은 과연 누구의 것일까.

✤

이 무상하고 즐거움 없는 세상에 왔으니 나를 신애하라.

—『바가바드기타』제9장

월요일 오전 11시. 약속 시간을 8분 남기고 G호텔에 도착한다. 1층 로비의 넓고 환한 풍경 앞에서 걸음의 속도가 줄어든다. 짧은 숨을 들이마신다. 옆구리가 뻐근하다. 미세한 통증이다. 때로 어떤 통증은 그 이유도 그 이유를 찾을 필요도 없다.

일찍 오셨네.

프런트데스크 너머에서 누군가 다가온다. 메리다.

잘 지냈어요? 몸은 좀 어때요?

좋습니다. 아주 많이.

다행이군요.

이제 고작 두번째 보는 얼굴이라는 사실이 어딘지 새삼스럽다. 그나저나 자신이 메리라 불리고 있다는 사실을 메리는 알고 있을까.

이쪽으로요.

엘리베이터를 타고 2층으로 올라간다. 1층 로비와는 또 다른 분위기의 공간이다. 메리가 앞장서서 복도를 걷는다. 차연이 두 발 정도 처져서 뒤따른다. 부드러운 소재의 바닥이 두 사람의 발소리를 완벽하게 흡수하고 있다. 기역 자로 꺾이는 길목을 지나 어딘가에 멈춰 선다. 양복점이다. 주의 깊게 관찰하지 않으면 양복점인지 뭔지 식별이 어려운 외관이다. 순백의 남성 흉상이 감색 싱글 슈트를 입고 서 있다. 쇼윈도 밖에 선 차연을 무표정하게 내려다보고 있다. 이태리어인가. 필기체로 적힌 가게 상호를 읽어보려 하지만 쉽지 않다.

옷을 한 벌 맞출 거예요. 세상에서 가장 멋진 정장을.

옷이 꽤 많던데요. 붙박이장에 있는 것들, 한 벌씩 입어보는 데만 몇 개월은 걸릴 것 같던데.

며칠 뒤에 중요한 자리가 있어요. 많은 사람들이 모이는 자리. 그 속에서 누구보다 차연 씨가 빛나야 하는 자리. 그날을 위해서 특별히 준비하는 거예요.

되게 비싼 데 같은데.

차연 씨가 걱정할 일이 아니에요.

가게로 들어선다. 키 큰 여성이 사뿐 다가온다. 찾으시는 것이 있느냐고 묻고 메리가 예약했어요, 대답한다. 점원의 얼굴이 밝아진다.

기다리고 있었습니다.

그러고는 차연을 향해 고개 숙여 인사한다.

안녕하세요. 반갑습니다. 이쪽으로 잠깐 모실게요.

차연이 점원을 뒤따르고 메리가 차연을 뒤따른다. 벽을 돌아서자 외부로부터 독립된 공간이 나온다. 체구 왜소하고 백발이 하얗게 센, 그러나 얼굴은 주름 하나 없이 팽팽한 사내를 거기서 만난다. 왼쪽 손목에 청색 핀쿠션을 매달고 오른 어깨에 줄자를 치렁치렁 둘러멘 그가 실례합니다, 차연의 몸에 손을 가져간다. 가볍고 꼼꼼한 손길이 어깨 위를 허리를 옆구리를 목덜미를 팔등을 허벅지와 사타구니 주변을 종아리와 발목을 날렵하게 오고 간다. 팔을 벌려보라면 팔을 벌리고 어깨를 펴고 턱을 당겨보라면 그렇게 한다. 문득, 알 수 없게도, 예전이 떠오른다. 지금보다 22센티미터 정도 키가 작던 시절. 지금보다 35킬로그램 정도 몸무게가 많이 나가던 시절. 지금보다 나이 많고 둔하고 덜 건강하던 시절. 그 시절에 지금과 같은 상황을 만났다면, 그런 일은 없었고 앞으로도 그러하겠지만, 단 30초도 견디지 못했을 것이다. 숨죽인 고요 속 타인의 눈길이 더불어 손길이 곤혹스러워서 숨도 제대로 못 쉬었을 것이다.

가봉을 위해 사흘 뒤 다시 방문할 것을 약속한다. 이어 호텔 2층의 가장 외지고 은밀한 공간을 벗어날 수 있었다.

딱 점심시간이네. 같이 밥 먹어요. 괜찮죠?

12시 20분이다. 집을 나서기 전에 계란프라이와 시리얼과 우유로 늦은 아침을 해결했다. 그게 두 시간 전이다. 그러나 이 순간, 메리와 같이 점심 식사를 하지 못할 이유 같은 것은 세상에 없다. 있다 해도 상관없는 일이다.

엘리베이터를 타고 11층으로 올라간다. 일본 음식점에 들어선다. 직원의 안내를 받아 아담한 룸으로 안내받는다.

좋아 보여요.

묵직한 사기잔에 따끈한 차를 따라 건넨다.

더 건강해 보인다느니 더 자연스러워 보인다느니, 이제는 그런 말조차 필요 없을 것 같아요. 본인이 더 잘 알겠죠. 안 그런가요?

아무 때나 졸음이 막 쏟아지는 일이 없어져서, 무엇보다 그게 참 좋아요.

이제는 팬티에 분비물도 거의 묻지 않고요. 차연이 그렇게 덧붙이려다 만다.

그런 말씀을 해주셔야 해요. 사람들을 만났을 때.

예?

중요한 자리가 있다고 했잖아요. 많은 사람들이 모이는 자리. 누구보다 차연 씨가 빛나야 하는 자리.

……

차연 씨와의 만남을 기다리는 사람들이 많아요. 차연 씨가 이뤄낸 도전과 성과를 직접 확인해보고 싶어 하는 사람들.

……

거짓말을 하라는 게 아니에요. 있는 그대로 숨김없이 이야기하면 되겠지요. 방금 말씀 같은.

제가 따로, 어어, 준비할 게 있을까요. 그날을 위해서. 그분들을 위해서.

차연 씨가 한번 고민해봐요.

메리가 찻잔을 들어 입술을 적신다.

글쎄 뭐가 있을까. 노래를 한 곡 준비해서 멋지게 불러보면 어떠려나. 춤도 괜찮을 것 같네. 요즘 잘나가는 K팝에 맞춰서.

주문한 음식들이 놓이고, 그러느라 대화가 잠깐 끊긴다. 모르는 사람들 앞에서 노래를 부르고 아이돌처럼 춤추는 자신을 상상한다. 상상이 쉽지 않다.

심각해지셨네.

상아 젓가락을 집어 들며 메리가 말한다.

농담이에요, 농담.

ꒊ

우리는 태어난 게 아니라 도착한 거예요.

　　　　　　　　　　—조정권, 「살얼음에 대하여」

―――――

"축하."

식사가 끝나고 빈 그릇들이 치워지고 후식이 놓인 자리. 메리가 테이블 가운데에 뭔가 내려놓는다. 그것을 차연 쪽으로 반 뼘 정도 들이민다.

어제 나왔어요.

차연이 놀란다. 생각 못했던 일이다. 정의 내리기 쉽지 않은 감정 몇 가지가 가슴속에 복잡하게 엉킨다.

내 건가요.

물론이죠.

모두 세 종류다. 주민등록증. 운전면허증. 여권. 말한 것처럼 발급일이 모두 어제 날짜다. 아직은 여전히 조금 낯선 얼굴의 증명사진이 신분증 세 곳에 나란히 담겨 있다. 생경한 숫자가 신분증 세 곳에 나란히 적혀 있다. 990523. 1999년 5월 23일생.

이런 게 가능할 줄은, 솔직히, 몰랐어요.

칭찬으로 받아들일게요.

속이 더부룩하다. 별생각 없었음에도 방금 전까지 남김없이 먹어치운, 적지 않은 양의 날생선과 튀김과 차가운 국수 등이 아직 소화가 되지 않고 있다. 달라진 것이 한두 가지 아니다. 식성이 그렇고 식사량이 그렇고 소화 기능이 그렇다.

쉬운 일은 아니었어요. 아무래도 관공서를 상대하는 일이다 보니. 잘난 체를 좀 하자면, 그래요, 대한민국에서 이런 일을 해낼 수 있을 사람은 나 포함해서 다섯 명도 안 될 거예요.

……

딱 하나만 부탁할게요. 법적으로 아무 문제없는 물건이지만, 웬만하면 사용할 일이 없도록 주의해주세요. 당분간만. 무슨 이야기인지 아시겠죠?

이 상황에서 아무런 도움도 되지 않을 궁금증이 멋대로 고개를 쳐든다. 예전의 그것은 어떻게 되었을까. 앞자리 990523이 아니라 881112가 찍힌 그 주민등록증은.

메리와 헤어져 거리를 걷는다. 미세먼지 심한 날이다. 호텔에서 가장 가까운 지하보도로 들어선다. 하얀 마스크를 쓴 중국인 관광객 한 무리가 차연을 지나쳐 간다. 오래된 지하상가의 오래된 점포 몇 군데를 가로지른다. 대체로 한적하다. 길 건너편 계단으로 올라간다.

큰길 안쪽. 화장품 숍을 지나 대형 의류상가 건물 1층의 편의점에 들어선다. 속이 여전히 더부룩하다. 아무래도 체한 것 같다. 음료 냉장고 앞에 서서 그 안의 것들을 바라본다. 잠시 고민 끝에 탄산수 한 병을 집어 든다. 예전 같았으면 그러지 않았을 것이다. 그 옆의 익숙한 음료 캔을 망설임 없이 택했을 것이다. 붉은 바탕에 하얀 글자의 알파벳 C가 네 개, 500밀리리터 캔 하나에 3그램 각설탕이 18개도 넘게 들어가는 검은 음료수를.

실례합니다.

편의점 로고가 박힌 조끼를 입고 매대를 정리하던 직원이 나직이 속삭이며 곁을 지나간다. 지나가다가 얼결에 차연을 바라보고는 스르륵, 걸음을 멈춘다.

"어?"

좁은 통로에 두 사람이 어수선하게 마주 선다. 1미터도 되지 않는 간격을 마주하고 서로를 바라본다. 차연의 어깨 정도 오는 키. 단발머리를 하얀 머리끈으로 질끈 묶었다. 눈이 작고 속눈썹이 짙고 눈가에 주근깨가 흩뿌렸다. 동그란 얼굴, 도톰한 입술. 어려 보인다. 고등학생은 아니겠지만 고등학생 같다.

"오빠."

빠르게 나직하게 차연을 부른다. 감정에 억눌린 목소리다. 사람 목소리 같지 않은 목소리다. 까마득한 성벽 너머의 누군가를 마음속으로 외쳐 부르듯 간절한 목소리다.

차연이 얼어붙는다.

순식간에 얼어붙어 꼼짝도 할 수 없다.

"오빠…… 오빠 맞지? 응?"

주르륵. 눈물 두 줄기가 주근깨를 적시며 흘러내린다. 흐느껴 울지는 않는다. 흐르는 눈물을 닦지도 않는다. 차연의 목덜미에 오소소, 소름이 돋는다. 차연 향한 여자의 간절함이 차연을 아프게 꿰뚫고 지나간다. 차연 향한 여자의 격정이 차연을 사정없이 쓰러뜨리고 짓누른다. 힘들다. 견디기가 힘들다.

차연이 도망친다.

여자가 재차 입을 달싹이려는 순간, 후다닥 몸을 돌린다. 발작하듯 달아나기 시작한다. 청부업자의 접근을 눈치챈 전직 정보요원처럼. 진열장의 과자 봉지들이 투둑 툭 떨어진다. 편의점에 막 들어서던 누군가와 거세게 어깨를 부딪치고 만다. 뭐라 투덜거리는 소리를 들을 새도 없이 달린다.

심장 뛰는 소리가 귓가에 마구 쿵쾅거린다. 주근깨 점원의 눈물 젖은 얼굴이 귀신처럼 등 뒤를 쫓아온다. 처참한 혼란의 파도가 엄청난 속도로 차연을 집어삼킨다.

✠

　　"싱싱하고 향이 강한 바질들이 자라나기 시작해서 먼 곳에서부
터 사람들이 찾아왔대. 그러니까 한 여자가 한 남자를 사랑하고,
남자가 죽고, 여자가 미치고, 눈물이 떨어지고, 식물이 자라고,
뭐 이런 게 결국 사랑의 모습인 걸까."

—조경란, 『혀』

———————

　　지승. 권지승. 뉴질랜드에서 태어나 거기서 자란 아이. 유
달리 눈이 크고 얼굴이 하얗고 입술이 빨간 아이. 외할머니를
꼭 빼닮은, 하지만 그런 이야기는 누구에게도 들어본 적이 없
는 아이. 착하고 잘 웃고 말수가 많지 않은 아이. 자기주장이
별로 없지만 뜻밖에 속이 깊은 아이.

　　소속사를 통해 한국에 들어온 게 1년 8개월 전이었다. 웨스
턴 스프링스 칼리지를 졸업하던 해였다. 초등학교 때까지의
꿈은 생물학자, 정확히는 해양생물학자였다. 친아버지는 지

승이 엄마의 배 속에 있을 때 두 사람의 곁을 떠났다. 남녀가 뉴질랜드에 정착한 지 딱 2년 만이었다. 엄마가 베트남 출신 간호조무사 응우엔 호안 티엔을 만난 것은 지승이 한 살 무렵이었다. 네 살 때부터 지승은 수백 가지도 더 되는 바다 생물들의 이름과 학명과 생태 등을 책 속 사진만 보고도 줄줄 욀 줄 알았다. 아버지 응우엔 호안 티엔 아니고는 불가능한 일이었다.

17세가 된 지승은 여전히 눈이 크고 얼굴이 하얗고 입술이 빨간 청년이었다. 자신이 젊은 시절의 외할머니를 빼닮았다는 사실조차 잘 알지 못하는 청년이었다. 착하고 잘 웃고 자기주장이 별로 없지만 말수가 조금은 많아진 청년이었다. 아버지 호안에게 미처 예상 못한 생의 법칙이 찾아들었다. 급성다발골수종. 하나뿐인 아들에게 더 이상 무릎을 빌려줄 수도, 매일처럼 생물도감을 읽어줄 수도 없게 된 그는 자신이 21년 넘게 근무해온 타우랑가 호스피스센터에서 4개월가량 약물로 고통을 피하다가 눈을 감았다. 그리고 지승은 더 이상 심해에 사는 초롱아귀의 영명 Atlantic Footballfish, 학명 Himantolophus groenlandicus를 외우지 않았다. 대신 코리아에 열광했다. 한 번도 가본 적이 없는 나라. 어머니로부터도 그다지 많은 이야기를 들어본 적이 없던 나라. 사우스코리아에서 만들어진 드라마와 영화와 K팝에 미친 듯 빠져들었다. 곧 시작되는 20대가 그렇게 선택되고 결정되었다. 착하고 자기주장이 그다지 강하지 않던 청년이 처음으로 자신을 위한 고집을 꺾지 않았다. 생애 최초로 엄마를 눈물 흘리게 만든 사연이 뚜벅뚜벅 진행되었다.

　YA엔터테인먼트의 자회사 G2M에서 1년간 연습생 생활을 했다. 무수하게 들었던 무용담에 비하면 그다지 힘들지 않았다. 좁지만 숙소도 있었고 세끼 식사도 대충 얻어먹을 수 있었다. 웰링턴에서 마켓 매니저로 일하는 엄마가 매달 조금씩 보내오는 용돈으로 생활비는 충분했다. 서툰 한국어 또한 문제가 아니었다. 스무 살 전후 청년들이 하나의 꿈과 목표를 향해 배우고 익히고 뒤섞여 경쟁하는 나날, 낯설지만 외롭지 않은 정글의 시간들이었다.

　7월 말, 론칭을 3개월 앞둔 보이그룹 월디스트A의 오디션을 보았고 거기 뽑혔다. 5년 넘게 연습생 생활을 하면서도 끝내 데뷔 못하는 청년들이 수두룩했다. 모두 다섯 명으로 구성될 월디스트A는 이미 네 명의 멤버가 꾸려진 상태였다. 합을 맞추던 한 명이 개인 사정으로 갑자기 빠지며 비워진 자리에 지승이 운 좋게 합류한 것이다. '카이'라는 이름을 얻으면서.

　컴퓨터 게임보다는 춤과 운동을 좋아하는 편이었다. 말수는 많지 않지만 명랑하고, 침착하지만 활동적이고, 나서지는 않지만 여럿이 함께 어울리는 것을 즐기는 성격이었다. 인간관계에서 섬세하고 다정한 편이지만 나이답지 않게 대범한 구석도 있었다. 주량은 맥주 두어 잔, 담배는 피울 줄 몰랐다.

카이, 권지승은 그런 사람이었다.

8월 첫날부터 합숙이 시작되었다.
여느 해처럼 뜨겁고 긴 여름이었다.

✧

우리는 서로의 과거를 몰랐고 미래에 대해서도 구체적으로 생각하지 않았다. 과거나 혹은 미래가 존재한다는 것은 슬픈 일이다.

—배수아, 『에세이스트의 책상』

———

집에 어떻게 돌아왔는지 생각도 나지 않는다.

침대에 얼굴을 파묻고 이불을 뒤집어쓴다. 생각을 멈추기 위해 몸부림친다. 그러나 이해하기 힘든 일이다. 편의점 여자 생각을 도무지 멈출 수 없다. 오빠. 간절하게 속삭이던 목소리를, 주르륵 흘러내리던 눈물을 기억에서 지울 수 없다. 다시 한 번 이해하기 힘들도록 가슴이 아프다. 아프고 무겁고 괴롭다.

누굴까. 여자는 차연을 기억하고 있다. 차연은 여자를 기억 못하고 있다. 여자가 기억하는 차연과 여자를 기억 못하는 차연과의 차이를 여자는 이해 못할 것이다. 아마도 그럴 것이다.

그럼에도 납득이 가지 않는다. 왜냐하면 차연 씨를 기억할 만한 사람은 적어도 대한민국에는 없을 것이기 때문입니다. 닥터 이어는 단정했다. 있다 해도 고작 서너 명뿐일 것이기 때문입니다. 그러나 차연 씨를 기억하는 서너 명으로 인해 차연 씨에게 장차 어떤 곤란한 상황이 찾아올 가능성은 없을 것입니다. 그들 모두를 길에서 우연히 맞닥뜨렸다 해도 말이지요. 왜냐하면, 닥터 이어가 재차 단정했다, 그로 인해 차연 씨에게 어떤 곤란이 발생할 경우, 이미 그 자체로 그들 서너 명이 돌이킬 수 없도록 치명적인 상황을 못 피하고 말았다는 증거일 테니까요.

여자에 대해 생각한다. 여자와 여자가 애타게 간절하게 발음하던 오빠에 대해 생각한다. 오빠라 부르고 불릴 수 있는 몇 가지 남녀 관계에 대해 생각한다.

여자에 대해 상상한다. 지금 이 순간, 잠시 앉아 쉴 곳조차 마땅치 않은 편의점 좁은 공간을 홀로 버티고 있을 여자를 상상한다. 시시때때로 들이닥치는 손님들을 상대하며 여자가 견뎌낼 시간들을 상상한다. 거짓말처럼 불쑥 나타났다가 우당탕 도망쳐간 누군가로 인해 시름시름 메말라갈 여자의 심장을 상상한다.

나 때문이야.

나 때문이야.

밑도 끝도 없이 마음이 불편하다. 마음 불편한 혼란이 납덩

이처럼 무거워지고 있다. 납득할 수 없도록 강렬한 만남의 장면으로부터 두 시간이 지나 있다. 더는 견딜 수 없다. 뒤집어 쓰고 있던 이불을 걷어내고 침대에서 몸을 일으킨다.

지하보도에서 멀지 않은 골목. 화장품 숍 지나 건물 1층 편의점. 본의 아니게 탄산수 한 병을 훔쳐 갔던 편의점에 아직 여자가 있을 것이다. 아마 그러할 것이다. 그곳에 다시 찾아간다 해도 차연이 할 수 있는 일은 별로 없을 것이다. 아마 그러할 것이다. 그러나 어쩔 수 없는 일이다. 더는 견딜 수 없는 일이다. 401호 원룸 안이 토할 듯 갑갑하다. 지난 며칠처럼 이 공간에서 더없이 안락한 저녁 시간을 맞이하는 것은 이제 불가능한 일이 되고 말았다.

붙박이장을 연다. 회색 후드집업을 선택한다. 서랍에서 회색 챙 모자와 선글라스를 챙겨 든다. 책상에 올려둔 지갑을 바지 주머니에 넣는다. 충전 코드를 분리하고 핸드폰을 집어 든다. 그러다가 짧고 깊은 고민에 빠져든다.

핸드폰을 가지고 갈 것인가?

G호텔 근처를 조금 서성이다가 빠른 속도로 그곳에서 벗어났고 어딘지 모를 거리를 꽤 오랜 시간 헤매다가 방금 전에야 귀가했다. 그러고는 다시 그 거리를 찾아가는 길이며 이후로 그곳에서 더 얼마나 시간을 보낼지 다시 어디로 이동하게 될지 모르는 상황이다. 범상치 않은 동선이 핸드폰을 타고 고스란히 전달될 것이다. 이를 메리가 이상하게 또는 수상하게 생

각할지 모른다. 그에 대해 캐묻거나 지나가듯 언급할지 모른다. 도서관 회원 카드를 혹시 발급하지 않았을까 걱정하던 메리다. 법적으로 아무 문제 없는 주민등록증임에도 웬만하면 사용할 일이 있지 않도록 부탁했던 메리다. 거짓말을 둘러댈 수도 솔직한 대답을 내놓을 수도 없을 것이다.

짧고 깊은 고민을 끝마친다. 책상 위에 핸드폰을 내려놓는다. 어쩔 수 없다. 어쩔 수 없는 일이다.

저녁이다. 날이 저물며 바람이 심해지고 있다. 고약하던 미세먼지가 덕분에 많이 옅어지고 있다. 행인들의 발걸음이 빨라지고 있다. 지하보도에서 멀지 않은 골목 안쪽 화장품 숍이 밝은 조명을 밝히고 있다. 분홍치마를 입은 점원이 가게 앞에 서서 지나가는 사람들을 불러 세우고 있다. 화장품 숍과 편의점의 중간쯤에 차연이 서 있다.

편의점 유리문 안으로 여자가 보인다. 표정을 자세히 살필 수는 없지만 아까의 여자가 분명하다. 날이 저물며 바람이 심해지고 있다. 길게 숨을 들이마신다. 용감하게 걸음을 옮긴다. 편의점 유리문을 열고 들어선다. 어서 오세요. 카운터 너머에 선 여자가 핸드폰을 만지작거리며 시무룩이 인사한다. 차연이 말없이 여자 앞에 다가가 선다. 3초. 4초. 5초. 여자가 슬그머니 고개를 든다. 차연을 알아보고는 소리 없이 경악한다.

안녕하세요.

차연이 나직이 인사한다.

제발 놀라지 마세요. 진정하시고, 우리 이야기 좀 해요. 어떤 이야기라도 좋아요.

나쁜 꿈처럼 이어지던 차연의 상상이 산산이 부서진다. 남색 작업 점퍼 남자 때문이다. 남색 작업 점퍼 남자가 차연을 지나쳐 편의점 안으로 들어선 때문이다. 문이 열리고, 순간 여자의 얼굴이 밝히 드러난다. 차연이 서둘러 물러선다. 들켜서는 안 된다. 아직 자신을 보여서는 안 된다. 아직 아무런 준비가 되어 있지 않다. 편의점 유리문 너머를 주시한다. 작업 점퍼가 카운터에 대고 뭐라 손짓한다. 여자가 어깨 위로 팔을 뻗어 주문한 물건을 뽑아 든다. 담뱃갑의 바코드를 찍고, 내미는 카드를 받아들고, 영수증과 함께 돌려준다. 무료한 얼굴. 일상에 지친 얼굴. 아까 차연을 마주치던 순간과는 분명히 다른 얼굴.

여자의 근무 시간이 언제까지일지 알 수 없다. 편의점 창밖을 성냥팔이 소녀처럼 맴돌고만 있을 수는 없다.

길 건너에 분식점이 보인다.

어서 오세요. 몇 분이세요?

초록 앞치마를 입은 직원이 묻고 마침 창가 끝자리의 손님 두 명이 가방을 챙기며 일어선다. 편의점 입구가 비교적 잘 보이는 위치다. 그 자리를 차지하고 김밥 한 줄을 주문한다. 얼마 지나지 않아 주문한 음식이 놓인다. 길쭉한 플라스틱 접시에 두툼하게 썬 김밥 한 줄. 작은 대접 안에 파 조각을 뿌린 된장국. 번들번들 기름 바른 김 위에 통깨가 한 줄 뿌려져 있다. 밥 생각은 전혀 없다. 점심에 열심히 먹어치운 음식들이 아직 요만큼도 소화되지 않았다. 수저통에서 젓가락을 집어든다. 시선을 창밖 편의점에 고정시킨 채 김밥 꽁지 한 조각을 집어 입에 가져간다. 묵직한 참기름 냄새가 입안 가득 퍼진다. 그 냄새가 조금도 반갑지 않다.

하얀 종이 가방을 든 사람이 막 편의점을 나서고 있다.

여자는 보이지 않는다.

날이 완전히 저물었다.

여자는 보이지 않는다.

리어카를 멈춰 세운 노인이 편의점 밖에 내놓은 종이 박스를 꾸물꾸물 챙기고 있다.

여자는 보이지 않는다.

✛

가려는 거야? 못 잊는 마음이 가장 나쁜 마음이야.

　　　　　　　　　　—이응준, 『소년을 위한 사랑의 해석』

———————

　사고가 난 것은 싱글 발매를 2주 앞둔 10월 두번째 주말이었다. 화보 촬영 겸 그간의 험난한 일정을 잠시 쉬어 갈 겸 강원도로 1박 2일 짧은 휴가를 나섰다가, 그 여행이 모두에게 모든 것의 가장 마지막이 되고 말았다. 강릉시 저동 경포대 인근의 J펜션에서 투숙객 일곱 명이 의식을 잃고 쓰러져 있는 것을 펜션 업주 김모 씨 등이 발견해 신고한 시간은 일요일 오후 1시 12분경이었다. 이들 중 네 명이 DOA(심전도 무반응) 상태로 병원에 후송되고 나머지 세 명도 의식이 없는 상태 등으로 강릉 지역 병원 세 곳에 분산 후송되어 긴급 치료를 받았다. 네 명은 도착 당시 경직이 상당히 진행된 상태로 병원 도착 직후 30여 분간 심폐소생술을 받았으나 운명을 되돌리지 못했다. 사고 환자들을 처음 진료한 강릉아산병원 의료진은 "일산화탄소 중독으로, 단시간에 집중적으로 노출되었던 것으로 추정된다"는 소견을 냈다. 소방 당국이 최초로 측정한 당시 펜션 내부의 일산화탄소 농도는 155ppm. 일반적인 경우(20ppm)의 여덟 배 가까운 수치였다.

생존 환자들 가운데 한 명은 상태가 빠르게 호전되었고 나머지 두 명은 헬기를 이용해 고압산소 치료시설이 있는 원주 세브란스기독병원으로 긴급 이송됐다. 이송된 두 명 가운데 한 명은 매니저 최모 씨, 또 한 명은 가장 최근에 합류한 멤버 카이(권지승, 21)였다.

데뷔를 불과 며칠 앞둔 보이그룹 다섯 명과 매니저 등이 하룻밤 새 일산화탄소에 중독되어 그중 네 명이 숨지고 한 명이 중태에 빠지고 만 사건은 단숨에 온 세상을 떠들썩하게 만들었다. TV 뉴스와 신문이 연일 매시간 비중 있게 사건 소식을 보도했다. 인터넷과 SNS에 추모의 글들이 물결처럼 번져나갔다. 월디스트A가 아이돌의 꿈을 키우던 서울 마포구 합정동 A빌라 입구에는 전국에서 찾아든 추모객들의 손 편지와 꽃다발과 촛불이 끊임없이 이어졌다. K팝에 열광하는 해외의 팬들도 멀리서 슬픔의 마음을 함께 모았다.

월디스트A 멤버들의 얼굴이나 본명을 기억하는 사람들은 많지 않았다. 미처 발표되지 않은 그들의 싱글 앨범 타이틀을 접한 이들은 거의 없었다. 누구보다 열정적으로 꿈꾸었던, 보이지 않는 곳에서 더 화려한 세계로의 도약을 목전에 두고 돌연 좌절된 청년들의 사연은 그럼에도 대중문화를 사랑하거나 그렇지 않은 사람들 모두의 마음을 흔들어놓기 충분히 비극적인 스토리였다. 많은 이들이 가요계의 비정상적인 신인 발굴 시스템과 그 문제점을 지적하며 안타까워했다. 더 많은 이들이 사회의 고질적인 안전 불감증으로 빚어진 또 하나의 인재에 분개했다.

경찰은 국립과학수사연구원과 한국가스안전공사 요원 등을 사고 현장에 투입해 대대적인 정밀 감식을 벌였다. 이 과정에서 실내로부터 실외로 빠져나가는 보일러 연통의 연결 부위 일부가 떨어져 있는 사실이 밝혀졌다. 수사 결과 해당 펜션의 가스보일러가 시공 기준을 위반하여 부실 시공되었고, 안전 검사 · 점검 규정도 제대로 지켜지지 않았으며 보일러 사용 관리를 소홀히 한 업무상 과실이 확인되었다. 시공 단계의 부실부터 관리 감독상 부실 점검, 숙박 제공 단계의 보일러 안전관리 소홀 등 어느 것 하나 제대로 이뤄지지 않으며 그와 같은 참사로 이어졌다는 설명이었다.

"세상을 잃은 기분입니다. 모든 것을 다 내려놓고 싶은 심정입니다. 제대로 이끌어주고 보살펴줘야 하는 가요계 선배이자 한 사람의 어른 입장에서 커다란 도의적인 책임감을 느낍니다. 다시 한 번 고인들의 명복을 빕니다. 피기도 전에 사그라진 젊은 아티스트들의 꿈과 노력이 헛되이 잊히지 않아야 할 것입니다. 다시는 이와 같은 비극이 없도록 구조적으로 다양한 개선책을 찾아나가겠습니다. 회사 입장에서 추모 사업과 유고 앨범 발표 등 가능한 모든 방법을 연구할 것입니다."

언론 인터뷰를 통해 YA엔터테인먼트 양지운 대표가 고인들과 팬들 앞에 약속한 내용이다.

✣

동일시(Identifizierung): 어떤 주체가 다른 사람의 모습이나 특성이나 속성을 동화시켜, 전체적으로나 부분적으로 그 사람을 모델 삼아 자신을 변화시키는 심리 과정. 인격은 일련의 동일시에 의해 구성되고 분화된다.

—장 라플랑슈, 『정신분석사전』

───────

왜 안 드시고……

저녁 시간 지나며 분식집 손님들이 절반의 절반으로 줄어들었다. 방금 비워진 테이블을 치우며 초록 앞치마 직원이 차연을 두번째로 힐끔거린다. 정확히는 차연 아니라 차연 앞의 접시를 힐끔거린다. 꼬투리 한 조각을 제외하고는 아까 그 상태 그대로 손도 대지 않은 김밥 한 줄.

천천히 먹을게요. 죄송합니다.

중얼거리며 창밖으로부터 시선을 돌리지 않는다. 여자는

보이지 않는다. 차연이 앉은 위치에서는 그러하다. 그러나 편의점 안에 아직 여자가 있다. 들고 나는 출입문이 또 있지 않다면 분명 그러하다. 벌써 한 시간째다.

김밥 다 말랐네. 포장해드려요? 지금 드실 거 아니면.

아니, 괜찮습니다.

그제야 초록 앞치마가 물러선다. 짜증 섞인 목소리가 아니라서 다행이다. 김밥. 메마른 김밥. 유통기한 지난 김밥. 편의점 아르바이트를 두 번 했다. 한번은 6개월. 또 한번은 2개월. 숱한 임시직 비정규직 일용직 가운데 하나였다. 야간 알바 하며 가장 많이 먹었던 게 유통기한 지난 샌드위치와 삼각김밥이었다. 운 좋게 4천 원 넘는 도시락이 얻어걸리는 날은 흔치 않았다. 컵라면 중에 가장 저렴한 것을 하나 뜯어서 유통기한 몇 시간 지난 삼각김밥과 함께 먹었다. 그럴 때마다 늘 아쉬웠다. 편의점 삼김은 왜 분식점 김밥처럼 못 만들까. 시금치도 들어가고 당근도 계란도 들어가고. 꼭 삼각형이 아니어도 상관없지 않을까.

창밖 풍경에 주목할 변화가 나타난다. 편의점 문이 열리고 여자가 모습을 드러낸 것이다. 놀란 차연이 벌떡 일어선다. 드르륵 의자 밀리는 소리가 둔탁하게 실내를 긁는다. 수저통을 정리하던 초록 앞치마가 놀라 차연을 돌아다본다. 편의점 문을 연 채, 여자가 실내를 향해 두 번 세 번 고개를 숙여 보인다. 후임 근무자에게 작별 인사를 건네는 모양이다. 이어

등을 돌리고 걷는다. 거리 안쪽으로 멀어져간다. 마침 그 앞을 한 무리의 행인들이 지나쳐 간다. 여자의 뒷모습이 그 속으로 사라진다. 차연이 부랴부랴 분식집을 나선다. 정신없이 김밥 값을 계산하고는 서둘러 어두운 거리로 뛰어나온다.

저편에 여자가 보인다. 10여 미터 앞이다.

여자를 뒤쫓는다. 회색 챙 모자를 깊이 눌러 쓰고 그 위에 후드를 뒤집어쓴다. 선글라스를 썼다가, 날은 저물었고 시야가 지나치게 어두웠으므로, 벗어서 주머니에 집어넣는다. 신경을 바짝 곤두세우고 걸음을 빨리한다. 일정한 거리를 유지하는 게 중요하다. 놓쳐서는 안 된다. 들켜서는 안 된다. 이번화한 거리에서 한번 놓치면 그대로 끝이다. 이 좁은 거리에서 한번 들키면 그대로 끝이다. 집중을 잃어서는 안 된다. 냉정을 잃어서는 안 된다.

여자가 부지런히 걷는다. 목적지가 있고 시간 약속이 있는 사람의 걸음걸이다. 중심가로 향하며 밤거리가 더욱 번잡해지고 있다. 사람들. 간판들. 불빛들. 가게에서 쏟아지는 음악들. 포장마차에서 흘러나오는 연기와 냄새들. 시야를 방해하고 앞길을 가로막는 행인들로부터 여자와의 거리를 유지하는일이 쉽지 않다.

뜻하지 않게 시작된 미행이 언제까지 어디까지 이어질지아직은 모른다. 별안간 여자에게 미안하다. 이 상황을 눈치못 챘겠지만, 아마도 그럴 테지만, 집요하게 뒤따라오는 누군가의 발걸음을 급기야 깨닫고는 가슴 쿵쿵 두렵고 불쾌할 여자에게 벌써부터 미안해진다. 그러나 멈출 수 없다. 미안해요. 도대체 이게 무슨 꼴인지 나도 잘 모르겠어요. 절대 눈치채지 못하도록 노력할게요.

사거리. 여자가 오른쪽 길로 들어선다. 캐주얼 의류 매장 건물 모서리로 뒷모습이 사라진다. 차연이 놀란다. 놀라 걸음을 빨리한다. 달리기 시작한다. 사거리 오른편은 저편의 6차선 차도와 맞닿아 있는, 여태 거쳐온 골목보다 세 배는 넓고 복잡한 길이다. 지금 엄청나게 많은 사람들이 사거리 방향으로 쏟아지듯 밀려드는 중이다. 차연이 당황한다. 당황한 시야 저편에 여자의 뒷모습 한 조각이 아슬아슬 들어온다. 폭풍우 치는 바다 위에 위태로이 떠 있는 부표처럼 거리의 난해한 흐름 속에 보였다 사라지기를 반복한다. 반복하다가, 어느 지점에서 다시 까맣게 자취를 감춘다. 지하철역이 이어지는 어름이다.

차연이 다시 달린다. 지하철역까지 대략 10여 미터. 숱하게 앞길을 막아서는 행인들의 어깨를 툭툭 부딪치며 달려간다. 굴러가듯 다급하게 계단을 밟는다. 개찰구를 지나 승강장으로 향하는 계단 아래로 굴러 내려간다. 마지막 계단을 내려서자 쉴 새 없이 벨 소리가 쏟아진다. 열차가 곧 도착한다는 신호다. 승강장 양편에 선로가 놓인, 오고 가는 열차편이 좌우로 멈춰 서는 구조다. 그나마 다행이다.

다급하게 사방을 둘러본다. 여자는 어디 갔는가. 지금 어디에 있는가. 지하철역으로 내려간 것이 아니던가. 열차를 타는게 아니었던가. 스크린도어 광고판, 빨간 립스틱을 쳐든 모델이 빨갛게 미소 짓고 있다. 밝은 남색 교복을 입은 고등학생이 어두운 얼굴로 차연 곁을 스쳐 지나간다. 오른편 승강장이 소란스러워진다. 도시 북쪽으로 향하는 열차가 긴 굉음을 쏟아내며 들어선다. 불시착한 비행체처럼 요란히 속도를 줄인다. 마침내 멈춰 선다. 여자는 어디 있는가. 스크린도어가 일제히 열리고 승객들이 쏟아져 나온다. 주변이 일시에 혼잡해진다. 난감한 차연이 정신없이 사방을 돌아본다. 아, 저기.

30미터쯤 떨어진 저편, 사람들 사이로 여자의 옆모습이 눈에 들어온다. 대략 열차 한 량 반 거리다. 여자가 스크린도어 너머로 홀연 사라진다. 열차에 탄 것이다. 차연이 가장 가까운 출입문으로 달린다. 날렵하게 몸을 던진다. 거의 동시에 문이 닫힌다. 거세게 어깨를 부딪친 누군가 뒤를 돌아본다. 죄송합니다. 고개 숙여 사과한다. 열차가 움직이기 시작한다.

퇴근 무렵 열차 내부는 앉을 자리도 설 자리도 만만치 않다. 사람들 사이를 비집고 나아간다. 열차가 진행하는 방향으로 부지런히 나아간다. 가까스로 중간 통로를 지나 잇닿은 객차로 들어선다. 다시 몸과 몸 사이를 비집으며 열심히 전진한다. 다음 정차할 역을 알리는 방송이 쏟아진다. 열차가 속도를 줄인다. 이내 다음 정거장에 멈춰 선다. 문이 열리고, 승객

들이 우르르 내리고 또한 올라탄다. 아직 여자를 만나지 못했다. 단 한 정거장 만에 열차에서 내리지는 않겠지. 아마 그러하겠지.

두번째 통로를 지나 세번째 객차에 들어선다. 혼잡하던 실내에 아주 조금 여유가 생긴다. 주변을 휘둘러보던 차연이 안도한다. 여자가 저기 있다. 분홍색 임산부 좌석이 있는 두번째 출입문 근처다. 손잡이를 쥐고 선 여자가 차창 밖을 바라보고 서 있다. 차연이 걸음을 멈추지 않는다. 여자를 무심코 스쳐 가서 세번째 출입문 앞에 멈춘다. 여자가 선 반대편 차창 쪽에 선다. 등 뒤 오른편에 여자가 있다. 고개 돌려 힐끔거리는 대신 차창에 비친 여자의 뒷모습을 주시한다. 기둥에 기대선 여자가 핸드폰을 만지작거리는 중이다. 미행에 대한 어떤 낌새를 눈치챈 것 같지는 않다.

여섯번째 역에서 여자가 내린다.

승객 몇 명을 따라, 차연이 마지막으로 열차에서 내려선다.

"솜씨 있는 백정은 1년에 한 번 칼을 바꾸는데 이는 살을 가르기 때문입니다. 보통의 백정은 한 달에 한 번 칼을 바꾸는데 이는 뼈를 자르기 때문입니다. 지금 제 칼은 19년이나 되었고 잡은 소만 수천 마리나 되지만 칼날은 두께가 없습니다. 두께가 없는 것을 그 틈 안으로 집어넣으니 넓고 넓어서 칼을 놀리기에 여유가 있습니다."

—장자, 『양생주』

10월 마지막 주. 월디스트A 멤버 네 명에 대한 합동 장례식이 엄수되었다. 피기도 전에 시들고 만 꽃봉오리들이 떠나가는 날. 소속사 식구 전원을 비롯한 국내 유명 연예인들이 검은 양복을 입고 찾아와 얼굴 모르는 후배들의 마지막 가는 길을 함께했다. 몇몇 아이돌 팬클럽 회원 등 K팝을 사랑하는 많은 팬들이 영결식장에 찾아와 고인들을 추모하고 슬픔을 나

누었다. 검은색 장례 차량과 하얀 국화로 상징되는 이날의 장면들이 TV 저녁 뉴스 등에 연달아 보도되었다.

춘천지검 강릉지청은 사고가 난 펜션에 보일러 시공을 했던 업체 대표 강모(45세) 씨, 펜션 운영자 조모(44세) 씨 등 2명을 업무상 과실치사상 혐의로 구속기소했다. 또 가스보일러 시공 인부 1명, 펜션 시공업자 1명, 한국가스안전공사 검사원 1명, 가스 공급업체 대표 등 5명을 같은 혐의로 불구속기소했다. 무단 증축에 관여한 펜션 건축주는 건축법 위반 혐의를 적용, 불구속 상태로 재판에 넘겨졌다. 이른바 '월디스트A 강릉 펜션 참사'의 크고 작은 책임자들 대부분이 그렇게 법의 심판을 받게 되었다.

뜨거운 관심 속에 논의가 거듭되었던 월디스트A 추모 합동공연은 몇 가지 중요한 문제가 해결되지 않으면서 끝내 무산되는 것으로 가닥이 잡혔다. 소속사 양지운 대표는 인터뷰를 통해 "급하게 일정을 조율하는 과정에서 일이 틀어진 것 같다. 출연을 흔쾌히 약속한 선배 가수들과 소속사 임직원 모두가 안타까워하고 있다. 대단히 아쉬운 일이다. 모쪼록 한국 가요계에, 가요계뿐 아니라 한국 사회 전체에 이처럼 가슴 아프고 어처구니없는 사고가 다시는 발생하지 않기를 바란다"는 심정을 밝혔다. 이날, 유작 발표 일정에 대한 언급은 따로 없었다.

계절이 바뀌었다. 해가 바뀌었다. 멤버 가운데 한 명, 의식

불명 상태로 희미한 희망을 끈을 놓지 않던 월디스트A의 나머지 멤버 한 명이 결국 세상을 떠나고 말았다. 사고 58일 만이었다. 카이의 뒤늦은 죽음을 언론들이 일제히 보도했다. 가요계의 많은 팬들이 인터넷과 SNS에 추모의 글을 올리고 슬픔을 나누었다. 그보다 많은 이들이 몇 달 전의 끔찍했던 참사를 떠올리며 다시금 안타까워했다. 그러나 작년 10월의 사고 소식으로 세상이 떠들썩하던 때만큼은 아니었다.

맥주를 파는 곳이다. 생맥주를 마시는 거리다. 엄청난 공간이다. 고층 빌딩들이 바투 뒷모습을 마주하고 선 이면도로, 알록달록 파라솔 테이블과 플라스틱 의자들이 적어도 수백 개 넘게 늘어서 있다. 지하철 입구에서 수십 걸음 만에 그런 세상을 만난다. 저녁이면 아직 쌀쌀한 계절이지만 술집 내부보다는 야외에 내놓은 테이블을 차지한 사람들이 훨씬 더 많다. 빈자리를 찾기가 힘들다. 알록달록 플라스틱 테이블 주변에 모여 앉은 사람들이 연신 웃고 떠들고 힘차게 생맥주잔을 맞부딪친다. 치킨 튀기는 기름 냄새와 건어물 굽는 연기와 사람들 떠드는 소리가 일대에 가득하다. 그 사이를, 주황색 앞치마를 두른 점원들이 숲속의 토끼처럼 오고 간다. 빠른 걸음으로 안주 접시를 가져와 테이블에 내려놓고, 주문을 받고, 빈 유리잔들을 한 손에 다섯 개씩 들고 돌아선다.

그 풍경 속에서 여자를 다시 만난다. 남색 편의점 조끼를 입고 있던 여자가 지금은 주황색 앞치마를 두르고 있다. 바코드 리더기로 부지런히 담배 가격을 찍던 여자가 지금은 먹다 남은 안주 접시를 포개 들고 플라스틱 테이블 숲길을 빠르게 가로지르고 있다. 길모퉁이에 비켜선 차연이 멀찌감치 여자의 움직임을 좇는다. 어느 테이블에 생맥주잔 세 개를 내려놓은 여자가 자리에 앉은 손님 한 명과 짧은 대화를 나눈다. 뭔가 새로운 주문을 받는 모양이다. 그러고는 돌아선다. 돌아서다 말고 멈춰 서서 어리둥절한 표정이 된다. 둘러앉은 남자들이 우하하 웃는다. 여자가 어색하게 따라 웃는다. 테이블의 누군가 시답잖은 농담을 건넨 모양이다.

여자가 창백하다. 눈 밑 자욱하던 주근깨마저 하얗게 바랜 모습이다. 이름이 뭘까. 나이가 어떻게 될까. 하루에 몇 시간이나 일하는 것일까.

밤이 깊어간다.

술 취한 플라스틱 테이블 세상이 알록달록 불타오르고 있다.

✠

"그건 그렇고, 아가씨가 마법에 걸렸다는 사실은 아무에게도 말할 수 없을 거야."

마녀가 떠나갈 때, 가게 문에서 장례식장 종소리가 울려 퍼지는 것 같았다. 소피는 두 손을 얼굴에 가져갔다. 말랑말랑 가죽 같은 주름살들이 만져졌다. 두 손을 내려다보았다. 온통 뼈와 가죽만 남은 손등엔 굵은 핏줄이 드러났고 손마디는 나무옹이 같았다. 회색 치마를 걷어 올리자 깡마르고 늙어빠진 발목이 드러났다. 아흔 살쯤 먹은 사람의 몸 같았다.

　　　　　　　　　　　　　—이애나 윈 존스,『하울의 움직이는 성』

――――――

5월 첫번째 토요일이다. 주말 오후다.

전날 밤에 비가 조금 내렸고, 그래서 더욱 맑고 화창한 날이다. 주택가 오르막길이 오른편으로 구부러지고 있다.

긴장 안 돼요?

메리가 부드럽게 핸들을 꺾는다.

아직은 견딜 만한데요.

차연이 와이셔츠 목깃에 손가락을 집어넣는다.

옷 불편한 것만 빼면.

맞춤 양복은 몸에 잘 맞았다. 지나치게 잘 맞았다. 어깨부터 가슴과 허리를 지나 발목까지, 가볍고 질기고 값비싼 갑옷을 완벽하게 걸친 느낌이다.

조금만 참아요. 익숙해질 거예요.

은색 폭스바겐 파사트가 언덕길을 가볍게 질주한다. 온종일 드라이브를 해도 좋을 날씨다.

다 왔어요. 저 집.

어느 대저택 앞에서 속도를 줄인다. 믿기 힘들 만큼 높은 벽돌담. 고풍스러운 청동 대문. 육중한 차고 문이 소리 없이 아가리를 벌린다. 넓은 주차 공간에 이미 몇 대의 차량이 주차되어 있다. 단 한 차례 후진으로 구석 빈자리에 차를 몰아넣는다. 시동을 끈 메리가 조수석에 앉은 차연을 돌아본다.

멋지네.

넥타이 매듭을 만져주고는 톡톡 어깨를 두드린다.

자연스러웠으면 좋겠어요. 평소처럼. 어떤 자리건 누구 앞에서건 눈치 보거나 움츠러드는 모습은 보고 싶지 않아요.

주차장에서 승강기를 타고 지상층으로 올라간다. 문이 열리고 엘리베이터 앞에 서 있던 누군가 두 사람을 반긴다.

오셨군요.

희고 고운 치열을 드러내며 온 얼굴 거죽이 뒤집어질 듯 미소 짓는다.

저희가 조금 늦었네요.

아주 잘하셨습니다. 주인공들이 너무 일찍 등장하시면 그것도 김새는 시추에이션이지요. 가만있자 이분이 그럼?

남자가 차연을 바라보고 메리가 고개를 끄덕인다.

맞아요. 바로 그분.

오오! 오오오!

백일 된 조카를 처음 만나는 이모처럼 어쩔 줄 모르는 얼굴이다. 감격에 겨운 목소리다. 차연 앞으로 두 걸음 사뿐 다가온다.

말씀 많이 들었어요. 조이킴이라고 합니다. 만나서 반가워요!

뒤집어질 것 같은 얼굴 표정이, 곱고 섬세한 음성이, 나비처럼 허공을 하느작거리는 손가락들이 도통 익숙해지지 않을 것 같다.

다들 오신 건가요?

메리가 묻고 조이킴이 화들짝 대꾸한다.

어머나 물론이지요. 모두 기다리고 계신답니다.

나비 같은 손끝이 차연의 어깨에 살포시 내려앉을 듯, 1, 2센티미터 거리에서 하느작거린다.

아름다워요. 너무 잘생기셨어. 상상했던 것보다 훨씬.

......

불편하시지 않도록 신경 쓴다고 썼어요. 혹시라도 필요한 게 있으면 바로 말씀해줘. 아셨지?

감사합니다.

두 분. 그럼 가실까요?

물론이죠.

조이킴이 앞장선다. 메리가, 이어 차연이 뒤따라 엘리베이터 건물을 나선다. 눈앞이 폭발하듯 환해진다. 화창한 오후다. 드넓은 정원이다. 정교하게 관리된 잔디밭이 시야 한가득 달려든다. 풀 냄새가 아찔하게 흩어진다. 하얗게 뻗은 대리석 길이 초록 잔디밭을 이쪽 끝에서 저쪽 끝까지 곧게 가로지르고 있다. 길 양편으로 하얀 테이블들이 드문드문 반원을 그리듯 놓이고, 테이블마다 소수의 손님들이 둘러앉아 환담을 나누고 있다. 하얀 모자를 쓴 요리사들이 숯불 그릴 위로 연기를 피워 올리고 검은 정장의 현악 4중주단 악사들이 달콤한 실내악을 연주한다.

조이킴이 사뿐사뿐 잔디밭을 가로지른다. 테이블이 모여 있는 곳으로 다가간다. 자리에 앉은 이들을 향해 뭐라 떠벌린다. 그 목소리는 들리지 않는다. 조이킴의 설명을 듣던 이들이 고개를 끄덕이며 이편을 바라본다.

어때요, 아직도 견딜 만해요?

차연이 후우, 한숨을 뱉는다.

갑자기 떨리네요. 이럴 줄은 몰랐는데.

이해해요.

메리의 손바닥이 허벅지를, 왼쪽 허벅지와 엉덩이 사이를 톡, 두드린다.

처음이 제일 힘들지요. 하지만 곧 익숙해질 거예요. 맞춤 양복처럼.

그 감촉이 조금도 불쾌하지 않다.

가세요. 마음껏 보여주세요. 허리 펴고 당당하게. 기억하죠? 시선과 속도에 신경 쓰면서.

대리석 길 끝에 선다. 끝이 아니라 시작 지점이다. 잔디밭을 가로지르는 저편 끝까지 70미터 가까이 뻗어나간 길이다. 때맞춰 현악 4중주단이 새로운 연주를 시작된다. 영화 「캐리비안의 해적」의 메인타이틀을 경쾌하게 편곡했다. 깊은숨을 한차례 들이마신다. 힘차게 발을 내디딘다. 매끈하게 깔린 대리석 바닥을 뚜벅뚜벅 밟아나간다. 발바닥에 전해지는 구두 밑창의 감각이 강렬하다.

사람들의 잔잔한 박수 소리가 이어지고 있다.

테이블에 모여 앉은 이들을 지나, 일정한 속도로 걸음을 계속한다. 허리와 가슴을 곧게 펴고. 턱은 귀 뒤로 잡아당기고, 시선은 자연스럽게 정면을 향하고. 표정은 온화하게 밝게. 팔은 너무 휘두르지 말고. 무릎은 되도록 구부리지 말고. 앞서 나가는 발과 뒤에서 따라오는 발의 중심을 정확하게 옮겨줄 것. 배운 대로 연습한 대로 대리석 길 끝까지 다다른다. 정원이 끝나는 가장자리에 침엽수들이 빽빽하게 병풍을 치고 있다. 유유히 턴 동작. 그리하여 다시 길의 끝이자 시작 지점에 선다.

이만하면 무난하게 해냈다.

＋

술은 예전의 국화주 그대로건만(伊昔黃花酒)

이제 와 사람은 늙은 백발옹이 되었네(如今白髮翁)

——두보, 「구일에 재주성루에 오르다(九日登梓州城)」

———————

　잔디밭을 가로질러 조이킴이 팔랑팔랑 다가온다. 안면에 백합 같은 미소가 활짝 피어난다.

　환상이에요. 베르너 슈라이어가 왔나 했네.

　손에 든 것을 내민다.

　자, 더 끝내주는 장면 부탁드립니다.

　양복 상의를 벗어 조이킴에게 건넨다. 그리고 내미는 것을 받아든다. 오톨도톨 매끈한 재질을 손바닥으로 쓰다듬는다. 두 손에 꽉 차는 크기. 짙은 팥죽색 몸체와 NBA라 새겨진 은색 글자. 농구공이다.

　5월 햇살이 아찔하다.

퉁. 퉁. 퉁. 퉁.

드리블을 치며 유유히 잔디밭을 가로지른다. 저편 담장 아래에 농구 코트가 설치되어 있다.

퉁. 퉁. 퉁. 퉁.

코트에 들어선다. 정식 규격의 반에도 못 미치는 넓이지만 질 좋은 단풍나무 바닥이다. 농구대 역시 학교 운동장에서 만날 만한 수준의 물건이 아니다. 현악 4중주단이 「캐리비안의 해적」 연주를 멈춘다. 코트 바닥을 튕기는 공 소리가 더욱 선명하게 울려 퍼진다.

탕. 탕. 탕. 탕.

바닥을 때리고 올라오는 공을 두 손으로 잡아 든다. 농구대를 응시한다. 그 높이와 거리와 각도를 신중히 가늠한다. 테이블의 사람들이 숨죽여 이편을 주시하고 있다. 긴장감이 찌르르 속을 훑는다.

실수 없이 한 번에 가자. 눈을 감고 중얼중얼 정신을 집중한다. 깊은숨을 들이마신다. 이내 자세를 낮추고 드리블을 시작한다. 농구대로부터 시선을 떼지 않는다.

탕. 탕. 탕. 탕.

반원을 그리며 천천히 나아간다. 조금씩 속도를 높인다. 어느 지점에 이르러, 공을 저편 코트 바닥에 힘차게 내리꽂는다.

텅!

나무 바닥에 맞은 농구공이 튀어 오른다. 드높이 솟구친다.

포물선을 그리며 순식간에 농구대 높이를 훌쩍 넘어선다. 같은 시간, 차연이 멈추지 않는다. 오히려 속도를 높인다. 둘, 셋, 넷, 다섯 걸음 만에 힘차게 점프한다. 한차례 회전하며 허공에 뜬 농구공을 붙잡는다. 그러고는 낙하한다. 낙하하며 한 손에 쥔 농구공을 림 안에 세차게 내다 꽂는다.

퉁.

제기랄. 실패다. 농구공이 림 모서리에 맞고 만다. 손을 떠난 공이 저편으로 튕겨 나간다.

아아아.

테이블 쪽에서 안타까운 신음 소리가 술렁인다. 그뿐, 이편을 향한 집중력은 여전하다. 차연이 무릎을 짚고 서서 짧은 숨을 고른다. 잔디밭 저편으로 데굴데굴 굴러가다 멈춘 공을 망연히 바라본다.

조이킴이 쫓아온다. 풀밭 구석에 놓인 농구공을 집어 들고는 빠르게 다가온다. 겉면을 소매로 한차례 닦고는 차연에게 내민다.

괜찮아요. 나쁘지 않았어.

검지를 세워 보인다.

다시 보여줘. 멋지게 해치워줘요. 긴장하지 말고.

그러고는 물러선다. 차연이 받아든 공을 손에 든 채 굴려본다. 고개 들어 농구대를 올려다본다. 크고 높다. 조금 전보다 두 배는 크고 높아졌다. 길게 숨을 들이마신다. 흐트러진 마음을 한데 모은다. 다시 천천히 드리블을 시작한다.

통. 통. 통. 통.

사람들이 일제히 박수를 치기 시작한다.

짝. 짝. 짝. 짝.

공 튕기는 소리에 맞추어. 일정한 간격에 따라서.

지난 며칠의 시간들을 떠올린다. 시에서 운영하는 체육관을 이틀 동안 대여했다. 텅 빈 농구장에서 온종일 슛 연습을 했다. 농구라니 처음이었다. 농구를 비롯한 구기 운동을 마지막으로 해본 게 언젯적인지 기억도 나지 않았다. 공이 필요 없는 운동도 마찬가지지만 말이다. 모든 게 엉성했다. 처음에는 그랬다. 공을 잡는 손목 각도를 어떻게 조절해야 할지, 다리는 얼마나 벌리고 팔꿈치는 어떻게 펴고 허리는 어떻게 움직여야 할지 몰랐다. 하지만 몸은 달랐다. 무게 620그램 둘레 23센티미터 농구공에 대해서 아주 잘 알고 있었다. 높이 305센티미터 내부 지름 45센티미터의 림 안에 공을 어떻게 꽂아 넣어야 하는지, 어떻게 하면 더욱 역동적인 동작이 가능한지 충분히 기억하고 있었다. 관절과 근육들이 필요한 감각들을 하나둘 되찾았고, 이어 전체적인 자세 균형과 힘 조절이 가능해졌다. 유튜브에서 해외 프로선수들의 플레이 동영상들을 찾아보며 이미지트레이닝을 했다. 그 비슷한 동작을 수백 차례 흉내 내었다. 이틀째 오후, 무슨 소문을 들었는지 동네 꼬마들이 체육관으로 몰려들었다. 슛이 성공할 때마다 박수가 쏟아졌다. 와, 형 국가대표예요? 그렇게 묻는 아이도 있었다.

탕. 탕. 탕. 탕.

짝. 짝. 짝. 짝.

공 튀는 소리와 박수 소리가 박자 맞추어 합창하고 있다. 기이한 불협화음이 정원 안에 가득 차오른다. 물오른 풀 냄새를 한차례 들이마신다. 투명한 5월 햇살이 봄비처럼 대지를 적신다. 화창한 주말 오후다. 농구대를 주시한 채 텅 빈 어둠을 생각한다. 빛도 소리도 움직임도 없는 어둠. 생명도 물질도 공간도 시간도 없는 암흑세계를 생각한다. 텅 빈 적막 속에 다만 차연이 있다. 다만 농구공이 있고 백보드와 림이 있다.

자세를 낮추고 드리블을 시작한다. 조금씩 속도를 높인다. 탕. 탕. 탕. 탕. 둥글게 원을 그리며 코트를 돌아 들어간다. 어느 지점에서 멈춰 선다. 두 무릎을 굽히며 멀리 투 핸드 슛을 쏜다. 이어 골대를 향해 돌진한다. 힘차게 몸을 날린다. 림 위로 날아간 공이 백보드를 맞고 튀어나온다. 거의 같은 순간, 놀라운 높이로 한 바퀴 회전하며 날아든 차연의 오른손이 공을 잡는다. 잡는 동시에 림 안에 꽂아 넣는다.

촥!

성공이다. 그림 같은 앨리웁 덩크다. 그물을 통과하는 공 소리가 이렇게 상쾌할 수 없다. 손바닥에 와 닿는 슛의 감각이 이렇게 경쾌할 수 없다.

와아아!

테이블에 앉은 이들이 환호한다. 누군가 엄지를 치켜들고 누군가는 손가락을 입에 모아 힘차게 부잉을 한다. 사람들을 향해 팔을 가볍게 흔들어 보인다. 환호 소리가 커진다. 그들 속에 메리가 보인다.

차연 향해 두 주먹을 불끈 쥐어 보이고 있다.

✠

죽지 않는 인간, 스트럴드브럭들에 관한 이 나라의 여러 법은 매우 타당한 근거로 제정되었으며 사정이 비슷하다면 다른 어느 나라들도 그 같은 법을 정하지 않을 수 없을 것이라고 나 역시 생각한다. 그렇게 하지 않을 경우—탐욕은 노인들의 피할 수 없는 성격이기에—영생불사의 스트럴드브럭들이 결국 온 나라를 다 차지하고 정치 권력을 독점할 것이기 때문이다.

—조나단 스위프트, 『걸리버 여행기』

―――――

만남이 시작된다. 조이킴이 테이블마다 곁을 따르며 한 사람 한 사람에게 차연을 소개하고 차연에게 한 사람 한 사람을 소개한다. 한 사람 한 사람이 저마다 환한 미소와 밝은 인사를 차연에게 건넨다. 악수를 청하고 가볍게 포옹을 하거나 뺨과 뺨을 살짝 맞대며 어깨를 두드린다. 차연 역시 씩씩하게 싹싹하게 한 사람 한 사람의 다양한 인사에 다양히 응답한다.

LC전자 양용희 부회장이십니다. 이 자리 참석하시기 위해 어제저녁 독일에서 오셨지요.

조이킴의 소개에 훤칠한 체구의 중년 남성이 깍듯이 고개 숙인다.

양용희입니다. 반갑습니다.

M자형 탈모가 잘 어울리는 노신사다.

훌륭하십니다. 깜짝 놀랐어요. 당장 프로 데뷔하셔도 충분히 통하실 것 같더군요.

……예?

저희 회사도 프로농구팀을 하나 운영하고 있는데, 신인선수 드래프트가 8월 말인가 있는 것으로 압니다. 의향이 있으시다면 일정 정해지는 대로 연락드리라 하겠습니다.

곁에 선 사람들이 소리 내어 웃는다. 농담을 잘하는 사람은 농담을 농담 아닌 것처럼 할 줄 안다. 그로써 더 많은 사람을 더 큰 소리로 웃게 만들 줄 안다.

실은 며칠 동안, 연습을 좀 했거든요.

연습한다고 누구나 앨리웁 덩크를 구사할 수 있는 것은 아니죠. 어쨌거나 부럽습니다. 더불어 축하드립니다.

오후 햇살이 초록 정원을 부드럽게 비질하는 시간. 현악 4중주단이 마우로 줄리아니의 「소나티나」를 연주하는 시간. 그릴의 숯불 연기가 풀잎 바람에 흩어지는 시간.

이쪽은 우주건설 남창선 대표이사님입니다. 아주 어렵게

걸음해주셨습니다.

검붉은 넥타이에 무테안경을 쓴 남자가 전동휠체어에 앉은 채 손을 내민다.

죄송합니다. 몸이 좀 불편해서, 염치 불고 앉아서 인사드리겠습니다.

그의 손을 잡는 차연의 머릿속이 복잡해진다. 맞받아칠 대사가 얼른 떠오르지 않는 때문이다. 몸도 불편하신데 이렇게 와주셔서 감사합니다? 앉아 계세요, 전 상관없습니다?

어떤 분일지 어떤 모습이실지, 많이 궁금했거든요. 이렇게 뵙고 보니 정말 좋군요. 주제넘은 소리 같지만 뭐랄까, 참 마음이 놓입니다.

동글동글 후덕하고 선해 보이는 얼굴이다. 귀엽기까지 한 얼굴이다. 60대 후반? 70대 초반?

궁금한 게 많습니다. 적응하는 데 어려움은 없으셨는지, 어디 불편하신 데는 있지 않으신지.

보시다시피 아름답고 건강한 청년이지요.

메리가 껴든다.

의식 돌아오고 다섯 시간 만에 처음으로 의사소통이 가능했어요. 여덟 시간 만에 일반식을 시작했으며 본인이 직접 수저를 사용하기까지 단 이틀이 걸렸지요. 87시간 만에 침상에서 내려와 첫걸음을 시작했고요. 예상보다 빠른 속도에 의료진들도 놀랐다더군요.

누군가 다가와 전동휠체어에 앉은 남자의 어깨를 짚는다.

쌀쌀하지 않아요? 바람 부는데.

괜찮아.

남창선이 누군가를 차연에게 소개한다.

아, 여기. 제 안식구입니다.

안녕하세요.

차연이 깜짝 놀란다. 예쁘다. 깜짝 놀라도록 아름답다. 세상 사람 같지 않다. 쓸데없는 궁금증이 고개를 쳐든다. 나이가 어떻게 될까. 남편과는 나이 차이가 얼마나 날까.

오후가 깊어간다. 모두 열두 테이블을 돌며 스무 명 넘는 사람들을 만나고 인사 나누는 데만 두 시간 가까운 시간이 소요되고 있다. 적게는 40세가량 나이 차가 나는 장년층이 대부분이요 개중에서 가장 고령은 92세.

임보선 선생님이십니다. 사학재단 나라학원 대표이사님이시고, 아시겠지만 대치동 희망교회 담임목사로 계시다가 17년 전에 은퇴하셨고요.

중절모에 회색 두루마기를 입은 노인이 천천히 일어선다. 일어서는 데만 3초가 더 걸리는 중이다. 조이킴이 깜짝 놀라 손을 뻗는다.

아이고 목사님, 앉아서 인사하시지요.

아니오. 내가 그러고 싶어.

힘겹게 일어선 노인이 차연에게 손을 내민다. 길고 앙상하고 쪼글쪼글 주름진 손이 달달 떨리고 있다. 그 손을 차연이 조심히 잡아 쥔다.

임보선이라고 합니다.

마주 잡은 노인의 앙상하게 주름진 손으로부터, 묘하도록 강렬한 기운에 전달된다. 뜨겁고 저릿한, 뭔가 뭉클하면서도 선뜻한 기운.

오래전부터…… 에에, 이 자리에 참석하고 싶었습니다. 그래서 어제는 밤잠을 다 설치고 말았어요. 만나서 정말로, 정말로 영광이올시다.

9순 노인의 과한 표현에 곁에 선 조이킴이 '아이고 목사님도 참……' 손바닥을 비비며 어쩔 줄 모른다.

뻔뻔한 소리가 되겠지만 늙으면 이것저것 잔 궁리가 많아지지요. 그것이…… 다 욕심이지요. 해서, 밤을 설치면서 궁리에 궁리를 했던 것이지요. 당최 어떤 양반일까. 과연 어떠한 몸일까.

임보선이 천천히 눈을 껌뻑인다. 늙은 눈알 속 검은색과 흰색의 경계가 탁하게 흐려져 있다.

그래서…… 이거 대단히 실례스럽지만 몸을……

예?

그 몸을, 내가 조금 만져봐도 되겠습니까.

차연이 메리를 돌아본다. 메리가 조이킴을 돌아본다. 조이킴이 노인의 안색을 살피더니 이어 차연을 돌아본다.

차연이 노인에게 두 걸음 다가간다.

노인의 천천히 팔을 쳐든다. 기관지를 긁듯 건강치 못한 숨소리가 나직하게 그르렁거린다. 앙상하게 주름진 손이 다가온다. 어깨와 가슴 사이에 마른 낙엽처럼 내려앉는다. 맨살 위에 손길이 닿는 기분이다. 어깨를, 이어 팔등을, 이어 손목과 손등을 더듬더듬 만진다. 잔등을 쓰다듬고 허리를 스친 손이 허벅지에 머문다. 마약사범을 몸수색하는 시각장애인 형사처럼. 눈 대신 손가락으로 사물을 보고 냄새 맡고 느끼는 시각장애 미술가처럼. 옆 테이블 사람들이 범상치 않은 장면들로부터 힐끔힐끔 시선을 거두지 못한다.

"주여……"

노인이 감격에 겨워 신음한다. 뜻밖의 눈물 한줄기가 주름지고 메마른 뺨을 주르르 적신다. 차연이 차라리 눈을 감는다. 이 순간이 어서 빨리 지나가기를 바란다.

"아름다운 몸입니다. 참으로 주께서 축복 주신 몸입니다!"

✢

"자신이 전혀 알지 못하는 '무엇'을 그림 그리는 일이 가능할까?"

—블라디미르 나보코프

———————

고생했어요.

파사트가 주택가 언덕길을 질주한다. 저녁나절이다. 토요일이 저물고 있다.

소감이 어떤가요.

얼떨떨하네요.

차연이 시트 등받이에 뒷덜미를 기댄다.

시간이 어떻게 갔는지 생각도 안 나요. 끝나서 다행이에요.

처음치고는 나쁘지 않았어요. 다들 좋은 인상을 받고 돌아갔을 거예요.

칭찬인가요.

칭찬이지요.

큰길로 이어지는 사거리에서 속도가 줄어든다. 이내 멈추어 선다. 시내로 향하는 2차선이 몰려든 차량들로 정체되어 있다.

막히네.

차창 앞을 기웃거리던 메리가 핸들에 턱을 기댄다.

이 길 빠져나가려면 20분은 걸릴 거예요. 눈 좀 붙여요.

두 사람이 탄 파사트로부터 32미터 뒤, 다섯 대의 차량 뒤, 2004년형 스타렉스가 역시 가다 서다를 찔끔찔끔 반복하고 있다. 그러다가 이내 멈춰 선다. 11인승 차 안에 다섯 사람이 타고 있다. 운전석과 조수석에 한 명. 2열에 한 명. 맨 끝 4열에 두 명. 조수석의 남자가 열심히 들여다보던 쌍안경을 내려놓으며 긴 하품을 뱉는다. 눈알이 노랗고 입술이 두툼한 남자다. 멈췄던 차량들이 다시 조금씩 움직인다. 20미터 정도 서행하다가 다시 멈춰 선다.

막히네.

차창 앞을 기웃거리던 운전자가 핸들에 턱을 기댄다.

이 길 빠져나가려면 20분은 걸릴 거예요. 눈 좀 붙여요.

두번째 열 남자는 스타렉스 안의 다섯 명 가운데 나이가 가장 많다. 무대에서 뱃고동 소리와 폭격기 소리, 박격포 소리 등을 흉내 내어 박수를 받던 1970년대 어느 코미디언을 닮았다. 4열에 앉은 두 사람은 저마다 노트북을 붙들고 작업에 열중이다. 네모난 뿔테 안경을 낀 얼굴 네모난 남자가 마우스를 바삐 만지작거리며 사진 파일들을 정리하고, 미군 점퍼를 입은 장발 청년은 커다란 헤드폰을 끼고 음성 파일을 확인 중이다. 두 대의 노트북이 각각 1천7백 장에 가까운 사진 파일을, 62시간 분량의 음성 파일을 소화하느라 바쁘다. 망원렌즈로 찍은 사진들이고 고성능 집음기로 녹음한 소리들이다.

거 참 행복한 얼굴들이군.

장미꽃 만발하던 5월의 가든파티. 참석한 이들의 면면이 포착된 장면들을 넘기며 네모난 남자가 중얼거린다. 쉿. 미군 점퍼가 입술 가운데 검지를 세워 보인다. 커다란 헤드폰을 타고 다양한 잡음들이 이어지고 있다. 그 속에서 유의미한 음성 정보만을 따로 추려내는 것은 대단히 까다로운 작업이다.

멈췄던 차량들이 다시 움직이기 시작한다.

너무 붙지 마.

1970년대 코미디언이 짧게 당부한다.

아직은 저분들과 인사 나눌 시간이 아니니까.

염려 마세요.

운전석에 앉은, 왼쪽 콧잔등에 검푸른 점이 있는 여자가 힘차게 수동기어를 꺾는다.

이런 차를 누가 눈여겨보겠어요.

여자의 말에 누구도 토를 달지 않는다.

✛

"누구나 끔찍한 괴물을 미워하지. 이 세상 어떤 생물보다 비참한 나를 마음껏 증오하지. 하지만 나를 창조한 당신까지 나를 냉대할 줄이야."

—메리 셸리, 『프랑켄슈타인』

———

분홍 벽지가 있는 방이다. 하늘색 커튼이 있는 방이다. 키 작은 3단 책장이 있고 거기 무시무시한 울보 인형이 놓인, 다시 그 방이다.

방 안에 아이 혼자 있다.

화창한 오후고 창문이 열려 있고 어쩌다 바람 불 때면 하늘색과 흰색이 섞인 구름무늬 나일론 커튼이 천천히 움직인다. 아이는 네 살쯤 되었다. 적어도 다섯 살은 넘지 않았다.

문밖이 한창 시끄럽다. 밝게 떠드는 아이들 목소리들이 쉴 새 없이 이어진다. 누군가 다른 누군가의 이름을 소리쳐 부르고, 누군가 고함을 지르고, 누군가 우하하 큰소리로 웃는다. 방 안에 누군가 있다는 사실을 아무도 모르는 것일까. 방 안은 낯설다. 그래서 자꾸만 눈물이 나려고 한다.

바람이 불고 구름무늬 커튼이 펄럭 부풀어 오른다. 소리 없이 방문이 열린다. 누군가 들어선다. 아이의 머리에 손을 얹는다.

"혼자 있었네?"

착하고 고운 목소리다. 아이를 안아 일으킨다.

"여기서 뭐 하고 있었어, 응?"

여자에게 안긴 아이가 울먹울먹 눈물을 삼킨다.

"울지 마. 괜찮아. 이제 괜찮아."

거기서 잠이 깬다.

꿈이다. 등장인물도 사건도 없는 꿈. 배경과 소리가 전부인 꿈. 깊은 새벽이다. 침대에서 일어나 앉는다. 앉은 채 천천히 숨을 들이마신다. 끈적끈적한 잠기운을 조금씩 떠나보낸다. 꿈의 세계에서 건너온 감정들이 명치끝에 생생히 괴어 있다.

침대에서 일어선다. 어둠 속을 몇 걸음 걷는다. 손끝으로 더듬더듬 화장실 스위치를 찾는다. 딸깍. 불이 켜지고, 시린 눈을 찌푸리며 변기 앞에 선다. 소변을 보고는 변기 물을 틀어 내리며 화장실을 나선다. 화장실 불을 끄려고 손을 가져가다가 멈칫, 한다.

몇 시예요?

침대에 메리가 누워 있다. 벽을 향해 모로 드러누웠다.

깨워서 미안해요.

책상 위에서 핸드폰을 집어 든다. 시간을 확인한다.

4시 넘었어요. 4시 12분.

이리 와요. 누워요. 더 자요.

차연이 침대 모서리에 다가가 앉는다.

꿈을 꿨어요.

메리가 누운 채 몸을 뒤챈다. 차연을 빤히 바라본다.

안 좋은 꿈?

아니요. 그냥 조금 이상한 꿈.

이상한 꿈이라.

어린 시절이에요. 어린 시절의 어느 장면이에요. 낯선 방. 아무도 없는 방. 거기 혼자 앉아 있는 중인데…… 그런데 기억이 전혀 안 나요. 어떤 날이었는지. 어떤 상황이었는지. 내 어린 시절이 맞는 건지.

……

꿈속의 아이를 사로잡았던 감정이 완전 생생해요. 미세한 감정 하나하나까지가.

이리 와요.

메리가 일어나 앉는다. 차연 향해 두 팔을 펼친다. 얇은 이불이 어깨에서 미끄러져 내린다. 벗은 가슴이 화장실 불빛에 보얗게 드러난다.

아.

차연이 속삭인다.

당신…… 당신이군요.

나지요. 물론.

미안해요. 당신이 아닌 줄 알고.

예?

아니, 아니에요.

메리인 줄 알았다. 좁은 침대 안에 함께 누워 있던 그녀가 당연히 메리인 줄 알았다. 그런데 아니다. 메리가 아니라 편의점 여자다. 차연이 그녀의 품에 가만 안긴다. 허리를 뒤로 쭉 뺀, 대단히 어정쩡한 자세로. 눈이나 손으로 확인한 것은 아니지만 지금 아랫도리가 미친 듯 발기되었다. 달리 이유는 없다. 젊음 때문이고 새벽인 때문이다. 그 상태로 몸과 몸이 잘못 닿았다가는 여자가 화들짝 불쾌감을 느낄지 모른다.

꿈 같은 건 잊어버려요. 좋은 꿈이건 나쁜 꿈이건 꿈은 그냥 꿈이잖아요. 안 그래요?

노력할게요.

부디 노력하세요. 그리고 나, 물 한 잔만 갖다 줘요.

싱크대로 간다. 냉장고에서 생수병을 꺼내고 선반에서 컵을 꺼낸다. 컵에 물을 따른다. 따르다가 헉, 밭은 숨을 들이마신다. 선반 유리에 비친 얼굴 때문이다. 차연 자신의 얼굴 때문이다. 손에서 미끄러진 유리컵이 바닥에 떨어진다. 질펀한 소리를 내며 산산이 부서진다.

깜짝이야. 괜찮아요?

어어. 어어어……

왜 그래요. 무슨 일이에요.

놀란 여자가 이불로 앞을 가리며 일어선다. 차연이 선반 유리에 비친 자신을 노려본다. 덜덜 떨리는 두 손으로 얼굴을 감싼다. 온 얼굴을 움켜쥐고 잡아 뜯는다. 일그러진 얼굴이다. 괴상한 얼굴이다. 못생긴 얼굴이다. 오랜만에 다시 보는 얼굴이다.

"어째서! 어째서!"

미친 듯 절규한다. 짐승 같은 외침이 실내의 고요를 찢어놓는다.

새벽이다.

깊은 새벽이다.

✠

"제 손으로 지은 집을 제 손으로 부수는구나!"

"인간만 제집을 부수지."

"어디 제집만 부수나요? 남의 집도 부수지요."

—김숨, 『떠도는 땅』

———————

　미세먼지와 초미세먼지 수치 모두 '나쁨'과 '매우 나쁨' 사이에 놓인 날이다. 내내 탁하고 흐린 날이다. 오후 2시 15분이다. 온세의원 앞 정류장이다. 18-3번 마을버스에서 내린다. 버스가 떠나간 방향으로 조금 걷다가 편의점 앞 삼거리에 멈춰 선다. 빨간색 배달 오토바이 한 대가 거침없이 시야를 가로지른다. 불완전 연소된 엔진 냄새가 지독하다.

　상학 2동이다. 24년을 살아온 곳이다. 33년 가운데 24년이다. 고향보다 더한 동네다. 지난해 10월 예기치 않은 방식으로 갑작스레 떠나간 곳이다. 하여 6개월 만에 다시 찾은 곳이다. 6개월 아니라 6일 만에 돌아온 느낌이다. 어느 방향이건 감은 눈을 뜨지 않고도 10분은 별 탈 없이 걸어 다닐 수 있는 동네다. 몇 가지 뒤섞인 냄새만으로도 그 조밀한 풍경을 능히 떠올릴 수 있는 동네다. 그런데 낯설다. 이 친숙함이 묘하게 생경하다. 어딘지 아귀가 맞지 않는 느낌이다. 바람이 분다. 탁하고 해로운 초미세먼지 바람이 얼굴을 쓸고 지나간다. 초록불이 켜지고 횡단보도를 건넌다. 목적지는 없다. 목적은 있다. 지난밤 복잡하고 끔찍한 꿈의 단서를, 그런 것이 혹시 존재하는지 존재한다면 혹시 이 동네 이 거리와 어떠한 연관성이 있지 않은지 확인하는 일이다. 초등학생부터 고등학생까지, 10대부터 30대까지 생의 가장 많은 시간을 보낸 상학동 인근 몇 킬로미터 반경 안에 지난 새벽의 악몽을 설명해줄 실마리가 숨겨져 있지 않을지 가늠해보는 일이다.

문 닫은 치킨집 뒤로 야트막한 언덕길이 지루하게 이어지고 있다. 언덕길을 13분 동안 쉬지 않고 걸어가면 점차로 길이 가팔라지며 시야 오른편으로 목련빌라 B동과 C동이 연이어 나타난다. 서울에서 전셋값이 가장 싼 동네고 그 동네에서 전셋값이 가장 싼 다세대주택이다. 지난겨울에 외벽을 새롭게 덧칠하지 않았다면 10년째 여전한 청회색 건물일 것이다. C동이 송두리째 무너지지 않았다면 반지하에 가까운 102호 거실에는 여전히 오후 3시와 4시 사이에만 스치듯 볕이 들어올 것이다. 몇 개월 사이에 이사를 떠나지 않았다면 이제 여섯 살이 되었을 조카 승찬과 형이 지금 그 집에 살고 있을 것이다. 형이 다니던 회사를 여전히 다니는 중이며 승찬이가 오늘 하루 유치원을 결석하지 않았다면 지금 102호에는 아무도 없을 것이다. 점점 가팔라지는 언덕길을 13분이나 걸어서 목련빌라에 찾아갈 생각은 없다. 102호 현관문을 열심히 두드려봐야 응답할 사람은 없을 테지만 누군가 있어 그를 만난다 한들 그것은 세상 누구에게도 아무런 의미가 없는 일이다.

목련빌라에서 걸어 6, 7분 거리에는 목련빌라로 이사 오기 전까지 차연이 살던 집이 있었다. 그 집을 비롯해 인근의 단독주택 십여 채가 헐리고 그 자리에 지금의 아파트 네 동이 올라간 것이 17년 전이다. 상학동이 지금의 상학동과는 많이 다르던, 그러나 여전히 서울에서 집값이 가장 싼 동네이던 시절의 이야기다. 목련빌라로 이사 오기 전까지는, 인근의 단독주택 십여 채와 함께 집이 헐리기 전에는, 그 이후보다 여러 가지로 사정이 나은 편이었다. 아버지가 다니던 공장이 두 차례 크고 작은 부도를 맞으며 쫄딱 망하기 전이었다. 어머니가 대장암으로 5개월 만에 세상을 뜨기 전이었으며 늙고 노망난 잡종견 루비가 새벽 나그네처럼 홀연히 집을 나서기 전이었다.

아이 혼자 앉아 있던 방을 떠올린다. 바람 불면 구름무늬 나일론 커튼이 살랑 춤을 추던, 노란 모노륨 장판이 깔린 좁고 길쭉한 방 안을 그려본다. 아버지와 어머니와 형 정태와

루비가 함께 살던 집 안 구조를 그려본다. 옛날에, 옛날 그 집에 그런 방이 있었던가 생각한다.

길 잃은 사람처럼 횡단보도 근처를 서성인다. 누군가 기다리는 사람처럼 그 자리에 멈춰 서서 대단할 것 없는 동네 풍경을 둘러본다. 저편에 해바라기 마트가 있고, 마트 앞에 내놓은 매대 주변이 복잡하고, 지금 마트 입구를 지나친 누군가 이편으로 다가온다. 60대 여인이다. 작은 키에 짙은 보라색 조끼를 입고 분홍색 스카프를 했으며 염색하지 않은 파마 머리는 짧은 편이다. 미세먼지 마스크로 얼굴 절반을 가렸다. 아는 사람이다.

여인이 길 한가운데 멈춰 선 차연을 스쳐 지나간다. 지나가며 차연을 힐끔 쳐다본다. 여인의 뒷모습이 총총히 멀어져간다. 보라색 누비 조끼 여인은 차연을 기억 못했을 것이다. 길을 막고 얼굴을 들이댄다 한들 지금의 차연이 누군지 누구였는지 알아보지 못했을 것이다. 여인이 지나가며 차연을 힐끔거린 것은 좁고 누추한 길 한가운데 버티고 선 차연의 훤칠한 키와 예쁘장한 외모 때문일 것이다.

장수국수 사장 겸 주방장이다. 여인이 멀어져간 방향으로 9분 정도 걸어가면 상학시장 동문이 나온다. 시장 골목의 과일 가게 옆에 작은 식당이 하나 있으니 거기가 장수국수다. 오후 4시쯤에 문을 열고 영업을 시작하는, 돼지곱창야채볶음이나 조기찌개 따위의 안주를 아주 늦은 밤 시간까지 만들어 파는 술집이다. 이름이 그러할 뿐 면 종류라고는 비빔국수와 라면 두 가지밖에 안 파는 그 집에 일주일이면 두 번은 찾아갔다. 일주일에 한 번은 그곳에서 밤늦게까지 술에 취했다. 그만큼 맛과 분위기가 좋다기보다 그만큼 저렴하고 양이 넉넉했다. 페이스북에 가끔 올리는 허접한 술자리 사진들 가운데 거기서 찍은 것들이 꽤 여러 개였다. 조정필 아니라 '못돼'라는 별명으로 통하던 나날의 이야기다.

24년을 살았던 동네에 찾아가면 낯익은 거리 풍경만큼이나 낯익은 사람 한두 명쯤 우연히 스쳐 갈 수 있으리라고 예상 못했던 것은 아니다. 낯익은 사람을 마주치되 그편은 자신을 전혀 알아보지 못하리라고 예상 못했던 것은 아니다. 다만 그것이 얼마나 기분 이상한 일인지 예상 못했을 따름이다. 오후 내내 뿌연 하늘을 올려다본다. 지난 새벽의 끔찍하던 장면들이 다시 떠오른다.

꿈 같은 건 잊어버려요. 좋은 꿈이건 나쁜 꿈이건 꿈은 그냥 꿈이잖아요. 안 그래요?

어두운 방 안. 메리 아닌 편의점 여자의 목소리가 지금도 손바닥 위에 손가락으로 그려볼 만큼 선명하다. 그때까지는 모든 게 좋았다. 납득할 수도 그럴 필요도 없는 꿈속 상황이었다. 싱크대 유리에 비친 못돼, 못생긴 돼지의 일그러진 얼굴을 마주하기 전까지는 그러했다.

"저기, 실례 좀 드리겠습니다."

누군가 다가선다. 머쓱하게, 그러나 작정한 듯 말을 건넨다.

상학 2동을 다시 찾아왔을 때, 문득 다가와서 말을 건네는 누군가가—그런 상황이 있으리라고는, 정말이지 예상 못했을 따름이었다.

✤

"우선 말씀드리고 싶은 것은, 형과 오늘 저녁 이렇게 만나게 된
것은 결코 우연이 아닐 거라는 겁니다."

하고, 화학기사는 얘기를 시작했다.

"하느님의 섭리일 거라고 전 생각하고 있습니다. 그러지 않고
서는, 그다지 좁다고 할 수 없는 이 서울 바닥에서도 하필 이 지저
분한 거리, 그중에서도 에로영화를 돌리는 어느 집의 시커멓고 좁
은 골방에서 우리가 만난다는 일이 어떻게 있을 수 있겠습니까?"

—김승옥, 「60년대식」

이거 죄송합니다. 다른 게 아니라요, 실은 제가 지금까지
낮술을 좀 하다가……

탁한 피부 길쭉한 얼굴, 눈알 노랗고 입술 두툼한 남자가
우물거린다. 뿌연 오후 햇살이 시린지 눈을 빠르게 깜빡인다.

뭐라고요?

낮술이다. 취했다. 납득할 수 있다. 가난하지만 늘 술을 마시는 사람들이 넘쳐나는 동네다. 낮이나 밤이나 몹시 술 취한 사람들을 얼마든지 만날 수 있는 동네다. 아침부터 취한 몸을 가누지 못하고 길가에 쓰러져 누운 사람을 종종 발견할 수 있는, 상학 2동은 그런 동네다.

같이 낮술 먹던 친구 놈 하나가 갑자기 어딜 가야 한다고, 자기 안 취했다며 차를 몰고 가겠다고 고집을 부리는데……그러면 안 되잖아요. 음주운전이라니.

횡설수설 술값을 구걸하는 것 같다. 아닌 것도 같다.

하는 수 없이 내가 대리운전을 불러줬는데, 그래서 친구 놈 가는 길에 차를 얻어 타고 여기까지 왔거든요. 그러고는 보니 지갑이고 핸드폰이고 하나도 없는 거예요. 그게…… 대리비 내준다고 지갑이랑 몽땅 꺼냈다가 놓고 내린 것 같아요. 그래서 부탁드리는 건데,

거짓말을 하는 것 같기도 하다. 거짓말을 하지 않는 것 같기도 하다.

죄송하지만 에에, 실례가 안 된다면 핸드폰 한 번만 빌릴 수 있을까 해서요. 친구 전화번호는 기억을 못하지만 내 번호로 지금 전화를 걸면, 차가 아주 멀리까지는 가지 않았을 테니까.

거짓말이라면 제법 그럴듯한 거짓말이다. 거짓말이 아니라면 제법 딱한 사연이다. 작은 선의로 큰 도움을 줄 수 있는 상

황이다. 한편 거짓말인지 아닌지 당장은 판단이 불가한 와중에 쉬 거절할 수 있는 부탁이 아니다.

아이고 감사합니다. 금방 쓰고 돌려드릴게요.

차연이 내미는 핸드폰을 사내가 두 손으로 받아든다. 두 번 세 번 고개를 조아린다. 그러고는 손가락으로 다급하게 액정 화면을 두드린다. 귓가에 핸드폰을 갖다 붙이고 초조하게 두 눈을 깜빡인다.

여보세요?

전화 연결이 된 모양이다.

어, 응! 그래! 내가 놓고 내렸어. 지갑도 거기 있지? 어, 맞아. 노란색. 아이고, 큰일 나는 줄 알았네.

차연으로부터 등을 돌린다. 과장된 목소리로 통화를 이어간다.

어디야 지금. 어디까지 갔…… 어디라고? 그새 벌써? 빠르기도 하네.

어디론가 걸어가며 통화에 열중한다.

내가? 안 돼. 내가 어떻게 가. 나는 못 가. 지갑까지 보내놓고 돈 한 푼 없는데.

뒷모습이 점점 멀어진다. 그 모습을 차연이 멍히 지켜본다.

네가 돌아와. 별수 있나. 돌아와서 술이나 한잔 더 하든지…… 알았어. 정 바쁘면 말고. 하여튼 전화기랑 지갑 가지고 어서 오라고.

통화에 정신 팔린 사내가 걸음을 멈추지 않는다. 점점 더 멀어진다. 그제야 차연이 뒤를 쫓아간다.

저기요.

사내가 듣지 못한다. 열심히 통화하며 사랑약국 오른편으로 들어선다. 차연이 걸음을 빨리한다. 정신없는 사람이군. 사내는 멀리 가지 않았다. 그런데 알 수 없는 노릇이다. 골목길 저편에 청색 승합차 한 대가 멈춰 서 있다. 11인승 스타렉스다. 짐짓 통화에 정신이 팔린 채 거기까지 다가간 사내가 차 뒷자리에 냉큼 올라탄다.

어라?

방금 통화한 친구일까. 핸드폰과 지갑을 놓고 내렸다는 친구의 차일까. 전화 받고는 벌써 돌아온 것일까. 설마 그럴 리가. 뭔가 일이 잘못되었음을 깨닫는다. 등 뒤에서 소리 없이 다가온 누군가 허리춤에 뭉툭한 물건을 쿡, 들이대는 순간에.

"조용."

이건 또 뭐람.

"걸어."

힐끔 뒤를 돌아보려는데 다시 쿡, 뭉툭한 것이 허리를 찌른다.

"수작 부리지 마. 걸으라고."

귓가에 낯선 목소리가 나직하게 속삭이고 있다.

"베레타92야. 소음기를 달았지. 중국산이라 명중률이 형편없지만 이 거리라면 문제 없어. 그러니 얌전하게 굴어. 척추에 바람구멍 나고 싶지 않으면."

꿈인가. 꿈을 꾸는 중인가. 아직 새벽 4시 12분인가. 베레타92라니. 중국산 소음기라니. 쿡. 뭉툭한 것이 재차 허리춤을 찌른다. 차연이 어쩌지 못하고 걸음을 옮긴다. 등 뒤의 남자가 바투 붙어서 쫓아오고 있다. 차연이었다면, 차연이 등 뒤에서 누군가에게 총을 겨눈 입장이었다면, 그렇게나 가까이 붙지 않았을 것이다. 둘 모두에게 위험한 일이니까.

짧은 순간, 바람처럼 몸을 돌리며 사내의 총 든 손목을 제압한다. 동시에 손목의 주인을 허리 메치기로 내다 꽂는다. 이윽고 길바닥에 떨어진 권총을 빼앗아 든다. 예상 못한 상황에 놀라 허둥지둥 승합차에서 쏟아져 내려오는 적들에게 침착하게 민첩하게 조준 사격을 한다. 무릎과 허벅지 등에 총상을 입은 그들이 신음 소리도 내지 못하고 바닥에 누워 버르적댄다. 그런 장면을 상상한다. 지극히 영화적이지만 불가능한 장면은 아니다. 그러나 짧은 상상과 궁리는 다만 상상과 궁리로 그치고 만다. 골목이 너무 짧기 때문이다. 긴박한 반전을 결심하고 실행하기도 전에 이미 승합차 앞에 다다르고 만 때문이다.

드르륵 차량 옆문이 열리고, 뒤에 선 남자가 다시 쿡 허리를 찌른다.

"올라가. 천천히."

위기일발이다. 이자들이 누구인지 알 수 없다. 원하는 게 무엇인지 알 수 없다. 시키는 대로 차에 탔다가 더 무슨 일을 겪게 될지 알 수 없다. 그러나 당장은 달리 어쩔 수가 없다. 꿈인가. 꿈을 꾸는 중인가. 차량 뒷자리에 올라탄다. 어두운 차안에 사람들이 앉아 있다. 몇 명인지 미처 확인할 틈이 없다.

안녕하세요.

운전석에 앉아 있던 이가 고개 돌려 인사한다. 콧잔등에 점이 있는, 이마가 훤히 드러나도록 앞머리를 넘겨 묶은 여자다. 누구지? 밝은 인사가 순간 몹시도 혼란스럽다. 뒷좌석에 앉은 누군가 차연의 얼굴에 뭔가를 뒤집어씌운다. 커다란 종이봉투다. 삽시간에 시야가 가로막힌다. 더불어 두 손목이 질기고 가벼운 끈으로 묶인다.

어둠 속에서 누군가 중얼거린다.

출발해.

✛

나는 회진에 동참하는 대신 시내를 산책하기로 했다.

그런데 브랜퍼드의 여기저기를 배회하는 동안 희한한 경험을 했다.

기시감(旣視感, 한 번도 경험한 적이 없는 상황이나 장면이 마치 처음인 것처럼 느껴지는 현상—옮긴이)과 미시감(未視感, 실제로 잘 알고 있는 상황이나 장면이 마치 처음인 것처럼 느껴지는 현상—옮긴이)이 동시에 찾아왔던 것이다.

—올리버 색스, 『화성의 인류학자』

골목을 후진으로 빠져나와서 좌회전. 잠시 후 다시 좌회전. 조금 전진하다가 신호 대기로 일단정지. 잠시 후 직진. 이후 크게 원을 틀며 유턴. 거기까지는 머릿속의 상학 2동 지도를 펼쳐놓고 화살표를 이어갈 수 있다. 그러나 10여 분이 지나며 방향감각이 빠르게 흩어지기 시작한다. 시내 쪽이 아니라 도심 외곽으로 나아가는 느낌만은 분명하다.

두통이 엄습하고 있다. 호흡 또한 몹시 불편하다. 종이봉투를 뒤집어쓰고 있는 때문이고 시야가 캄캄한 때문이다.

두 시간 가까이 달린다. 실상은 그보다 훨씬 적은 시간일지도 모른다. 그래도 한 시간은 넘었을 것이다. 아니다, 그조차도 확실치 않다. 지금 어디로 가는 거냐고 묻는다. 두 번을 묻는다. 얼굴 모르는 주변의 누군가를 돌아보며 따져 묻는다. 대답이 없다. 오래된 차량의 엔진 소리와 뭔가 찌든 냄새가 묵묵히 이어지고 있다. 당신들 도대체 누구냐고 재차 외친다. 왜 이러는 거냐고, 지금 뭐 하는 짓이냐고 소리친다. 역시 대답이 없다. 대신에 누군가 왼쪽 옆구리를 쿡, 심상치 않은 강도로 찌른다. 조용히 갑시다. 차연이 움찔 입을 다물고 만다. 왼쪽 옆구리를 움찔하게 만든 것이 총구인지 손가락인지 다른 무엇인지 알 수 없다.

이윽고 어딘가에 도착한다. 차량이 급격히 속도를 줄인다. 크게 좌회전을 하는 움직임이 생생하다. 전진과 후진을 반복하며 어딘가에 차량을 세우는 기척이다. 시동이 꺼지고 엔진 소리가 멈춘다.

잠시 고요.

차량의 문이 열리고 누군가 차연의 팔에 손을 가져간다.

내리세요. 발 조심하면서.

여성의 목소리다. 아까 운전석에 앉아 있던 그 여자인가.

허우적허우적 발끝으로 보이지 않는 허공을 더듬는다. 이내 바닥에 발이 닿는다.

이쪽으로.

여자가 팔꿈치를 잡아 이끄는 대로 걸음을 옮긴다. 지면 감촉이 특이하다. 아스팔트나 흙 땅이 아니라 서걱거리는 자갈밭이다. 어느 건물의 내부로 들어선다. 서늘한 실내 공기. 대형마트의 대형 지하창고에서 날 법한 냄새. 여자를 따라 계속 어딘가로 이동하고 잠시 후 어딘가에 앉혀진다. 가벼운 재질의 딱딱하고 차가운 의자다.

다 왔어요.

여자가 속삭인다. 두 손목을 결박한 케이블 타이가 딱, 소리를 내며 끊어진다. 얼굴을 덮은 종이봉투가 벗겨진다.

꾸밈없이 지어진 가건물이다. 아파트 모델하우스 같기도 하고 군부대 막사 같기도 하다. 목재 파티션으로 군데군데 공간을 나눈 실내가 꽤 넓다. 실내 중앙에서 오른편 안쪽. 흰색 플라스틱 테이블 앞에 차연이 앉아 있다. 입구로부터 등을 돌리고 벽을 바라보는 위치다. 키 크고 잎이 넓은 화분 두 개가 벽에 나란히 늘어서 있고 그 옆으로 정수기와 파란색 쓰레기통이 놓였다.

"한차연 씨."

테이블 맞은편에 세 사람이 앉아 있다. 한 사람은 낯이 익고 두 사람은 그렇지 않다. 길쭉한 얼굴에 눈알 노랗고 입술 두툼한, 아까 낮술을 연기한 남자가 단연 낮이 익으며 그렇지 않은 두 사람 가운데 한 명은 처음임에도 어딘지 친숙하다. 옛날 코미디언 누군가를 닮았다. 코미디언치고는 꽤나 험상궂은 인상을 가지고 있던, 뱃고동 소리 박격포 소리 따발총 소리 흉내로 사람들을 웃게 만들었던. 나머지 한 명은 개중에서 가장 나이가 적어 보인다. 갈색 단발머리, 각진 뿔테 안경, 각진 턱, 네모난 얼굴. 왠지 각얼음 같은 분위기를 가진 남자다.

실례가 많았습니다. 여기까지 강제로 모셔올 방법이 없어서, 백주대낮에 남들 눈도 곤란하고 그래서, 피치 못하게 옛날 방식을 좀 활용했습니다. 이해해주세요.

옛날 코미디언의 해명 아닌 해명에 차연이 깊은숨을 들이마신다.

여기가 어딘가요.

세상의 정의가 시작되는 곳이지요. 세상의 마지막 정의가 실현될 때까지 24시간 불이 꺼지지 않는 공간이고요.

낮술 사내가 대답한다. 아까와는 비할 수 없도록 차분한 음성과 표정이다.

이런 식으로 모시게 된 것, 다시 한 번 사과드립니다. 그리고 분명히 약속드립니다. 이야기가 잘 끝나면, 적어도 두 시간 안에는 어디건 원하시는 곳으로 돌아갈 수 있을 것입니다. 무사히. 아무 일도 없었던 것처럼.

차연이 잠깐 할 말을 잃는다.

한차연 씨.

옛날 코미디언이 다시 차연을 부른다. 자신이 그와 같은 이름으로 누군가에게 불리는 일이 차연은 적잖이 어색하다. 아직은 그렇다.

퍼펙트 문과는 어떤 사이인가요.

예?

요즘은 그 별명으로 안 통하나?

등 뒤에서 누군가 다가온다. 승합차 운전석에 앉아 있던, 콧등에 검푸른 점이 있는 여자다. 테이블 위에 핸드폰을 내려놓는다. 차연의 것이다.

확인 끝났어요. 별것 없더군요.

위치추적 기능. 그렇지. 차연의 머릿속이 일순 환해진다.

당신들 누군지, 이제부터 곤란해질 거예요. 지금까지 끌려온 동선과 이곳 위치가 어딘가에 실시간으로 중계되고 있을 거예요. 머지않아 이곳으로 경찰들이 찾아들 거예요.

미안하지만 그럴 일은 없을 겁니다.

낮술 남자가 한숨을 내뱉는다.

그럼에도 만에 하나 그 비슷한 일이 발생한다면, 그건 우리뿐 아니라 무엇보다 차연 씨 자신을 위해 요만큼의 도움도 되지 않는 경우가 될 겁니다. 하지만 다시 말씀드리건대, 그럴 일은 절대 일어나지 않을 겁니다. 적어도 올해 안에는.

제기랄. 당신들 누구야. 도대체 뭐 하는 사람들이냐고.

똑같은 질문을 우리도 하고 싶군요.

옛날 코미디언이 손에 든 뭔가를 읽는다.

한차연. 구구공오이삼 일공사이오사륙.

작은 글자가 잘 보이지 않는지 눈가를 사뭇 찌푸린다.

서울 ××구 회악2길 851 대아스타빌 401호. 발급일 2021년 4월 29일.

테이블 너머로 그것을 건넨다. 차연의 주민등록증이다. 눈이 가려진 채 어딘가로 끌려가면서, 누군가 주머니에 손을 대는 것조차 까맣고 모르고 있었다.

이게 전부더군요. 이전의 것들, 이전의 기록들은 도통 찾을 수가 없더군요. 깨끗하게 지워졌더군요. 태어난 곳이 어딘지. 어느 초등학교를 입학하고 또 졸업했는지. 가족관계는 어떻게 되는지. 어떤 종류의 사회생활을 경험했는지. 어느 쪽으로도 접근이 쉽지 않더군요. 아주 오래전에 죽은 사람처럼. 아직 태어나지 않은 사람처럼. 저희가 애 좀 먹었지요. 확실한 거라고는 주민등록증에 나온 글자 몇 개가 전부니.

……

그런데 접근해가면 갈수록 뜻밖의 그림 하나가 점점 선명하게 드러나더군요. 차연 씨의 일상이, 차연 씨는 잘 모르겠지만, 저 북아프리카의 지뢰 집중 매설 지역처럼 일반인들은 접하기도 힘든 위험에 노출되어 있다는 사실.

무시무시한 위험이라면, 이를테면 지금 같은 상황 말인가요.

정반대지요.

침묵을 지키고 있던 각얼음이 처음으로 나선다.

여기처럼 안전한 시설은 세상에 없습니다. 적어도 이 나라에 한해서만큼은 그러합니다. 그러니 우리와 함께 있는 시간만큼은 차연 씨 자신의 안전에 대해 아무런 걱정도 할 필요가 없다는 사실입니다.

테이블 위에 사진 몇 장을 늘어놓는다. A4지 크기로 인화한 흑백사진들이다. 사람들. 검은 양복을 입은 사람들. 밝게 웃는 얼굴들. 잔디가 잘 가꾸어진 정원과 하얀 테이블. 농구 코트에 홀로 선 누군가의 뒷모습.

……당신들이 찍은 건가요.

개중에서 일부만 추렸습니다. 참고하시라고.

차연이 앞이마를 감싸 쥔다. 느닷없는 피로감이 몰려든다. 쉬고 싶다. 이만 집에 돌아가고 싶다.

이 사람들, 차연 씨가 인사하고 악수를 했던 이 사람들, 어떤 사람들인지 모르시지는 않겠지요.

……

성공한 이들. 세상의 성공 위에 존재하는 이들. 더불어 세상에서 가장 끔찍한 존재들.

넘치도록 햇살 화창하던 주말 오후를 떠올린다. 잘 가꾸어진 잔디밭과 아직 만개하지는 않았지만 어여쁘게 봉오리 진

장미 넝쿨을 떠올린다. 사람들의 훌륭한 매너와 친절한 미소들을 떠올린다. 우아하게 흐르던 현악 4중주를 떠올린다. 손바닥 안에 가득 차던 농구공의 감촉을 떠올린다.

사회적으로 더 높은 자리에 있는 사람일수록 사회적으로 더 엄중한 도덕성 양심과 책임 의식을 가지고 살아가야 한다는 상식을 우리는 믿습니다. 하지만 현실은 그와 같지 않다는 사실을 우리는 늘 안타깝게 생각합니다. 이 지점에서 우리의 성찰이 시작됩니다. 세상 위에 존재하는 그들이 그들에게 어울리는 도덕성과 책임 의식을 가지고 살아갈 수 있도록. 우리의 아이들이 부디 그런 세상에서 살아갈 수 있도록. 현실이 그와 같지 아니할 경우, 최대한 그런 방향으로 향해 갈 수 있도록.

"잠깐. 잠깐만요."

차연이 두 손을 쳐든다. 다급하게 작전 시간을 요청하는 배구 감독처럼. 그리고 대략 10여 분 전에 했던 것과 거의 비슷한 질문을, 다소 예의를 갖추어 반복한다.

"실례지만, 도대체 무슨 일을 하시는 분들인가요."

"악인들은 운만 좋은 게 아냐. 발 벗고 나서 그들을 도와주는 사람들이 세계 도처에 존재하니 어쩔 도리가 없는 거지."

—베르나르 베르베르,『죽음』

　　　　━━━━

　우리는 차연 씨의 도움이 필요합니다. 절대적으로. 또한 우리는, 차연 씨가 우리의 도움을 언제건 스스럼없이 받아들일 수 있기를 희망합니다. 진심으로.

　낮술 남자에 이어 각얼음.

　솔직히 말씀드려 차연 씨의 안전은 우리의 첫번째 관심사가 아니에요. 차연 씨에게 별일이 생기기를 바라는 것 또한 아니지만 말이지요.

　테이블 위에 늘어놓은 사진 더미를 검지로 가리킨다.

　이날 이 자리에서 만난 사람들이 어떤 존재들인지, 그 만남이 차연 씨에게 얼마나 치명적인 상황을 초래할지 차연 씨는 알지 못합니다. 과연 그것이 차연 씨만의 불행으로 끝나고 말지 우리 역시도 가늠하기 힘든 상황입니다. 차연 씨에게 그나마 희망이 존재한다면 바로 지금입니다. 우리들이 우리들과 함께 있는 지금 이 순간 말입니다.

등 뒤에서 다시 누군가 다가온다. 팥죽색 개량 한복을 입은, 뺨과 턱에 덥수룩하게 수염을 기른 남자다. 키가 190센티미터는 넘을 것 같다.

실례합니다.

옛날 코미디언 쪽으로 휘청, 타워크레인 휘어지듯, 몸을 숙인다. 귓가에 입을 가져가 짧게 한마디 전달한다. 코미디언이 고개를 끄덕인다. 자리에서 일어서며 가장 먼저 차연에게 양해를 구한다.

미안하지만 나는 이쯤에서 실례를 해야 할 것 같군요. 중요한 손님이 찾아오셔서.

테이블의 남은 식구들에게도 의미심장한 당부를 던진다.

불편함 없도록 잘 모셔.

키 큰 남자를 앞세우고 부지런히 자리를 뜬다. 테이블에 세 명이 남는다. 한 사람 떠난 자리가 뜻밖에 유난하다. 보이지 않던 무게의 균형이 와르르 무너지는 것 같다.

지금 몇 시인가요.

낮술 사내가 크흠, 헛기침을 삼킨다.

오후 5시가 조금 지났군요.

언제까지 나를 붙잡아둘 생각인가요.

오해 마세요. 우리 만난 지 채 세 시간도 되지 않았습니다. 오늘의 남은 이야기가 끝나면 어디건 원하시는 대로 보내드릴 예정입니다. 아까 말씀드린 것처럼 무사히. 아무 일도 없었던 것처럼.

남은 이야기라면.

각얼음이 껴든다.

일종의 제안이지요. 친구가 되자는.

맙소사.

차연이 다시금 격한 피로감을 느낀다.

도대체 무슨 의도로 그런 농담을 하시는 건가요.

농담 아닙니다. 농담이 아닙니다. 차연 씨를 포함한 우리 모두, 서로 믿고 협조하면서 서로가 서로에게 필요로 하는 것을 얼마든지 주고받는 사이로 거듭날 수 있습니다. 그 가능성에 대한 이야기입니다.

각얼음의 말이 빨라진다.

말 같지 않은 소리로 들리시겠지요. 총구에 허리춤을 찔려가며 강제로 납치된 입장이시니. 어딘지 모를 곳에 감금되어 아직 이편의 정체에 대해 충분한 설명도 듣지 못한 입장이시니.

……

말씀드렸지만 우리는 차연 씨의 도움이 꼭 필요합니다. 더 나은 세상을 위해, 우리가 계획하는 많은 것들을 위해, 앞으로 차연 씨의 도움이 더욱더 필요할 것입니다.

말이 빨라지면서 발음이 덩달아 뭉개지고 있다. 알아듣는데는 별문제가 없다.

대신에 우리도 차연 씨를 위해 우리가 할 수 있는 모든 일을 하겠습니다. 요컨대 이러한 장면들(그렇게 말하며, 사진들이 놓인 탁자 한 곳을 손가락으로 두 번 톡톡 두드린다)로부터 장차 차연 씨에게 닥쳐올 위험들을 최대한 막아드리겠습니다. 활용할 수 있는 것들을 최대한 가동해서 대처하겠습니다. 그밖에 뭔가 필요하실 경우, 그게 무엇이든 친구로서 가능한 한 도움이 되어드리도록 노력하겠습니다. 우리의 역량을 최대한 발휘해서 협조하겠습니다.

그때다. 기발한 생각 하나가 머릿속 어두컴컴한 골방에 반짝 불을 밝힌 것은.

친구라.

그렇습니다. 친구. 필요할 때면 언제라도 연락 주고받을 수 있는 사이. 서로의 비밀을 끝까지 지켜줄 수 있는 사이. 무엇이건 스스럼없이 부탁할 수 있으며 주저 없이 도움의 손길을 내밀 수 있는 사이. 기본적으로 늘 마음이 통하는, 어쩌다 마음이 통하지 않아도 별 상관없는 사이.

위기는 곧 기회라고 했다. 누가 한 소리인지는 모르겠다. 뜻밖의 위기 상황이 지금 차연에게 상상도 못했던 기회를 주려고 한다. 스스로 생각해도 기발하기 이를 데가 없다. 가슴

속에서 간질간질 기이한 호기심이, 더불어 죄의식이 꿈틀거리는 중이다. 머뭇거릴 시간이 없다. 맙소사.

그렇다면, 친구가 된다면, 요컨대 개인적인 부탁 같은 것도, 물론입니다. 친구 사이니까.

……

뭐든 말씀해주세요. 어떠한 것이건. 필요한 게 있으시다면.

옛날 코미디언이 때마침 자리를 떠난 게 여간 다행스럽지 않다. 그가 있었다면 이런 이야기를 꺼내기가 지금처럼 쉽지는 않았을 것이다. 적잖이 눈치 보였을 것이다. 아마도 가장 먼저 그에게 지금의 이야기가 보고될 테지만.

사람에 대한…… 부탁 같은 것도 가능할지요.

사람에 대한?

테이블의 두 사람이 단박에 흥미진진한 얼굴이다.

실은 누군지 거의 모르는 사람이에요. 이름도 나이도 사는 곳도. 언제 어디로 찾아가면 그 얼굴을 만날 수 있는지 정도를 알고 있을 뿐이지요.

여성분이겠군요. 아마도.

맞아요. 그렇지만.

차연이 조금 수줍어진다.

상상하시는 그런 문제는 아니에요. 그보다 더 복잡하고 애매한 상황이죠.

아무것도 상상도 하지 않았습니다. 그리고.

낮술 남자의 얼굴이 한결 밝아진다.

이렇게 부탁의 손길을 내밀어주셔서 감사합니다. 더불어 아주 좋은 선택이라는 말씀을 드리고 싶습니다. 절대 후회 안 하실 것입니다.

문득 떠오르는 얼굴이 있다. 메리. 멀지 않은 어딘가에 몸을 숨긴 채 이 상황을 빠짐없이 모니터링하는 그녀를 상상한다. 삽시간에 어두운 그림자가 드리우고 마는 그 얼굴을 상상한다. 아찔하다. 끔찍하다.

그러면 우리, 지금부터 친구가 되는 건가요?

……

차연이 머뭇거리고 낮술 남자가 배시시 웃는다.

농담입니다. 친구가 된다는 게 계약서에 도장을 찍는 일과는 다르다는 거, 저도 잘 알고 있습니다.

다시 누군가 테이블로 다가온다. 빨간 원피스를 입은, 튀어난 무릎뼈가 안쓰러워 보일 만큼 깡마른 여성이다. 낮술 남자에게 뭔가를 건넨다. 남자가 고개를 끄덕인다. 빨리 나왔네. 그것을 차연 앞으로 들이민다. 검푸른 빛이 감도는, 반짝반짝 네모나고 납작한 물건. 핸드폰 두 대. L사에서 제작한, 똑같은 기종에 색깔도 똑같은 새 제품.

왼쪽이 가지고 계시던 것입니다. 오른쪽 것이 새로운 핸드폰이지요. 우리와 통하는 세상에서 제일 안전한 물건. 같은 모델을 찾느라 애 좀 먹었습니다. 헷갈리지 않도록 관리에 신

경을 쓰는 게 좋을 겁니다. 본인만이 알아볼 수 있는 표시를
해놓는다든가.

똑같이 생긴 전화기 두 대를 내려다본다. 혼란스럽다. 혼란
스럽다.

이쪽으로 연락드리겠습니다. 차연 씨도 이를 통해 우리에
게 전화 주시면 되겠습니다. 단축번호 0번입니다.

차연이 핸드폰을 집어 들고 앞뒤를 살핀다. 여기에도 위치
추적 장치가 되어 있을 것이다. 아마 그러할 것이다.

오늘은 이 정도까지 하겠습니다. 바람직한 결론이 나온 것
같아 개인적으로도 참 행복합니다. 수고하셨습니다.

각얼음이 열심히 만지작거리던 노트북에서 귀에 익은 윈도
우 종료음이 이어진다.

일어나시죠. 원하시는 장소까지 모셔드리겠습니다.

……종이봉투를 다시 뒤집어써야 하나요.

아, 그건.

그때다. 차분하던 실내 분위기를 찢어놓으며 벨 소리가 울
어대기 시작한다. 노트북을 덮고 자리에서 일어서던 각얼음
이 멈칫, 테이블 위를 바라본다. 차연의 고약한 질문에 슬기
로운 대답을 궁리하던 낮술 남자가 역시 테이블 위를 바라본
다. 핸드폰이 울고 있다. 똑같은 모양 똑같은 기종의 핸드폰
두 대 가운데 하나다.

✣

둘째 딸이 구두를 신어보았습니다. 다행히 발가락은 쏙 들어갔지만 발꿈치가 너무 컸습니다. 그러자 새엄마가 둘째 딸에게 칼을 건네며 말했습니다.

"발꿈치를 좀 잘라내. 왕비가 되면 걸을 일도 없을 테니."

—그림 형제, 『재투성이 아셴푸텔』

———

벨 소리가 쉬지 않고 이어진다. 메리에게서 온 전화다. 난감하다. 어쩔 것인가. 받아야 할 것인가. 회의 중이니 나중에 전화하겠습니다 메시지를 남겨야 할 것인가. 울다 지쳐 꺼질 때까지 놔두는 게 좋을 것인가. 낮술 남자가 얼굴 가득 호기심을 숨기지 않는다.

참견해서 죄송하지만 전화를 받으시는 편이 좋을 것 같습니다. 나중에 거짓말을 하는 것보다는.

황망히 울어대는 핸드폰을 차연이 황망히 내려다본다.

받으세요 자리 비켜드릴 테니. 참고로 차연 씨는 지금 몇 시간째 상학 2동에 머물러 있는 중입니다. 저희가 그렇게 처리해놓았습니다. 잊지 마시고.

두 사람이 저편으로 멀어지고 차연이 전화기를 집어 든다. 크흠, 헛기침을 뱉는다. 긴장된다. 몹시 긴장된다. 이 속내를 들켜서는 안 된다고 생각하니 더욱 그러하다.

"여보세요."

―아, 차연 씨.

"안녕하세요."

―오랜만이에요. 통화 괜찮아요?

"괜찮습니다."

―뭐 하시나요. 그 동네에서.

"예?"

―상학동.

"아."

―미안해요. 감시하는 건 아니고.

"그냥 와봤어요. 간만에. 별생각 없이. "

두근두근 심장 뛰는 소리가 저편 전화기까지 들리는 것 아닐까.

―거기서 꽤 오래 사셨다고 했죠?

"24년이요. 33년 중에서."

―어때요, 옛날 동네를 다시 찾은 감회가.

"헷갈려요."

—헷갈린다고?

"손바닥처럼 익숙한 동네인데, 6개월이 아니라 6일 만에 돌아온 것 같은데, 그 익숙함이 내 것 같기도 하고 남의 것 같기도 하고."

—……

"아는 사람을 만났어요. 우연히, 길에서 잠깐 스쳐 갔지요. 자주 가던 술집 주인인데, 나를 보고도 전혀 기억을 못하더군요. 기분이 조금 이상했어요."

—이를 어째. 기운 내요.

"괜찮아요. 헷갈렸을 뿐이고 기분이 좀 이상했을 뿐이니까."

—아닌 게 아니라 그 동네 가신 것을 알고는 조금 걱정스러웠어요. 힘들 텐데. 과거를 마주하는 일이 만만치 않을 텐데. 거기 계속 있을 건가요?

"가야죠 이제."

—힘내요. 부디.

"감사합니다."

—아, 좋은 소식이 하나 있어요.

"뭔가요."

—차연 씨를 보고 싶어 하는 사람들이 나타났어요. 드디어 연락이 왔어요.

"나를 보고 싶어 하는?"

―그렇다니까요.

"어……"

―토요일 가든파티 때 만난 참석자들 가운데 한 분이에요.
차연 씨를 다시 한 번 만나고 싶대요. 집으로 초대하고 싶대
요. 대단하지 않나요?

"대단하군요."

―이번 주 금요일이에요. 저녁 7시.

속절없이 이어지는 통화 내용이 가건물 어딘가의 누군가에
의해 완벽하게 감청되고 있을 것이다. 고개 들어 실내를 둘러
본다. 낮술 남자와 각얼음의 모습은 보이지 않는다.

―내가 모시러 갈게요. 6시. 그때 거기서 만나면 충분할 거
예요. 괜찮죠?

"예, 뭐."

―목요일에 다시 통화해요. 오늘 남은 시간 잘 보내고요.

"고맙습니다."

통화종료 버튼을 누르고 핸드폰 옆에 핸드폰을 내려놓는
다. 하얀 플라스틱 테이블 위, 똑같은 모양의 물건 두 개. 하
나는 차갑고 하나는 따끈하다. 언제 돌아왔는지 낮술 남자가
파티션 너머로 고개를 내민다.

"통화 끝나셨나요?"

＊

아침에 일어나 자기가 누군지 아는 것은 얼마나 놀라운 일인
가. 그렇다면 그동안 아침에 일어나 자기가 누군지 아는 것을 당
연하게 여겨왔던 것은 또한 얼마나 놀라운 일인가.

—최수철, 『매미』

아침이다. 새로운 하루다. 401호에서 18일째다.

간만에 꿈 없이 깊은 잠을 잤다. 머리가 개운하다. 몸이 가
볍다. 창문을 활짝 열어 바깥 공기를 들여보낸다. TV를 켜
서 실내에 고인 침묵을 몰아낸다. 노란 원피스를 입은 기상캐
스터가 기쁜 목소리로 오늘의 날씨를 소개하는 중이다. 24.
1440. 86400. 신은 오늘도 86,400초의 선물을 내게 주었다.
윌리엄 아서 워드. 예전의 차연이라면 그로부터 어떠한 공감
도 얻어내지 못했을 오늘의 명언.

원룸 한가운데 서서 스트레칭을 시작한다. 천천히 호흡하

며 목과 어깨, 팔, 허리, 무릎과 발목까지 밤새 굳었던 몸을
잠 깨워준다. 관절마다 근육마다 팽팽하게 가해지는 이완 수
축에 집중한다. 이어 팔굽혀펴기를 시작한다. 쉬지 않고 멈추
지 않고. 어깨와 허리와 엉덩이가 일직선을 이루는지 팔과 어
깨의 각도가 틀어지지 않는지 유의하면서. 일정한 속도, 일정
한 호흡에 따라서 정확히 백 개. 신들은, 플라톤에 의하면, 인
간의 몸 중에서 머리를 제외한 나머지 부분에 '다른 성격'의
영혼들을 집어넣었습니다. 요컨대 내장에는 '술과 고기 등을
탐하는 영혼의 일부'가 거주했다는 식으로 말입니다. 나아가
신들은 이 하급한 영혼과 심장에 거주하는 상급 영혼을 구분
하기 위해 횡격막이라는 담벼락을 만들었습니다. TV 속에서
누군가 떠들고 있다. 철학 강연이다. 지난번 그 사람 같다.

　냉장고를 뒤진다. 냉동실에서 딱딱하게 언 식빵 한 쪽을 꺼
내 토스터기에 넣고 냉장실에서 우유와 버터와 계란 한 알을
꺼낸다. 아침 식탁을 차리는 데 채 4분이 걸리지 않는다. '나'
란 무엇일까요. '자아'란 무엇일까요. 하나의 생명체가 물리
적으로 생물학적으로 사회적으로 확장될 수 있는 모든 것들
의 총합이 바로 나요 내 자아다. 이런 생각을 한번 해봅니다.
자아란 하나의 단위지만 단일한 무엇이 아닙니다. 그것은 내
가 아는 것들과 내가 알지 못하는 모든 것들의 총합입니다.
그것은 내가 모르지만 다른 사람들이 나에 대해 알고 있는 모
든 것들의 총합입니다. 그것은 내가 드러내고 싶어 하는 것

들과 숨기고 싶어 하는 모든 것들의 총합니다. 자아를 언어로
설명하는 것은 이렇게나 허황된 작업입니다. 결국은 뇌라는
것이 문제 아닐까, 하는 생각을 한번 해봅니다. 뇌는 모든 것
을 이해하지만 자기 자신은 끝내 이해 못한다는 말이 있지요.
이게 무슨 소리인가 하면,

식사 끝내고 설거지 마치는 데까지 채 8분이 걸리지 않는다.
화장실로 가서 이를 닦는다. 머리 감고 샤워 타월에 거품 내어
온몸을 닦는다. 정성껏 면도를 시작한다. 전기면도기가 있지
만 면도날을 끼워 넣는 클래식 기기와 전용 크림을 사용한다.

붙박이장을 열고 옷을 고른다. 소매가 길고 헐렁한 연하늘
색 스웨터를 집어 들었다가 내려놓는다. 은색 단추가 있는 검
은색 라이더 가죽 재킷을 들었다가 내려놓는다. 울 소재의 자
주색 싱글 코트와 흰 티셔츠를 이리저리 대보다가 내려놓는
다. 굵은 체크무늬 와이셔츠를 만지작거리다가 내려놓는다.

흐린 날이다. 오후부터 비가 내린다고 했다. 약속 시간을
생각하면 무척 이른 외출이다. 걸을 생각이다. 어디든 걸을
만한 길을 찾아 나설 생각이다. 스타빌 현관을 나서 골목 오
른편으로 접어든다. 초록색 의류 수거함을 지나자 벽에 붙은
할인마트 전단지 아래 자전거 한 대가 기대어 있다. 낡았고
잠금장치도 없지만 타이어는 아직 쓸 만해 보인다. 자전거의
검은색 안장과 갈색 가죽 손잡이를 바라보다가 생각한다. 누
가 언제 갖다 놓은 것일까. 잠깐 세워둔 것일까 아니면 몰래

버린 물건일까. 전에도 이 자전거를 본 적이 있었을까. 아울러 생각한다. 인사말에 대해서. 첫번째 대사에 대해서.

"안녕하세요. 또 뵙네요."

그 정도면 무난한 첫인사일 것이다. 그다음은? 여자는 많이 긴장한 상태일 것이다. 적어도 평상시의 심리 상태는 아닐 것이다. 요컨대 말이 많은 성격이라 해도, 적어도 오늘만은 그렇지 않을 것이다.

"지난번에는 죄송했어요. 실은 저도 무척 놀랐거든요. 도망칠 생각은 없었는데."

그러므로 지나치게 쓸데없는 종류의 것이 아니라면 되도록 많은 말을 하는 편이 좋을 것이다. 그편이 서로에게 도움이 될 것이다.

"그래서 그날, 편의점에 다시 찾아갔었어요. 모르실 거예요. 들어가지는 않고 밖에서 지켜보기만 했으니까."

똑같은 제조사의 똑같은 모델 똑같은 색상, 출고 날짜마저 거의 비슷한 두 대의 핸드폰 가운데 한 곳으로 전화가 걸려온 것은 어제 오후 2시가 넘어서였다.

별일 없으시지요?

메리가 아니었다.

궁금하실까 봐 바로 전화드립니다. 말씀하신 일이 지금 처리되었다고 해서요.

처리, 라는 단어가 새삼 낯설었다.

저희 직원들이 그분을 만나고 왔습니다. 방금 전에.

아.

내일입니다. 내일 만나는 것으로 정해졌습니다.

……

괜찮으시겠죠? 내일 오후 4시.

예, 뭐, 저는……

기본적인 인적 사항을 비롯해서 조금 깊은 부분까지, 저희
가 개별적으로 수집한 정보들이 조금 있습니다. 필요하시면
바로 전달해드리겠습니다.

실감이 나지 않았다. 별안간 두려웠다. 막연하게 상상만 했
던 일이 이렇게나 빠르게 '처리'되리라고는 그야말로 상상조
차 못했던 노릇이었다.

조심스럽게 만남을 제안한 건 우리였고 내일이라는 말을
먼저 꺼낸 건 그분이었습니다. 긍정적으로 생각하셔도 좋을
것 같습니다. 당황하고 긴장한 모습이었지만 차연 씨에 대한
어떤 분명한 의지가 엿보였다고 하더군요. 아, 이건 그분을
만나고 온 직원들로부터 전해 들은 이야기입니다만.

큰길에 멈춰 선다. 흐린 날이다. 흐린 봄날이다. 빗방울이
한두 방울씩 듣기 시작한다. 횡단보도에 멈춰 선다. 정인. 여
자의 이름을 불러본다.

정인.

정인.

✣

"가지도 않고 오지도 않는 것은?"

화상(和尚)이 묻자 선지식이 답했다.

"내가 너하고 같이 다니는 것이다."

—『천부경』

표를 끊고 대한문을 넘어선다. 약속 시간까지 12분이 남아 있다. 비가 내린다. 오후부터 시작된 봄비다. 우산 위로 후득 후드득 빗소리가 상쾌하다. 중화문까지 길게 이어지는 큰길을 버리고 오른편으로 들어선다. 저편에 약속 장소가 보인다. 한옥 기둥과 기와지붕을 인, 3면 벽에 넓게 통창을 낸 단층 건물. 기념품 판매점을 겸하는 작은 찻집이다.

우산을 접으며 실내로 들어선다. 연녹색 한복 저고리를 입은 점원이 어서 오세요, 인사한다. 4인용 테이블이 다섯 개 놓였고 개중 세 곳에 손님들이 자리 잡고 있다. 구석 자리의 누군가 일어선다. 한 손을 반짝 들어 보인다. 길게 기른 머리를 이마 뒤로 질끈 묶은, 콧잔등에 점이 있는 여자다.

어서 오세요.

차연을 향해 밝게 웃는다. 차연이 밝게 웃지 못한다. 여자의 맞은편, 창밖을 바라보는 위치에 등을 돌리고 앉아 있던 또 한 사람이 우물쭈물 일어선다. 우물쭈물 이편으로 돌아선다. 정인. 정인. 편의점 여자. 우물쭈물 차연을 바라보지도 외면하지도 못하는 눈빛이 가련하게 흔들리고 있다.

와아 두 분, 드디어 만나셨어!

콧잔등 점 여자가 두 손을 착, 소리 나게 마주 잡는다. 호기심 만개한 얼굴이다. 조금은 감격한 얼굴이다.

따로 소개 인사는 필요 없겠죠? 음, 제가 차 주문할게요. 뭐 드실래요?

커피요, 한참 만에 정인이 입술을 달싹인다, 따뜻한 커피. 차연이 뒤이어 저도요, 한다. 고개를 끄덕인 여자가 힘차게 돌아서더니 카운터로 다가간다. 커피를 내리는 점원의 손길이 바빠진다. 정인이 입은 베이지색 레인코트를 차연이 곁눈질한다. 함께 있는 시간이 못 견디게 길어지고 있다. 잠시 후 여자가 돌아온다. 테이블 위에 사뿐 쟁반을 내려놓는다. 따뜻한 커피가 가득 담긴 머그잔이 두 개다. 여자가 의자에 놓인 손가방을 집어 든다.

저는 이만, 이 자리가 무척 궁금하기는 하지만, 가볼게요.

편하게 말씀들 나누세요.

그러더니 잡을 새도 없이 성큼성큼 가게 밖으로 나선다. 정확하게 4시다. 약속 시간에 딱 맞춰 차연과 정인 두 사람이 남겨진다. 창밖으로 경운지 연못 풍경이 한가득 펼쳐지고 있다. 물풀 무성한 수면 위에 빗방울들이 조그마한 파동을 쉴 새 없이 만들고 있다. 못 중앙에 조성된 섬 화단에는 보랏빛 봄꽃이 휘어지게 피었다.

"안녕하세요. 또 뵙네요."

차연이 잔을 집어 들어 그 안에 담긴 것을 한 모금 마신다. 커피는 진하고 아직 뜨겁다.

"지난번에는 죄송했어요. 실은 저도, 무척 놀랐거든요. 도망칠 생각은 없었는데."

"……"

"그래서 그날, 편의점에 다시 찾아갔었어요. 모르실 거예요. 들어가지는 않고 밖에서 지켜보기만 했으니까."

준비한 대사가 바닥나고 정인이 고개를 쳐든다. 차연을 똑바로 바라본다. 어떤 결기를 드러내듯. 스무 살. 20년이 여러 번 지난 후에도 여전히 스무 살일 것 같은 얼굴. 작은 눈에 그렁그렁 눈물이 가득 고였다.

"오빠…… 오빠 아니죠? 오빠…… 아닌 거죠?"

소름이 끼친다. 가늘고 여린 목소리에 소름이 오싹 끼친다. 무섭지는 않다. 무서운 것은 아니다. 그러나 놀랍도록 소름이 끼친다.

"맞아요. 나는 정인 씨가 알고 있는, 그런 사람이 아니에요."

차연이 더듬거린다.

"정말 미안해요. 정인 씨가 기억하는 사람이 아니라서. 그럼에도 바로 그 사람의 몸으로 이렇게 나타나서."

고통스럽다. 미안한 마음을 고작 미안하다는 말로밖에는 전달할 수 없다는 사실이 아프도록 미안하고 그래서 고통스럽다.

"그래서, 꼭 설명하고 싶었어요. 믿기 힘들겠지만 사실이 이렇다는 것을 말해주고 싶었어요. 혹시라도 오해하시지 않도록."

휴지를 집어 든 정인이 푹, 작은 소리로 코를 푼다. 코끝이 금세 빨개진다.

"그래서…… 편의점 밖에서 한참을 기다리다가, 그다음 일하러 가는 곳까지 뒤를 밟기도 했어요. 맥주 파는 거리. 하지만 끝내 다가갈 용기를 못 냈어요. 무슨 말을 해야 할지 알 수가 없었어요. 혼란스러웠어요. 정인 씨도 물론 그럴 테지만 나 역시 무척 혼란스러웠어요."

"……"

"용기가 나지 않아서, 도저히 앞에 나설 수가 없어서, 그래서 어제는 아는 친구들에게 무례한 부탁을 했어요. 죄송해요."

코 푼 휴지를 뭉쳐 콧구멍을 꾹꾹 누른다. 꾹꾹 누르며 고개를 아주 작게 끄덕인다. 그것이 차연에게 뜻밖에 큰 위로가 되어준다.

"그러면 오빠는…… 누구예요?"

"그건."

"……"

"미안하지만 나도 잘 모르겠어요. 솔직히 말하자면 그래요."

"……"

"차연이라는 이름을 얻었지요. 불과 얼마 전에. 5월 23일에 스물두번째 생일을 맞는 대한민국 남성임을 증명해주는 신분증과 함께."

창밖을 바라본다. 어둑한 연못 주변을 외국인 두 명이 천천히 걷고 있다. 우산도 쓰지 않고 연신 카메라 셔터를 누르는 중이다.

"예전에는 정필이라는 사람이었어요. 그 이름을 기억할 필요는 없겠지만, 하여간 그랬어요. 한심한 인간이었어요. 가진 것도, 변변한 직업도, 능력도 꿈도 외모도 별 볼 일 없는. 나이는…… 권지승 씨보다 열 살 정도 많았고."

정인이 두 손으로 얼굴을 가린다. 테이블 위에 팔꿈치를 기대고 두 손바닥으로 얼굴을 감춘다. 그대로 정물이 된다.

"참 어려운 것 같아요. 내가 누굴까. '지금의 내가 다름 아닌 나'자신과 같은가'가 아니라 '다름 아닌 나 자신이란 도대체 누구인가' 하는 문제 말이에요. 1부터 8 사이의 어디쯤에 해당하는지 따져보면 결국 1에도 미치지 못할 문제. 권지승이라는 사람은 만나본 적도 없고, 조정필로 살아온 날들은 기억 속에 아직 선하지만 지금 그 사람은 흔적도 찾을 수 없고, 차연은…… 어디서 사는 누구인지조차 모르겠고."

주머니에서 작은 종소리가 딸랑, 울린다. 메시지 도착을 알리는 신호다. 주머니에서 두 개의 핸드폰을 꺼낸다. 개중의 어느 쪽인지를 확인한다.

메리로부터 온 문자다.

금요일 약속이 한 시간 늦춰졌어요.
우리도 한 시간 늦게 만나요.

고통은 의식의 유일한 기원이다.

　　　　　　　　—표도르 도스토옙스키, 『지하생활자의 수기』

———————

　새벽 1시 10분이었다. 밤길이었다. 10월의 늦은 밤이었다. 잔뜩 취해 있었다. 일주일에 닷새는 별다른 이유 없이도 취한 채 잠자리에 들던 시절이었다. 편의점에서 담배 한 갑을 사서 길을 건너는 참이었다. 평소 다니던 길이었다. 달려오던 1톤 트럭과 정면으로 부딪쳤다. 나중에 들은 이야기지만 운전자도 비슷한 정도로 취한 상태였다. 무지막지한 체구를 가진 거인의 손아귀가 삽시간에 목덜미를 잡아채는 느낌이었다. 어두운 허공으로 몸이 붕 날아올랐다. 아찔한 시야에 불빛들이 정신없이 어룽거렸다. 시커먼 아스팔트가 와락 달려들며 몸을 덮쳤다. 왼쪽 뺨이 과자처럼 바사삭 부서지는 느낌. 따뜻하고 닝닝한 비린내. 그게 마지막이었다. 마지막 기억. 마지막 장면. 마지막 감각.

"별로 실감이 안 나요. 돌이켜보면 기억들이란 게 다 그렇더군요."

중증외상센터에서 4일을 있었다. 큰 수술을 두 차례 했지만 12퍼센트의 가능성도 없었다. 그렇게 죽었다. 거의 모든 측면에서 완벽하게. 그때 어떤 사람들이 차연을 찾아왔다. 아니 병원을 찾아왔다. 언제 뇌사 판정이 내려져도 이상할 게 없는 즈음이었다.

"볼래요?"

차연이 테이블 위로 머리를 내민다. 손바닥으로 머리칼을 쓸어 올려 이마 윗부분을 보여준다. 중증외상센터에서 만들어진 수술 자국은 아니다.

"……미안해요."

국내 최초였다. 세계적으로도 몇 차례 시도는 있지만 모두 실패로 끝난 도전이었다. 프레스에 잘린 손가락을 봉합하는, 그런 수술을 130회 거듭하는 것과 흡사한 규모의 작업이었다. 손가락 봉합수술을 할 때보다 다섯 배는 많은 인원이 꼬박 나흘 밤낮을 고생해야 했다.

"정말 미안해요."

정인이 운다. 고개를 들지 못하고 어깨를 떤다.

"뭐가 미안한가요. 그런 말 하지 말아요."

"……아프지 않았나요."

아프지 않았다. 두렵지도 않았다. 감각과 감정을 넘어선 세계의 일이었다. 그 세계에서 차연은 고작 15퍼센트가량의 수치로만 존재했다. 148일 만에 그 세계를 건너 이편으로 돌아올 수 있었다. 148일하고도 여러 시간이 지난 후에야 비로소 깨달을 수 있었다. 뭔가 달라졌다는 것을. 예전에 비해 어마어마하고 무시무시한 변화가 생겼다는 것을. 그 의미를 충분히 이해하고 받아들이기까지 또한 적지 않은 시간이 필요했다. 혼잣말을 하면 귓가에 중얼중얼 울려 오는 누군가의 목소리. 얼굴을 더듬으면 손끝에 생경하게 미끄러지는 굴곡과 감촉과 온도. 걷기 연습을 하면서부터 발목에 느껴지는 낯선 무게감. 선택한 게 아니라 선택당한 상황이었다. 1/4500의 확률에 들어맞은 체질 탓이었다. 사후 장기기증 서약서에 사인하듯 뭘 신청하거나 계약한 적은 없었다. 그럴 만큼 부유하지도 생의 의지가 유난하지도 않았으며 그럴 만큼 중요한 사람도 아니었다. 누구를 원망하고 탓할 입장이 아니었다. 다만 여러모로 납득이 가지 않을 따름이었다.

창밖의 연못 풍경이 조금씩 어두워지고 있다. 수면 위의 빗방울들이 쉴 새 없이 파동을 만들어내고 있다.

"정인 씨 이야기가 듣고 싶어요. 그분에 대해서. 그분과 정인 씨에 대해서."

정인이 눈을 감는다.

"어떤 사이였는지. 정인 씨에게 어떤 사람이었는지."

해서는 안 되는 이야기일까. 안 해야 좋을 이야기일까.

"말씀하기 싫으면, 뭐 상관없어요. 신경 쓰지 않아도 돼요."

정인이 눈을 뜬다.

"저번에 우리, 처음 마주쳤을 때 생각나나요."

묻는 말의 대답과는 거리가 멀다. 한참 멀다.

"한시 반부터 일곱시 반까지 매일 여섯 시간을 일하는 곳에 불쑥 나타난 사람. 오빠보다도 더 오빠 같던 사람. 알 수 없는 눈빛으로 나를 바라보다가, 화난 사람처럼 후다닥 도망치던 사람."

"놀랐거든요. 당황스러웠고."

"도플갱어라는 단어가 그때 떠올랐어요. 오빠에게 어린 시절 헤어진 쌍둥이 형제가 있었던 것일까 하는 생각도 했어요."

"……"

"더불어 이상한 확신이 들었어요. 누군지 모르겠지만 그 사람을 조만간 다시 만나게 될 거라는 확신. 오빠는 아니겠지만, 오빠일 리는 없지만 언젠가 어떤 식으로건 그 사람을 다시 만나리라는 확신. 그래서 어제 친구분들이 찾아왔을 때, '황정인 씨 되시죠?' 질문을 받았을 때, 단박에 그런 생각이 들었어요. 만나겠구나. 오빠와 똑같은 생긴 그 사람을 이제 만나겠구나."

"……많이 놀라셨나요."

"놀라지 않았어요. 다만 두려웠어요. 만나는 일이 죽도록 두려웠어요. 오래전에 헤어진 쌍둥이라면, 오빠의 도플갱어가 맞는다면, 그렇게 두렵지는 않았을 거예요."

"만나지 않겠다고 하지 그랬나요. 그렇게 두려웠다면."

"그럴 수 없었어요. 죽도록 두려웠지만 그래도 만나지 않을 수가 없었어요. 그래서 그토록 두려웠던 거지요."

찻집 안이 쌀쌀하다. 종일 흐리고 비가 이어지며 기온이 전날보다 12도가량 떨어졌다고 한다. 이제 자리를 옮기는 것이 좋겠다고 생각한다.

"자살할까. 그런 생각도 했어요."

"어째서요."

"오빠 죽었을 때부터 이후로 여러 날, 한 달 정도, 진지하게 고민했어요. 나도 죽을까. 오빠처럼. 그래 볼까."

"……"

"하지만 그러지 않기로 했어요. 생각을 고쳐먹고는 딱 포기하기로 했어요. 어째서 그랬는지 알아요?"

"글쎄요."

"51시간 때문이었어요."

"51시간?"

"그 시간들이 사라져서는 안 되니까. 그 시간들을 매일 새롭게 기억할 누군가, 세상에 한 명은 남아 있어야 하니까."

내게서 사라진 누군가

이 광경을 오래도록 지켜보고 있다.

——강정, 「죽은 몸에 白夜가 흐르고」

———————

젖은 돌길을 나란히 걷는다. 불 밝힌 대한문을 나선다. 날
은 저물었고 비는 조금 잦아들었다.

어두워진 거리에 마주 선다.

"배 안 고픈가요."

차연이 묻고 정인이 고개 젓는다.

"저녁 아르바이트는 빠지기 힘들어요. 이번 달에 이틀이나
쉬어서."

알록달록 플라스틱 테이블이 만개한 맥주 골목을 떠올린
다. 가파른 지하철 계단을 올라 끔찍이도 소란하던 맥주 골목
으로 멀어져가는 정인을 뒷모습을 그려본다.

"만나서 좋았어요. 덕분에 뭔가 정리가 많이 된 기분이에요. 덕분에 마음이 한결 편해졌어요."

"고마워요. 그렇게 말해줘서 정말 고마워요."

정인의 작은 눈. 정인의 주근깨 가득한 뺨. 정인의 양 끝이 조그맣게 휘어진 입술. 정인의 작고 우울한 어깨. 차연이 갑자기 서럽다. 저 뺨에 손가락을 가져간 적이 있었을까. 저 입술에 입을 맞춘 적이 있었을까. 저 어깨를 감싸 안은 적이 있었을까. 이 손가락이 그 설렘을 기억하고 있을까. 이 입술이 그 온도를 기억하고 있을까. 이 손목이 그 순간을 기억하고 있을까.

"생일 미리 축하드려요."

"예?"

"며칠 안 남았잖아요. 5월 23일."

새 주민등록증에 찍혀 있던 숫자 일부를 떠올린다. 990523.

"기억력 좋네요."

"그렇지 않아요. 이건 어쩔 수 없이."

"뭐가 어쩔 수 없나요."

"제 생일이기도 하거든요. 5월 23일."

"정말?"

"정말."

"맙소사."

"신기하죠?"

"엄청나게요."

"아까 이야기 듣고는, 나도 엄청 신기했어요. 365일 가운데 하루일 뿐이지만, 그래도 혈액형 같은 것과는 다르잖아요."

"그러네요. 365일 가운데 하루. 365분의 1."

차연의 목소리가 커진다.

"덕분에 내 생일을, 이제 확실하게 기억할 수 있겠어요."

"마찬가지예요. 매년 생일 돌아올 때면 가장 먼저 오늘이 생각날 거 같아요."

"……"

"……"

비 젖은 아스팔트를 질주하는 차 소리들이 성가시다. 쌀쌀하게 젖은 바람 속에 도시의 냄새들이 복잡하게 섞여 있다.

"부탁이 있어요."

"뭔가요."

정인이 자신 없는 얼굴이다.

"지금 엄청나게 용기를 내는 중이에요. 알아주세요."

"부디 용기 잃지 마시고."

"……웃기는 애라고 생각 안 하셨으면 좋겠어요."

"웃기는 애라는 생각 같은 건 절대 하지 않아요. 아무리 웃기는 부탁이라 해도."

"……"

"어서요. 뭔가요."

"얼굴, 한 번만 만져봐도."

횡단보도 신호등이 초록색으로 바뀐다. 시청 광장 이편과 저편에 멈춰 섰던 사람들이 부지런히 걸음을 옮긴다. 서로를 향해 우르르 다가왔다가 복잡하게 얽히며 바삐 멀어져간다. 다시 바람이 불고 성가신 차 소리가 이어진다. 돌담 어느 구석의 나뭇가지에 무겁게 매달려 있던 빗방울 한 점이 마침 톡, 세상 누구도 듣지 못할 소리를 내며 젖은 땅 위로 떨어져 내린다.

차연이 한 발 다가온다. 말없이 얼굴을 내민다. 정인이 팔을 쳐든다. 작고 부드러운 감촉이 머뭇머뭇 뺨에 와 닿는다. 두 뺨을, 윗입술 언저리를, 눈 밑과 광대뼈 사이를, 간질간질 어루만진다.

뒷머리가 아뜩해진다. 숨 쉬는 일이 더없이 불편해진다.

"고마워요."

정인이 손을 거둔다. 깊은숨을 작게 뱉어낸다.

"덕분에 이제, 더 생생하게 기억할 수 있을 것 같아요."

"뭘 더 생생하게?"

"그런 게 있어요."

"혹시 그…… 51시간?"

정인이 대답하지 않는다.

새큰한 통증이 밀려들고 있다.

✛

　1874년 1월 굿서머리 병원을 찾은 매리 래퍼티의 머리에는 화상과 궤양 등으로 인한 폭 5센티미터의 구멍이 나 있었고, 그녀를 담당한 의사 로버츠 바솔로는 예의 구멍을 통해 마루엽이 고동치는 모습을 볼 수 있었다. 바솔로는 자신이 미국 최초로 운영하던 전기요법실에 래퍼티를 데려가서 '몇 가지 검사'를 했다. 머리 붕대를 벗기고 가늘고 뾰족한 전극 두 개를 환자의 회백질에 찔러넣은 뒤 발전기를 가동시킨 것이다. 래퍼티는 발작적으로 다리를 찼으며, 두 팔을 마구 흔들었고, 목을 올빼미처럼 뒤로 돌렸다. 바솔로는 그녀의 운동 중추에 자극을 준 게 분명하다. 그는 나중에 '래퍼티가 섬뜩한 춤을 추는 동안 미소를 지었다'고 주장했지만 (그녀가 내내 소리를 질렀다는 사실을 감안했을 때) 얼굴 근육이 비틀어져 그러한 표정을 지었을 가능성이 높았다.

　　　　　　　　　　　　　　　　—샘킨, 『뇌 과학자들』

감청색 벤츠 쿠페가 소리 없이 멈춰 선다.

조수석에 앉으며 문을 닫는다. 차에서 썩 좋은 냄새가 난다.

오랜만이에요.

차가 출발한다.

잘 지냈나요.

그럭저럭요.

……머리 잘랐군요?

어제요.

그럴 줄 알았으면 숍에 데려가는 건데.

이상한가요.

차연이 뒤통수를 쓰다듬는다.

이상하지는 않아요.

이상하다. 오늘따라 메리가 낯설다. 오늘따라 메리가 예전
과 같지 않다. 오늘따라 메리를 대하기가 마음 편치 않다. 지
난 며칠 때문이다. 지난 며칠의 비밀한 시간들 때문이다. 지
난 며칠의 사람들 때문이다.

차가 바뀌었네요. 지난번에는,

파사트였지요. 은색.

좌회전 차선에 들어선 차가 속도를 줄인다. 이내 멈춰 선다.

우리 같은 사람들은 주기적으로 뭔가를 바꿔주는 편이 여
러모로 편리하거든요. 차도. 거주지도. 명함도. 머리 색깔도.

머리색, 그대로인 것 같은데.

숍 갈 시간이 없네 요새. 아닌 게 아니라 염색 한번 해야 하는데.

지난 며칠의 사람들, 마지막으로 메리를 만나던 날까지만 해도 세상에 그런 사람들이 있는지조차 알지 못했던 사람들에 대해 눈치챈다면 메리의 반응이 어떠할지 상상도 할 수 없다. 지난 며칠의 사람들과 차연이 함께했던 시간에 대해 눈치챈다면 메리의 표정이 어떻게 변할지 상상도 할 수 없다.

20분 정도 걸릴 거예요. 오늘, 어느 분을 찾아가는지는 말씀드렸죠?

예.

기억하죠? 어떤 분인지.

글쎄요.

글쎄요?

지난번에 가든파티에서 만난 분들 가운데 한 명 아닌가요.

맙소사.

메리가 고개를 절레절레.

속도 편하시네. 아니 궁금하지도 않아요?

차연이 헷갈린다. 나는 궁금할까, 궁금하지 않을까.

신경 좀 써줘요.

걱정스레 차연을 돌아본다.

특히 오늘 같은 날은 제발 그래줘요. 차연에게 세상 어느 곳보다 중요한 자리라고요.

명심하겠습니다.

밝고 긍정적인 모습으로. 그러나 가볍지는 않게. 알죠?

좌회전 신호가 들어온다.

멈춰 섰던 차량들이 움직이기 시작한다.

✢

"어쩌면 나는 옛날에 이미 죽었으며 지금의 나는 전뇌와 의체로 구성된 모의 인격이 아닐까. 아니, 애초의 나라는 존재는 없었던 것이 아닐까."

—이토 카즈노리, 『공각기동대』

━━━━━━

넓은 거실이다. 네 사람이 앉아 있다. 다탁을 사이에 두고 차연, 메리, 우주건설 남창선 대표, 새미미술관 홍새미 관장.

청색 체크무늬 메이드 복의 가사도우미가 소리 없이 다가온다. 갈색 피부의 동양계 외국 여성이다. 탁자 위에 다과를 내려놓고 뒷걸음으로 물러선다.

어떻게 지내셨나요.

차연이 뭐라기 전에 메리가 답한다.

잘 지냈습니다. 여름 앞두고 바쁜 일들이 좀 많아져서요, 날짜가 정신없이 가네요. 별일 없으셨지요?

너무 갑작스럽게 오시라고 청해서.

아니에요. 이렇게 좋은 자리를 만들어주셔서 저희가 감사드려요.

포도덩굴이 그려진 찻주전자를 홍새미가 잡는다. 차연과 메리의 잔에 손수 차를 따라 권한다.

참 관장님, 지난번에 프랑스 화가전 잘 봤습니다.

그러자 홍새미가 화사하게 미소 짓는다. 우아하다. 아름답다. 예쁘다. 56세라고 했다. 36세라고 해도 그런가 보다 생각될 얼굴이다.

첫날 오셨지요?

파리에서 미술 공부한 친구와 마침 연락이 닿아서 같이 갔지요. 국내에서는 접하기 드문 전시라며 좋아하더라고요.

가죽 소파에 기대앉은 남창선이 차연을 향해 방긋 웃는다.

이렇게 보니 한결 파릇파릇한 청년이군요. 그날 뵐 때는 잘 몰랐는데.

여전히 둥글둥글 귀엽고 선한 인상이다.

아, 저번이랑 달리 옷차림이 캐주얼해서 그런가.

차연이 엉겁결에 자기 몸을, 여기저기 찢어지고 꿰매어진 청바지와 익살스러운 해골 일러스트가 프린트된 티셔츠를 굽어본다.

이번에 아시아태평양 기업인상 받으신 거 축하드립니다, 대표님.

메리의 밝은 인사에 남창선이 쿨럭쿨럭 기침을 뱉어낸다.

그거 뭐, 돌아가면서 받는 건데.

국내 건설사 대표 중에서는 처음 수상하시는 거잖아요.

돈 좀 있는 회사라고 밀어준 모양이에요, 쿠울럭.

우주건설 아니고 어디를 밀어주겠어요.

고마운 말씀입니다. 고마운 말씀이지만 요새 우리 업체도 예전 같지가 않아요. 힘이 형편없이 떨어져서.

대표님도 무슨 말씀을.

차 드세요. 홍새미가 멀찌감치 떨어져 앉은 차연에게 입술 모양으로 속삭인다. 차연이 꾸벅 고개를 숙여 보인다. 냉큼 잔을 들어 뜨거운 것을 후루룩 들이켠다. 시고 달고 쓰고 매운맛이 입안 가득 맴돈다. 오미자차에서 이런 맛이 난다는 이야기를 들었던 것 같다. 누군가 거실에 들어선다. 작고 마른 체구, 무척 피곤해 보이는 인상의 남자다.

어머니.

홍새미가 고개를 쳐든다.

왔니?

손님들이 오셨군요. 집에서 함께 저녁을 먹자고 하시더니.

그분들이셔. HM클리닉.

아.

작고 마른 남자가 한차례 고개를 끄덕인다. 사흘 밤을 꼬박 새워 일한 것 같은, 겨우 누워 눈을 붙였는데 누군가 억지로 깨워서 막 일어난 것 같은, 온몸이 녹초인데다 머리는 지끈지끈 신경은 날카로울 대로 날카로워진, 그와 같은 인상의 남자가 차연과 메리 사이의 어디쯤을 향해 10도가량 허리를 굽힌다.

안녕하세요. 남승우입니다.

우주건설 이사 겸 로얄인서울호텔 사장. 메리가 찻잔을 놓으며 일어선다. 진심과 격식 가득한 미소를 지어 보인다.

안녕하세요. 말씀 많이 들었습니다. 저는,

그럼 이쪽이 차연 씨?

메리의 말허리를 서슴없이 잘라낸 남자가 차연을 바라본다. 초점 없이 날 선 눈빛이다.

아버지께 인사드려야지.

홍새미의 지적에 남승우가 어깨로 숨을 들이마신다.

아버지, 저 왔습니다.

어, 그래.

몸은 좀 어떠세요.

늘 그만하다.

물론 그러시겠지요. 늘 그만. 늘 그만큼.

……

오늘, 날이 참 좋더군요. 완연한 초여름이에요. 아세요?

안젤라.

홍새미가 누군가를 나직이 부른다. 좀 전의 가사도우미가

4초 만에 사뿐 나타난다. 홍새미가 뭐라 지시하고 안젤라가 뭐라 대답한다. 짧은 대화가 이어진다. 확실치 않지만 한국어는 아니다. 안젤라가 물러나고 홍새미가 일어서며 두 손을 짝 짝, 마주친다.

저녁 식사가 준비되었다는군요. 모두들 가시죠.

하얀 바지 하얀 티셔츠의 남자 두 명이 다가온다. 짧게 자른 머리에 근육질 팔뚝과 굵은 목덜미까지 쌍둥이 같은 외모다. 소파에 파묻힌 남창선의 몸을 양옆에서 부축해서, 사실은 번쩍 안아 들어서, 전동휠체어에 사뿐 내려놓는다. 메리가 홍새미의 뒤를 따르며 무대 위 배우처럼 낭랑하게 발음한다.

굿 뉴스예요! 무지무지 배고프던 참인데.

✢

"저 사람이, 아니 저것이 말했어요. 자기는 안드로이드라고. 그리고 당신이,"

릭 데카드가 잠시 말을 멈추었다. 그의 두뇌 속 도관이 웅웅 소리를 내고, 계산을 수행하고, 이어질 답변을 선택했다.

"몇 분 안에 그 사실을 눈치챌 거라고."

─필립 K. 딕, 『안드로이드는 전기양의 꿈을 꾸는가?』

———

스무 명은 넉넉히 둘러앉을 식탁에 여섯 사람이 자리 잡는다. 테이블 상석에 남창선, 그 곁에 홍새미, 그 곁에 메리 그리고 차연. 차연 건너편에 남승우 그리고 남승우의 아내 고현진.

여러 가지 모양과 크기의 빵이 담긴 바구니. 여러 가지 모양과 크기의 포크와 나이프. 낯선 식탁 풍경에 차연이 조금 긴장한다. 메리가 9시 뉴스 끝나고 방송되는 시사 프로그램에서 다뤄질 법한 사회 정책 이야기 한 토막을 꺼낸다. 남창선이 고개를 끄덕이고 홍새미가 논리 정연하며 비교적 온건한 논조로 주제에 대한 자신의 의견을 이야기한다. 홍새미만큼이나 놀라운 미모. 2000년대 최고의 영화배우 고소진의 동생 고현진이 최근 진서와 타일러 사이에 발생한 어떤 사건에 대해 해맑게 재잘거린다. 진서는 남승우와 고현진 사이의 여섯 살 된 딸아이고 타일러는 일주일에 세 번씩 이 집을 방문하는 영어 과외교사다. 손녀 이야기에 남창선의 얼굴이 밝아지고 홍새미가 논리 정연하며 비교적 온건한 논조로 어린 자녀를 키우는 젊은 부모에게 참고와 격려가 될 충고를 건넨다. 누군가 지난주 오스트리아에서 열린 사상 최대의 국제 드론 레이싱 대회에 대해 이야기한다. 또 누군가 미세먼지 저감을 위한 인공강우실험 관련주에 대해 이야기한다. 또 누군가 베네수엘라의 반정부 시위에 대해 이야기하는 중에 하얀 와이셔츠 검은 보타이의 서버 세 명이 식탁으로 다가온다. 자리에 앉은 사람들 앞에 하얀 접시를 하나씩 내려놓는다. 와인에 절인 가르파쵸와 푸아그라입니다. 무화과잼과 함께 드셔보세요. 개중 한 명이 차연의 귓가에 속삭인다. 정중하고 다정하며 달콤한, 밀밭에 나란히 드러누워 사랑을 고백하는 연인의 그것과 같은 음성이다.

가장 가까이에서 함께하고 싶은 사람들만 이렇게 모여주었군요.

남창선이 핏빛 액체가 찰랑이는 잔을 든다. 사람들을 돌아본다.

아름다운 저녁입니다. 저로서는 영영 잊지 못할 저녁입니다.

테이블 위의 남은 사람들이 일제히 그 동작을 따라 한다.

……생을 위하여.

건강하세요. 메리가 나직이 화답한다. 많이 드세요. 홍새미가 다정히 미소 짓는다. 설루트. 짧게 내뱉은 남승우가 꼴깍꼴깍 잔을 비운다. 차연이 핏빛 액체를 한 모금 들이켠다. 진하다. 향기롭다. 부드럽다. 동네 슈퍼마켓에서 한 병에 만 원이면 살 수 있는 와인과는 세계가 다르다.

서버들이 다시 소리 없이 찾아든다. 하얀 접시 중앙에 작고 예쁜 뭔가가 한 점 올라앉아 있다. 귓가에 다시금 감미로운 속삭임이 시작된다. 시트러스 퓌레와 오세트라 캐비어를 올린 꽃새우 타르타르입니다.

한 달 정도 되셨다고요?

남승우다. 차연이 포크를 쥔 채 최대한 밝고 긍정적인, 그러나 가볍지 않은 미소를 머금고자 노력한다.

의식을 회복한 게 2월이에요. 클리닉에서 나와 일상생활을 시작한 지 오늘로서 38일째고요.

몸은 괜찮으시고?

좋습니다. 아주 좋아지고 있습니다.

아, 몸과 마음이라고 해야 하나?

남승우가 고개를 갸웃.

적응이 중요하겠군요. 어긋나지 않도록 서로 잘 적응시키
는 것이.

차연이 머뭇거리고 메리가 대신 나선다.

물론입니다. 281가지 항목에 대한 의료 진단이 총 11회 진
행되었고 일상생활에 전혀 문제가 없다는 결론이 최종적으로
내려졌지요. 생리적인 과정들이 남아 있긴 하지만 그건 특별
한 약물적 물리적 치료 절차 없이 시간 지나면 해결되는 문제
고요.

생리적인 과정들이라.

그렇습니다. 하지만 식사 자리에서는 말씀드리지 않는 게
좋을 것 같네요.

세번째 접시. 파프리카와 마늘 초리조 비네그레트의 돌문
어 마리네. 사기 접시에 포크와 나이프 닿는 소리가 달그락달
그락 이어지고 있다.

상상이 가지 않아요. 나 같은 사람은.

이번에도 남승우다.

어떤 기분일지. 도대체 어떤 느낌일지.

차연이 밝고 긍정적이며 가볍지 않은 미소를 머금고자 다
시금 노력한다.

제이슨이라는 흑인 친구가 있었어요. 뉴욕에서 고등학교에
다닐 때.

남승우가 와인 잔의 길고 가는 목을 가볍게 쥐고 흔든다.

그 나라는 학교마다 미식축구팀이 있잖아요. 팀별로 치어리더들이 있고. 우리 학교에는 프로팀도 아닌데 특이하게 브로니라는 불곰 마스코트도 있었거든요. 제이슨이 바로 브로니였어요. 행사 때마다 브로니로 변신했던 거지요. 커다란 불곰 탈과 복장을 뒤집어쓰고. 치어리더와 함께 춤도 추고 관중들 호응도 이끌고. 시합 있는 날이면 종종 상대 학교 응원단에게 도발도 하고.

베이컨 라구를 넣은 꿀 로즈메리 풍미의 단호박 크림수프. 네번째 음식을 위해 수저를 집으려던 차연이 다시금 긴장한다. 앞에 놓인 수저가 모두 세 벌. 개중에 어떤 것을 택해야 할지 알 수 없다.

하루는 내가 장난으로 제이슨에게 졸랐어요. 그러고는 곰인형을 대신 뒤집어썼지요. 시합이 있는 날은 아니었고, 그렇게 브로니가 되어 교정 안을 여기저기 거닌 거예요.

홍새미가 아들을 돌아본다. 뭔가 불편한 얼굴이다.

생각보다 탈이 무거운데다 시야도 불편했지만, 그런대로 다닐 만하더군요. 아니, 무척이나 흥미롭더군요. 나를 마주칠 때마다 알은척 하이파이브를 청하는 녀석들 때문이었어요. 그들의 반응 때문이었어요. 코리아에서 온 부잣집 아들 '남'을 대하던 때와는 판이하게 다른 표정들. 녀석들 모두, 당연하게도 나를 브로니로 아니 참 제이슨으로 생각하고 있었던 거지요. 슬럼가 출신이면서도 마리화나 한 번 입에 댄 적이 없을 만큼 착실하고 쾌활한 제이슨 말이에요. 그런 것. 내가 나 아닌 다른 사람의 모습으로 살아가는 것. 이전과 다른 존재가 되어 이전과 다를 바 없는 세상에 나서는 것. 차연 씨의 경우라면 그 기분을 어느 정도 이해할 수 있지 않을까 싶네요.

인상적인 이야기군요.

메리가 야릇하게 웃는다.

비슷한 줄거리의 단편영화를 본 기억이 있어요. 누구더라, 스페인 감독의 작품이었는데.

남창선이 메리의 말을 못 들은 척, 수프 접시에 수저를 내려놓고 냅킨으로 입가를 꾹꾹 눌러 닦는다. 고현진이 남편을 향해 호들갑 떤다.

곰 인형 탈을 썼다고요? 당신이? 와우, 큐트.

제 생각이지만 인형 탈과는 다른 것 같아요.

고민 끝에 차연이 중얼거린다.

그건 하루에도 백 번은 벗었다가 다시 쓸 수 있지만, 이 몸은 그렇지 않으니까요.

아, 그런가요.

게다가 인형 탈의 경우는, 그걸 막 뒤집어쓴 사람이 당장 눈에 보이는 것, 귀에 들리는 것, 손끝에 만져지는 것에 대해 끔찍한 생경함을 느끼지 않을 테고요.

남승우가 차연을 빤히 바라본다. 차연이 그 시선을 피하지 않는다.

뭐 어쨌거나, 참 잘생기셨습니다. 진심입니다.

……

젊고 잘생긴데다 몸매도 완벽하고. 부럽습니다. 나 같은 인간은 곁에 가지 않는 게 좋겠네요. 여러모로 비교될 테니.

홍새미가 지극히 불편한 얼굴이다. 메리가 아이 별말씀을, 억지웃음을 흘린다.

혹시라도 새로운 몸을 얻을 기회가 찾아온다면, 언젠가 그런 행운에 내게 주어진다면, 차연 씨의 경우를 잊지 말고 참고해야 할 것 같습니다.

용호야.

마침내 남창선이 입을 연다.

예, 아버지.

……호텔 리모델링 일정은 정해졌니?

남승우가 그의 아버지를 돌아본다. 기이하도록 온화한 얼굴로.

심 전무가 다음 주에 프랑스에서 돌아와요. 그때 결정될 겁니다. 급하지 않아요. 어차피 여름 시즌은 끝나야 시작할 작업이니까.

남창선이 고개를 끄덕인다. 심 전무 덕분에, 남승우의 조마조마한 입놀림이 멈추고 만다.

노인보다 삶을 더 사랑하는 사람은 없다.

—소포클레스

───────

 다섯번째 음식. 해초 사프란 에멀젼과 새우 소금을 곁들여
익힌 대구살. 식탁에 둘러앉은 여섯 사람이 자기 앞에 놓이는
음식들을 천천히 씹고 마시고 삼킨다. 온순하고 배고픈 초식
동물들처럼.

 나이가 어떻게 된다고 했지요? 스물다섯?

 남창선이다.

 스물두 살입니다.

 차연이 식빵처럼 부드러운 대구살을 씹지도 못하고 꿀꺽
넘긴다. 전에는 이보다 열 살 정도 많았고요. 그렇게 덧붙이
는 자신을 상상한다.

 좋은 나이예요. 엄청난 나이입니다. 뭐든 꿈꿀 수 있는. 어

디든 도전할 수 있는.

테이블 맞은편, 남승우가 자신의 잔에 스스로 와인을 따르고 있다.

궁금하군요. 앞으로의 계획이.

……

20대의 30대를 위한 계획. 30대의 40대를 향한 계획. 40대의 50대를 대비한 계획. 50대의 60대를 준비하는 계획. 우리 젊을 때와는 아무래도 세상이 많이 달라졌으니까,

테이블 주변 초식동물들이 하나, 둘, 셋, 넷, 고개를 빼들고 차연을 바라본다.

여행을, 일단 좀 다녀오고 싶습니다. 기념 삼아서.

야, 기념 여행 좋다!

고현진이 감탄한다.

어디로요?

뭘 기념하나요? 라고는 묻지 않는다.

국내 어디든요. 산이건 섬이건, 가능한 한 많이 걸어 다니면서 여러 곳을 둘러볼까 해요. 버틸 수 있는 한 오래. 적어도 한 달 이상.

남창선이 쿨럭쿨럭 기침을 뱉어낸다.

상상만 해도 가슴 벅차는군. 청춘의 도보 여행이라.

여행을 다녀와서는……

초식동물들의 눈빛들이 지극히 온화하다. 심히 부담스럽다.

뭔가 뜻깊은 일을 해보려고 해요. 세상에 도움이 되는 일을.

세상에 도움이 되는?

구체적인 것은 아직 구상 중이지만…… 사람들을 연결해주는 일 같은 거죠.

메리가 차연을 돌아본다. 의아한 얼굴이다.

타인의 도움을 필요로 하는, 타인의 도움을 받아야 하는 처지의 사람들이 우리 주변에 참 많잖아요. 보이는 곳에. 보이지 않는 곳에.

검은 보타이 서버들이 다시 사뿐 식탁으로 다가온다.

그런가 하면 타인을 도우려 하는, 기꺼이 타인에게 도움을 주고자 하는 사람들 또한 우리 주변에 적지 않지요. 경제적인 도움. 정신적인 도움. 육체적인 도움. 문화적인 도움 등등.

꽃게 리소토와 버터에 구운 뱅블랑 소스의 랑구스틴입니다. 맛있게 드세요. 여섯번째 접시를 차연 앞에 내려놓으며 누군가 속삭인다. 서버의 이름은 모르지만, 얼굴조차 확실치 않지만, 그 다정한 목소리만은 이제 분명하게 기억할 수 있다.

두 부류의 다르지만 같은 사람들을 효과적으로 연결해주는 일. 그리하여 서로의 부족을 최대한 줄여주고 서로의 필요를 최대한 충족시켜주는 일. 그 같은 방향으로 두루 궁리하는 중이에요.

근사하군요!

홍새미의 환한 얼굴이 더욱 환해진다.

존경스러워요. 진심이에요. 어쩌면 그 나이에 그렇게 훌륭한 생각을.

아직 궁리뿐인걸요.

좋은 생각을 많이 해야 뭐든 좋은 변화가 조금이라도 가능해지기 마련이죠. 좋은 생각을 할 엄두조차 못 내는 사람들이 얼마나 많은데.

그러려면 여러모로 필요한 게 많겠군요.

남창선이 턱을 쓰다듬는다.

돈도. 사람도. 물자도. 사람들을 모으고 관리하고 움직이는 네트워크도. 모든 게 결국은 돈이겠군요. 좋은 생각은 늘 현실적인 문제에 가로막히기가 쉬우니까.

테이블에 둘러앉은 사람들 가운데 몇 명이 고개를 끄덕인다. 몇 명은 그러지 않는다.

열심히 고민해보세요. 보다 구체적으로. 내가 돕겠습니다. 필요한 게 한두 가지 아닐 텐데 기꺼이 도움을 드리겠습니다.

감사합니다.

차연이 앉은 채 삐걱 허리를 굽힌다. 누군가의 하얀 얼굴이 그때 유령처럼 펄럭 눈앞을 스쳐 간다. 일곱번째 음식이 이어진다. 가지 퓌레와 과일 소스를 곁들인 송아지 목살 구이.

사실은…… 무엇보다 저 자신을 돕기 위한 궁리였어요.

접시 위의 손 움직임들이 스르르 멈추고 있다. 옆자리 메리가 이제 그만 말을 멈춰주었으면 하는 얼굴이다.

막막했거든요. 두렵도록 막막했거든요. 내가 누구인지. 누구여야 하는지. 이 삶을 어떻게 시작하면 좋을지. 이제 어떤 모습으로 살아야 하는 건지. 그래서…… 조금 다른 방식으로 질문의 답을 찾고 싶었어요. 나 아닌 누군가를 위해 뭔가 행동하는 방식으로. 나 아닌 다른 사람들과 뭐든 함께 해나가는 방식으로.

좋아요. 함께합시다.

남창선이 긴 숨을 천천히 들이마신다.

언제 어떻게 멈춰서고 말지 모르는 게 우리 삶이지요. 내 경우가 바로 그러하지요. 당장 어느 날 아침부터 손이 말을 듣지 않아 수저조차 못 쥐게 될지, 그게 당장 내일 아침이 될지 모르는 상황이니.

아버님……

고현진이 울 것 같은 얼굴로 입술을 삐죽인다. 홍새미가 다시 팔을 뻗어 남편의 손을 잡는다. 남승우가 벌컥벌컥 와인을 비운다. 2,130경기 연속 출장. 통산 타율 3할 4푼. 홈런 493개. 뉴욕 양키스팀의 1루수이자 4번 타자로, 3번 타자 베이브 루스와 함께 막강 중심타선을 이루며 1934년 메이저리그 3관왕을 달성한 전설의 선수. 그 야구 영웅으로부터 이름을 따온, 체내 운동신경세포가 점점 그 기능을 할 수 없게 되면서 사지가 쇠약해지고 위축되고 결국 호흡근 마비로 수년 내에 사망에 이르고 마는, 국내에도 연간 2천여 명이 발병하는 희귀 난

치성 질병. 근위축성측색경화증. 루게릭병.

이제 와서 무엇이 아깝고 무엇이 아쉽겠나요…… 차연 씨의 그 마음, 세상과 함께하자 하는 그 마음, 내가 잊지 않고 꼭 챙기겠습니다. 이 자리에서 약속하겠습니다.

숙연해진 테이블에 어느덧 여덟번째 음식이 놓인다. 레드와인에 졸인 샬롯과 제철 채소를 곁들인 한우 등심 숯불구이. 길고 긴 코스 요리가 끝나가고 있다. 배가 고프다. 여태 뭘 먹었는지 기억도 나지 않는다.

"낙타야. 너는 오르막길과 내리막길 중에서 어느 쪽이 더 좋으니?"

친절한 상인이 묻자 등짐을 가득 짊어진 낙타가 울먹였어요.

"주인님, 사막의 평탄한 길은 다 막혀버렸나요?"

—이솝, 「상인과 낙타」

밤 깊어 남창선의 저택을 나선다. 벤츠 쿠페가 어두운 주택가를 소리 없이 질주한다. 길은 어둡고 한적하다. 두 사람이 말이 없다. 험난한 야간 산행을 마치고 새벽을 맞는 얼굴들이다.

수고했어요.

큰길에 이르러 마침내 메리가 입을 연다.

편한 자리는 아니었죠? 럭셔리하게 대접받기는 했지만.

아무래도요.

차연이 차창 밖을 바라본다.

하지만 우리 불편이 그 사람들 잘못은 아니겠지요.

정말 그렇게 생각해요? 와, 철드셨네.

메리도 고생 많았어요.

나야 뭐, 할 일 한 거죠.

……

그런데 뭐라고요? 메리? 정말 그렇게 부르기로 한 건가요?

이상하면 바꿀게요.

아니 뭐 이상하다기보다.

붉은색 정지신호. 멈춰 선 차량들. 어두운 횡단보도를 건너는 사람들. 밤 11시를 따라 움직이는 불빛들. 메리가 양손으로 잡아 쥔 핸들을 오른손 엄지로 톡톡, 톡톡 두드린다. 뭔가 고민하는 중이다.

그런 의미에서, 우리 둘 다 고생 많이 했으니까, 술 한잔할까요? 간단하게.

지금 말인가요.

싫어요?

차연이 잠깐 고민한다. 고민하는 척한다.

이 시간에 괜찮겠어요? 나야 상관없지만.

밤길을 25분 더 달려 차연의 원룸이 있는 동네까지 간다. 어차피 대리운전을 부르게 될 테니 한 사람이라도 집 가까운 쪽으로 가는 게 낫다는 메리의 의견이다. 지하철역 근방 유료 주차장에 차를 대고 밤길을 나선다. 새벽 늦게까지 문을 여는

집이 몇 군데 있다. 면발을 직접 뽑는 가락국수와 수제 왕돈 가스와 어묵탕. 딱 세 가지 음식만을 만들어 파는, 일대에서 제법 유명한 식당을 찾아간다. 열두 개 정도 되는 테이블 대부분에 손님이 들어차 있다. 어렵게 자리를 잡고 어묵 가락국수와 돈가스를, 빨간 소주를 주문한다. 거의 반사적인 속도로 테이블에 그릇들이 놓인다. 파와 유부 조각이 들어간 국물. 단무지와 깍두기가 각각 담긴 접시.

한 잔 받아요.

메리가 술병을, 차연이 술잔을 집어 든다.

그러고 보니 우리, 처음이네요?

술 말인가요.

차가운 소주 한 잔을 털어 넣고 깍두기를 씹는다. 적당히 새큼하다. 와인 몇 모금에 울렁거리던 속이 쉬 가라앉는다.

한 병씩만 해요. 둘이서 두 병.

한 병씩 두 병. 딱 좋군요.

돈가스가 먼저 나온다. 차연이 다시 포크와 나이프를 쥔다. 아까보다 훨씬 자연스럽게 자신 있게 그것을 자른다. 그새 쑥갓 잔뜩 얹은 가락국수가 놓인다. 국수 그릇에 숟가락을 가져가던 메리가 묻는다.

빼도 되죠? 이렇게 뿌려진 고춧가루 질색이라.

나도 맑은 게 좋아요.

면발과 야채 사이에 수북이 고인 고춧가루를 숟가락으로

조심히 걷어내고 또 걷어낸다. 그리고 국물을 한 입 맛본다.

아, 좋다.

훌쩍 잔을 비우고는 앞 접시에 면을 덜어 후루룩 들이켠다.

면발도 괜찮고.

차연이 메리의 잔에 술을 따른다.

옛날 생각나네요.

옛날 무슨 생각?

이런 거요. 밤늦은 술자리. 허구한 날 마시고 취하고 다음 날 내내 고생하고 밤 되면 또 마시고.

술 좋아했나요.

자주 마셨지요. 엄청나게 자주. 좋아한다기보다, 좋아하는지 싫어하는지 따져볼 겨를도 없이 거의 매일. 예전에는 그랬지요.

지금은 아니고?

예전과는 아무래도 다르지요. 그런 거 같아요. 이 몸이 술하고는 그다지 친하지 않은 거 같아요.

이 몸이, 라고 말하며 차연이 왼손으로 오른 가슴을 두 번 두드린다. 메리가 그 동작에 고개를 끄덕인다.

힘들면 천천히 해요. 내가 한 병 반 마시지 뭐.

이 정도는 괜찮을 거예요. 젊으니까. 예전보다 열 살이나 어리니까.

하긴.

실내가 무척 소란하다. 사람들이 적지 않은데다 개중에서 큰소리로 떠들지 않는 사람들을 찾아보기 힘들다. 그 분위기가 싫지 않다.

어쨌거나 오늘, 참 잘해줬어요. 칭찬해요.

제가 말이 좀 많았죠?

아닌 게 아니라 아까 식탁에서…… 조마조마하기는 했어요. 솔직히.

메리가 고개를 끄덕끄덕.

그런데 좋았어요. 놀라운 반전이었어요.

반전?

자리를 주도했잖아요. 장래 계획에 대해 브리핑하면서 그 까다로운 사람들에게 감동을 줬잖아요. 얼마나 대단한가요.

감동까지야.

도움이 필요한 사람과 도움을 주고 싶은 사람을 연결해 서로 돕도록 한다. 기발해, 어쩌면 그런…… 예전부터 해왔던 생각 맞아요?

메리가 젓가락으로 가락국수의 쑥갓을 건져낸다. 뜨거운 육수에 부드럽게 데쳐진 것을 입에 넣고 씹는다. 오물오물 하아아. 뜨거운 김을 뱉어내고는 다시 잔을 든다. 차연이 잔을 들어 거기 부딪친다. 누군가의 하얀 얼굴이 그때 유령처럼 펄럭 눈앞을 스쳐 간다.

약속한 대로 두 병을, 아마도 거의 정확히 한 병씩을 비우고 자리에서 일어선다. 새벽 1시. 식당 안이 아까보다 더 소란스럽다.

금요일에서 토요일로 넘어가는 밤 시간이다. 주차장 쪽으로 함께 걷는다. 밤공기 속에 음식물 쓰레기 냄새와 5월의 풀잎 냄새가 섞여 있다. 차를 세워놓은 곳으로 다가간다. 메리의 차 앞에서 누군가 서성이고 있다. 호출을 받고 온 대리기사다.

집까지 바래다줄까요.

걸어서 3분 거리예요.

그래도.

잘 들어가요. 함께 술 마셔서 좋았어요.

나도요.

메리가 걸음을 멈춘다.

오늘 정말 잘했어요. 최고예요. 그리고…… 앞으로도 오늘처럼 잘해낼 수 있을 거예요. 내가 믿어요. 어떤 예상치 못한 상황이 닥치더라도. 어떤 심각한 문제가 차연을 고독하게 만들더라도.

벤츠 쿠페까지는 아직 5미터 정도가 남아 있다.

처음에 내가 했던 말 기억하나요.

무슨 말?

우리 처음 만나던, 그날 내가 했던 말.

어…… 글쎄요 꽤 많은 이야기를 나눈 것 같은데.

단축번호 1번.

필요하면 언제든지 전화하라고 했다. 도움이 필요할 때. 궁금한 게 있을 때. 갑자기 어디론가 도망가고 싶어질 때. 그런데 어디로 갈지도 모르겠고 혼자 떠나기도 망설여질 때. 밤늦은 시간도 이른 아침도 상관없다고 했다. 자느라 전화를 못받을 일은 없을 거라고 했다.

물론 기억하지요.

변함없을 거예요. 단축번호 1번을 지우지만 않는다면 그 약속은 언제나 변함없을 거예요. 더 이상 차연의 전화를 받을 필요가 없어진다 해도요. 무슨 소리인지 알겠어요?

잘 알았습니다. 그런데 왜 갑자기,

그런 말을 하나요. 멀리 떠나가는 사람처럼. 다시는 못 볼 사람처럼. 차연이 그렇게 물으려다 만다. 단축번호 1번으로 연결되는 또 다른 사람들이 느닷없이 떠오른 때문이다.

메리가 저편 어둠 속에 서 있는 대리기사를 힐끔 돌아본다. 차연에게 두 발짝 다가온다. 얼굴을 가까이 들이민다.

쪽.

가벼운 감촉과 소리.

그럼에도 따끔, 뺨에 작은 불꽃이 튀는 것 같다.

✦

'나는 존재한다'는 명제는 그것을 선언할 때마다 불가피하게 사실이 된다. 하지만 아직 나는 명확하게 알지 못한다. 내가 누구(무엇)인지.

—르네 데카르트

───────

밤이다. 안개 낀 밤이다. 미세먼지와 운무가 보얗게 뒤섞인, 흔치 않은 밤 시간이다.

창문을 열고 안개를 바라본다. 가로등 불빛을 뿌옇게 지우는 안개를 냄새 맡는다. 어느 해 초겨울의 호숫가나 어느 흐린 여름날 새벽이 떠오를 듯 친숙한 냄새다. 이 자욱함은 언제부터 시작된 것일까.

전화벨이 울린다.

방 안을 돌아본다. 18평 원룸 안이 문득 생경하다. 지나치게 휑하고 또한 생경하다. 휑하고 생경한 공간에 또박또박 전화

벨 소리가 이어지는 중이다. 알 수 없게도 오싹 소름이 끼친다.

11시 17분이다.

똑같은 모델 똑같은 색깔, 벨 소리조차 똑같은 핸드폰 두 개. 이것과 저것임을 구별할 수 있는 차이점은 아예 없고 그 같은 목적의 표시도 해놓지 않았지만 이제는 어느 것이 어느 것인지, 일란성쌍둥이 신생아 두 명을 구별하는 간호조무사처럼, 만지지 않고도 알아볼 수 있는 물건들.

"여보세요."

—……

"여보세요?"

—차연 씨.

메리가 준 전화다. 그러나 메리가 아니다. 차연 씨, 라고 불렀으므로 잘못 걸려온 전화 역시 아니다.

—이런 시간에 죄송해요. 잠을 깨운 건 아닌가요.

곁에 앉아 소곤대듯 다정한 음성.

"아니요. 창밖을 보고 있었어요. 안개 낀 골목을."

—그러게, 안개가 심하네요. 웬일이람.

"저기, 그런데."

—……

"음, 혹시, 홍새미 씨?"

—맞아요.

전화기 저편 목소리가 밝아진다.

―고마워요. 이 목소리를 기억해주시다니.

"……"

―얼굴 좀 볼 수 있을까요.

"예?"

―미안해요. 우리 좀 만나요.

홍새미의 아름다운 얼굴이 떠오른다. 알 수 없는 일이다. 알 수 없는 밤이다.

―집 앞으로 나와요. 괜찮죠?

"지금요?"

―그래요. 5분 뒤에.

"무슨, 급한 일이라도."

―함께 가졌으면 하는 데가 있어요. 그럴 일이 있어요.

"……"

―만나서 이야기할게요. 정말 미안해요.

안개의 저녁은 어디서 시작되었는가. 이 자욱한 시간은 지금 어디까지 흘러가는가.

―아무도 모르게 나와요. 부탁이에요. 우리만 알면 되는 일이에요.

전화가 끊기고 그 물건을 한참 노려본다.

홍새미가 돌연 연락을 해온 이유가 무엇인지 미칠 정도로 궁금하지는 않다. 상황 자체의 경악스러움에 비하면 미칠 정도까지는 아니다. 이 번호를 어떻게 알았는지 의아하지만 역시 별 상관없는 일이다. 이 깊은 시간에 함께 가줬으면 하는 곳이 어디일지, 그게 어째서일지 모르는 상황 또한 그다지 두렵지 않다. 얼마나 먼 곳인지 묻지 못한 점은 다만 조금 후회스럽다. 5분으로 한정된 당장의 외출 준비와 관계 깊은 문제이기 때문이다. 다녀오는 데 한두 시간 걸리는 장소일 수도 있다. 가는 데만 꼬박 2박 3일이 소요되는 장소일 수도 있다. 나라 안에 그만큼 먼 곳이 있을지는 모르겠지만 말이다. 여벌의 옷이나 양말을 챙겨야 할까. 핸드폰 보조배터리도 필요하지 않을까. 이 뜻하지 않은 상황을 메리에게는 알려야 하는 것 아닐까. 만일을 위해서라도 그러는 것이 좋지 않을까. 아무도 모르게 나오라고 홍새미는 못 박아 부탁했다. 우리만 알면 되는 일이라고 했다. 그 당부를 성실하게 따르려 든다면, 핸드폰 따위는 가져가지 않아야 마땅할 일이다. 아니, 낮술 남자가 주었던 일란성 핸드폰은 경우가 조금 다르지 않을까.

공동 현관문 밖으로 나선다. 눅눅하고 축축한 안개의 냄새가 더욱 선명해진다. 오래지 않아 골목 저편이 환히 밝아온다. 강렬한 헤드라이트 불빛이 골목을 가득 채운 채 천천히 다가오는 중이다. 나직하지만 풍부한 엔진 소리. 검은 승용차 한 대가 멈춰 선다. 뒷문이 열리고 귀에 익은 목소리가 차연을 인도한다.

타요.

홍새미다. 차연이 아주 잠깐 머뭇거린다.

문이 닫히고 차가 소리 없이 미끄러진다. 좁은 골목길을 부지런히 빠져나간다. 차체가 꿈결처럼 흔들거린다. 운전석과 뒷좌석이 칸막이로 가려진 리무진이다. 운전석에 누가 타고 있는지 조수석에 또 누가 타고 있는 것은 아닌지 알 수 없다.

나와줘서 고마워요. 많이 놀랐죠? 이런 시간에 갑자기.

조금 헷갈렸어요.

헷갈렸다고?

꿈인가 해서요. 지금 꿈을 꾸는 건가.

용서하세요. 지나치게 무례한 행동이라는 거 잘 알아요.

홍새미의 앞니가 6월의 탄생석처럼 반짝인다. 리무진이 안개 자욱한 밤거리를 질주한다. 검은 유리창 밖 어두운 풍경이 좀처럼 식별되지 않는다.

지금 어디로 가는 건가요.

가까이 좀 와서 앉아요. 편하게.

그러고 보니 납치당한 사람처럼, 잔뜩 겁에 질린 사람처럼 문가에 지나치게 바싹 붙어 앉아 있다. 허리를 움직여 옆으로 조금 다가가 앉는다. 홍새미도 그 거리만큼 다가온다.

대답해봐요. 화난 거예요? 아니죠?

세번째 보는 얼굴이다. 이렇게 가까운 거리는 처음이다.

꿈인가.

지금 꿈을 꾸고 있는가.

✢

"나도 당신에게 과대망상일까요?"

"아니다. 나에게 너는, 그냥 너야."

—전경린, 『풀밭 위의 식사』

———————

마실 것 좀 드릴까요. 샴페인도 있고, 아니면.

괜찮습니다.

차연이 곧바로 대답을 고친다.

아, 물 한 잔만 주실 수 있으면.

목이 탄다. 화난 사람처럼 보이고 싶지 않기도 하다. 홍새미가 미니 냉장고를 열고 유리컵에 차가운 생수 한 잔을 채워 건넨다.

뒷좌석은 침대처럼 안락하다. 가죽 시트는 놀랍도록 부드럽다. 이따금 잔잔하게 출렁거릴 뿐 속도감은 거의 느껴지지 않는다. 어두운 차창 밖, 가로등 불빛들이 휙휙 지나가고 있다. 고속도로에 진입한 것 같다. 자세히는 모른다. 갈증은 여전히 가시지 않고 있다.

별장으로 가는 중이에요.

차연의 갈증을 홍새미가 읽는다.

청평 쪽에 작은 집이 있어요. 지금 같은 시간이면 오래 걸리지 않을 거예요.

청평……

목적지가 어딘지는 중요하지 않겠지요.

홍새미가 더 가까이 다가온다. 두 사람의 허벅지와 허벅지가 살짝 닿았다가 떨어진다.

그간 어려운 과정들이 많았어요. 사소하지만 복잡한 절차들이. 마침내 아주 중요한 결정이 막 끝났어요. 그런 일이 있었어요. 잠깐 쉴 새도 없이.

좋은 냄새가 난다. 홍새미의 머리칼에서, 이마에서, 뺨에서, 목덜미에서, 어깨에서. 지독하게 아름답고 혼란스러운 냄새다.

안타깝지만 시간이 많지 않아요. 우리를 위해서. 우리 모두를 위해서.

우리라고요?

그래요, 우리 모두. 그래서 지금, 이렇게 무리를 해가면서 밤길을 달리는 중이고요.

죄송하지만.

차연이 조그맣게 애원한다.

더 자세하게 말씀해주실 수 없나요.

잠시 후면 별장에 도착할 거예요. 곧 맞이할 시간들이 나보다 더 자세하게 설명해줄 거예요. 우리 앞의 현실을 오해하지 않는 데 보다 분명한 도움이 되어줄 거예요.

청평이라는 지명이 새삼 까마득하다. 별자리 이름 같다. 몇 번을 죽고 깨어나도 도달 못할 성좌의 이름 같다. 홍새미의 손이 차연의 어깨에 와 닿는다. 홍새미의 손이 차연의 어깨에서 미끄러진다. 홍세미의 손이 차연의 왼쪽 가슴을 스쳐 지나간다.

그전에 알고 싶은 게 하나 있어요. 차연 씨에 대해서 궁금한 것이.

홍새미의 손이 급기야 차연의 왼쪽 허벅지에 내려앉는다. 면바지 사이로 간지러운 체온이 퍼져나간다.

저번에 만났을 때는 차마 물어볼 수 없었어요. 사람도 많았고. 그때만 해도 아직 모든 게 불확실했고.

홍새미는 어딘지 슬픈 얼굴이다. 길고 가는 손가락이 허벅지를 한차례 쥐었다 놓는다. 홍세미의 슬픔이 차연 안에 눅눅하게 스며든다.

사소한 궁금증이지요. 지극히 개인적인.

운전석과의 경계를 완벽하게 차단한 칸막이 쪽을 차연이 힐끔 쳐다본다.

솔직히 물어볼게요. 그래도 되죠?

예.

이 몸으로 살면서, 그 이후로, 혹시, 여자랑 잔 적 있나요.

차연이 눈을 감는다.

아니요.

그렇군요.

그렇습니다.

죄송해요.

홍새미가 빠르게 두 번 눈을 깜빡인다. 짧고 깊은 궁리에 빠진 얼굴이다.

그렇다면, 말하자면 성생활이 불가능한……

아니요.

차연이 감은 눈을 재차 감고 싶다.

그런 것 같지는 않아요. 아마도요. 제대로 확인할 기회는 아직 없었지만.

아, 무슨 말씀인지 알겠어요.

……

정상이지만, 아마도 그렇지만, 구체적인 경험은 아직 없다?

비슷해요.

그래요. 하긴 얼마 안 되셨으니까. 여자 친구를 새로 만들기에는 시간이 많지 않았으니까.

……

그렇다면, 정말 죄송하지만, 잠깐 확인을 해봐도 되려나요.

확인을 어떻게,

홍새미의 손이 거침없이 달려든다. 한 손으로 바지의 후크 부분을 잡고 한 손으로 지퍼를 잡아 내린다. 주르륵. 노트북을 열고 전원 버튼을 누르듯 자연스러운 동작이다. 일회용 나무젓가락을 반으로 쪼개듯 거침없는 동작이다.

잠깐만요. 잠깐 오므리지 마시고.

활짝 열린 앞섶에 손을 집어넣는다. 차연이 소리 없이 절규한다. 이것은 꿈인가. 아무도 믿지 않을 몽정의 일종인가. 낯선 손바닥이 팬티 위에 내려앉는다. 아까부터 터질 듯 끈적끈적 딱딱해진 성기의 머리 부분을 잡아 쥔다. 차연이 어깨를 떤다. 아프다. 유리 파편 같은 통증이 온몸 마디마디에 저릿저릿 퍼져나간다.

말씀하신 대로군요. 정상 중에 정상.

바지 앞섶에서 손을 뺀다. 주르륵, 지퍼를 올려준다. 저릿한 통증이 안타깝게 이어지고 있다.

확인했어요. 고마워요.

차량이 한차례 출렁거린다. 속도를 줄이더니 오른편으로 크게 방향을 튼다.

다 온 모양이네요.

차연이 홍새미의 얼굴을 돌아보지 못한다.

타비아의 절벽에서 떨어뜨리든, 추방시켜 버리든, 살가죽을 벗기든, 굶겨 죽이든 맘대로 하라고 하십시오. 저놈들의 동정을 사기 위해 아양 떠는 말은 한마디도 않겠습니다. '안녕' 한마디에 놈들의 호의를 살 수 있다 해도 내 정신은 꺾이지 않을 것입니다.

—셰익스피어, 『코리올레이너스(Coriolanus)』

———————

구불구불 비탈길을 3분 정도 달려 올라간다. 산길에 어울리지 않는 격자 철문이 나타나며 잠시 멈추었다가, 문이 절로 열리며 내부로 진입한다. 자그락자그락 타이어 소리가 이내 멈춘다. 운전석에서 누군가 내려서는 기척이 이어진다. 그 누군가가 다가와 차 문을 열어준다.

깊은 밤이다. 안개가 여전하다. 젖은 밤공기가 아찔하다. 산비탈 풍경은 어둠에 잠들었으며 훌륭하게 가꿔진 앞마당이 가로등 불빛에 3분의 2쯤 드러나 있다.

물기 먹은 섬돌 몇 개를 밟아 마당을 가로지른다. 별장 현관문이 열려 있다. 하얀 모자 하얀 앞치마의 노파가 느릿느릿 고개 숙여 인사한다. 홍새미를 따라 거실에 들어선다. 나무 냄새가 강렬하다. 바닥도 천장도 벽도, 거대한 침엽수를 통째로 파고 그 안에 들어앉아 출입문과 창을 낸 공간 같다.

새벽 한시네. 피곤하죠?

홍새미를 마주 보는 일이 아직 편치 않다.

늦게 자는 편이라서요.

앉아요. 잠깐 앉아 계세요. 옷 좀 갈아입고 올게요.

홍새미가 거실 안으로 멀어지고 잠시 후 노파가 느릿느릿 다가온다. 차와 간식을 느릿느릿 내려놓고 느릿느릿 물러선다. 다시 혼자 되어 거실을 둘러본다. 커다란 미국식 벽난로, 장식장 위의 각종 상패와 액자와 그 밖의 무엇들. 중세 검투사가 연상되는 석고 흉상과 그 옆의 진공관 앰프. 개중에서 가장 눈길을 끄는 것은 벽 한가운데 걸린 말의 머리다. 조각상이 아니다. 두상 박제다. 황톳빛 얼굴. 윤기 흐르는 갈기. 뾰족 솟은 귀. 부리부리 강렬한 눈매. 콧잔등의 하얀 줄무늬. 생기가 넘친다. 지켜보기 부담스러울 정도다. 몇 시간 전에 목을 쳤다 해도 믿겨질 모습이다. 당장이라도 포효를 하며 벽을 뚫고 달려갈 것 같은 모습이다.

안녕하십니까.

내실 쪽 복도에서 누군가 다가오고 있다. 모두 세 사람이

다. 그중에 두 명은 아는 얼굴이다. 놀란 차연이 후다닥 일어
선다.

　먼 길 오셨습니다.

　전동휠체어에 앉은 남창선이 허리와 팔을 뻗으며 힘겹게
악수를 청한다. 자주색 홈드레스로 갈아입은 홍새미가 그 곁
에 손을 모으고 서 있다. 도망치고 싶다. 그럴 수만 있다면 당
장 현관 밖으로 달려 나가고 싶다.

　손이 차갑네. 추우신가요.

　아, 괜찮습니다.

　실례가 많습니다. 피치 못하게 저희가 엄청난 무례를 범하
는 중입니다.

　홍새미가 껴든다.

　다들 앉으세요. 앉아서 이야기해요. 아참,

　뒤에 선 사람을 차연에게 소개시킨다.

　인사하세요. 홍규운 변호사예요. 요번에 우리 일을 도와주
실 거예요.

　자주식 싱글을 입고 짧은 머리칼을 회색으로 염색한 남자
가 깍듯이 허리를 접는다.

　홍규운입니다. 영광입니다.

　티테이블 주변에 네 사람이 모여 앉는다. 홍규운이 서류 가
방을 열어 부지런히 뭔가를 챙긴다.

　안개가 많이 꼈던데.

늦은 시간이라서 그러한가 남창선이 많이 피곤한 얼굴이다. 눈에 띄게 초췌해 보이는 모습이다. 동글동글 귀엽기까지 하던 인상은 찾아볼 수 없다. 홍새미가 답한다.

그러게요. 여기 오니 더 심해지더군요.

내일은 날씨가 어떠려나. 아, 내일이 아니라 오늘인가.

초여름이 성큼 다가오겠지요. 곧 6월이니.

리무진 뒷좌석의 안타깝던 감촉이 허벅지 사이에 아직 생생하다. 아까 차 안에서 있었던 일을 설마 남창선은 알고 있을까. 홍새미는 그 장면을 설마 남창선에게 이야기했을까. 하얀 앞치마의 노파가 아까 그랬던 것처럼 느릿느릿 다가온다. 세 사람을 위한 찻잔과 간식을 느릿느릿 내려놓고는 느릿느릿 허리 숙여 인사하고 물러선다. 부지런히 하던 일을 마친 홍규운이 자기 앞의 찻잔을 들어 후루룩, 한 모금 마신다. 그러고는 차연에게 검은 가죽으로 된 파일을 펼쳐 내민다.

읽어보시겠습니까.

이게 뭔가요.

홍규운이 뭔가 대답하려는 표정이다가, 설명이 복잡한지 말문이 막히는지, 오른손을 쫙 펴서 차연이 받아든 파일을 공손히 가리킨다. 물어보지 말고 직접 내용을 확인하시라, 는 의미다. 차연이 종이 위에 가득한 글자들을 읽는다. 경영권 양수도 계약서. 제목은 그렇다. 서두는 다음과 같다.

주식회사 우주건설(이하 "회사"라고 한다) 및 남창선(이하

"을"이라고 한다 또한 "회사"와 "을"을 통칭하여 "양도인"이라 한다)의 경영권 및 "회사" 발행주식 중 일부를 양도 양수하기 위해서 한차연(이하 "갑" 또는 "양수인"이라 한다)과 "양도인"은 경영 효율성 제고 및 기업경쟁력 확대를 통한 주주 가치의 극대화를 목적으로 "회사"의 주식 및 경영권 양수도 계약(이하 "본계약"이라 한다)을 다음과 같이 체결한다.

한글이었지만, 그래서 어렵지 않게 읽을 수 있었지만 무슨 내용인지 이해하기 힘들다. 다음, 이후로 제1조가 이어진다.

제1조(목적) 본 계약서는 "양도인"과 "양수인"이 "회사"에 대한 경영권을 양도함에 있어 각각의 권한 및 의무를 명시하여, 제반 사항에 대한 협력을 바탕으로 공동의…… 제2조(양수도 목적물) "양도인"이 "양수인"에게 양도하는 목적물은 "회사"의 경영권으로 한다. 경영권이라 함은 "회사"의 실질적인 경영 지배에 필요한 이사회의 대표이사, 이사 선임 및 감사 선임 또한 이에 부속되는 모든 행정적 절차와 이에 필요한 법인인감, 법인의 사용인감, 법인인감카드, 공시키, 금융거래원장 등의…… 제3조(양수도 대금 지급) 1. 양수도 대금. 전항의 양수도 목적물의 양수도 대금은 금 1만 원(₩10,000)으로 한다. 2. 지급 시기 및 조건. "양수인"은 제1항의 양수도 대금을 "본 계약" 체결 및 실사 완료 후 "양도인"에게…… 제4조(경영권의 인수인계) 1. "양도인"은 2011년 6월 30일 기준의 결산 재무제표 및 계약일 전일자까지의 가결산 자료를

제공하도록 하며, "양수인"은 이에 대한 실사를…… 제5조
("양도인"의 보증사항)…… 제6조("양도인"의 의무)…… 제
7조. 제8조. 제9…… 제14조(특약사항) 양 당사자는 필요하
다고 판단되는 경우에 본 계약에 부속하여 특약사항을……
제15조(일반사항) 1. 신의성실 의무. 본 계약의 이행에 있어
계약 당사자는 신의성실의 원칙에 입각하여 상호 성실히 협
조한다. 2. 비밀유지. 상호간 본 계약의 내용을 상대방의 동의
없이 제3자에게 누설하지 아니하며, 본 계약의 협상, 이행 과
정에서 알게 된 상대방의 기밀 사항을……

종이 위 글씨로부터 고개를 쳐든 차연이 질끈 눈을 감는다.
눈 사이를 엄지와 검지 끝으로 꾹꾹 누른다. 머리가 아프다.
느닷없는 편두통이 시작되고 있다.

"이게, 도대체 이게 뭔가요?"

✤

　문장을 읽는 것과 그것이 실제로 일어나는 것 사이에 얼마만큼
의 거리가 있는지 아직 요나는 가늠하기 힘들었다.

— 윤고은, 『밤의 여행자들』

————

　계약서입니다. 그걸 몰라서 물으시는 건 아니겠지만.

　홍규운이 왼손으로 잔 받침을, 오른손으로 찻잔을 든 채 수
줍게 웃는다.

　문서의 성격상 익숙지 않은 분들에게는 조금 생소하실 수
있을 겁니다. 그러나 따져보면 대단히 간단하고 명료한 내용
입니다. 목적물에 대한 권리 · 재산 · 법률상의 지위를 이전 권
리자가 새로운 권리자에게 양도한다는 것. 여기서 목적물은
우주건설이며 이전 권리자는 여기 남창선 회장님에 해당하고
요. 이해하시겠지요?

　전혀요.

다시 말해 여기 서명하시고 양수도 대금 1만 원을 지불하시면, 법률행위의 일반 효력 요건들에 전혀 하자 없으므로 그 즉시, 우주건설의 경영권 일체가 차연 님 소유가 된다는 말씀입니다. 이만하면 설명이 되셨을지.

　여전히 이해가 가지 않는군요.

　어떤 점에서 그러한가요.

　어째서 이런 계약서가 필요한 것인가요. 어째서 제가……

　말문이 막힌 차연이 홍새미를 돌아보며 무언의 도움을 청한다. 홍새미는 평안한 얼굴이다. 다사로운 오후 햇살을 받으며 안락한 등나무 의자에 몸을 맡기고 푸르른 5월 초원을 응시하듯 평화로운 얼굴이다. 이런 의미였던가. 목적지가 어딘지는 그다지 중요하지 않다는 이야기는. 그간 어려운 과정들이 많았다는 이야기는. 마침내 아주 중요한 결정이 잠깐 쉴 새도 없이 막 끝났다는 이야기는. 안타깝지만 시간이 많지 않다는 이야기는. 곧 맞이할 시간들이 우리 앞의 현실을 오해하지 않는 데 보다 분명한 도움이 되어줄 거라는 이야기는.

　시간이 얼마 남지 않은 때문이지요.

　지그시 눈 감은 남창선이 거친 숨을 무르게 뱉어낸다. 건강하지 못한 폐 소리가 신경을 긁는다.

　제가 아주 안 좋아졌어요. 어제오늘이 다르더니 이제는 아침저녁이 달라졌어요. 지금도 이렇게 반병신이 되어 앉아 있을 뿐이건만, 하아, 말 한마디 하는 것조차 무척 힘이 들어요.

근위축성측색경화증. 뇌척수 운동신경세포의 지속적 손상. 세계적인 천체물리학자도 통산 홈런 493개의 전설적인 메이저리거도 피해 가지 못한 불치의 운명.

　이 삶이 당장 내일이나 모레에 멈추고 말지 누구도 알지 못할 처지가 된 거지요. 마지막을 인정하고 받아들일 상황에 다다른 것이지요.

　곁에 앉아 가만가만 고개를 끄덕이던 홍새미가 남창선의 손을 잡는다. 두 손으로 한 손을 정성껏 주무른다.

　그래서 정리를 하려는 것이지요. 우주건설의 내일을 위해서. 우리 모두의 미래를 위해서. 더 늦기 전에.

　왜 저인가요. 어째서 제가, 어째서 저를.

　차연 씨의 비전이 회장님을 움직였어요.

　홍새미가 더없이 차분하다.

　타인들을 향한 넓은 시선과 선한 의지. 사람을 생각하고 세상을 생각하는 차연 씨의 크고 대견한 꿈 말이에요. 평소에도 사회 환원에 관한 고민들이 적지 않으셨는데, 이번에 결정적으로 마음을 굳히신 거예요. 한평생 쌓아 올린 것들을 세상에 돌려주는 방법에 대해서.

　죄송하지만 여전히 이해가……

　혼란스럽겠지요. 많이 혼란스럽고 또한 부담스럽겠지요. 충분히 이해해요. 이제 시작이니까. 아직 시작도 하기 전이니까. 차연 씨 혼자서는 해나갈 수 있는 일이 별로 없을 거예요.

앞으로는 더욱 그러할 거예요. 하지만 두려워 말아요. 우리가 도울 거예요. 우리가 곁에서 함께할 거예요.

......

어떤 자리인지는 그다지 중요하지 않겠지요. 그 자리에서 어떤 일을 할 수 있느냐가 무엇보다 중요하겠지요.

기회를 살피던 홍규운이 슬그머니 뭔가 내민다. 차연이 얼결에 그것을 받아든다.

자, 이쪽에 서명해주시면 됩니다.

황금색 만년필이다. 매끈하고 묵직하다. 매끈하고 묵직한 것을 만지작거리다 보니 매끈하고 묵직한 뭔가가 배 속에 차곡차곡 쌓이는 기분이다. 속이 더부룩하다. 토할 것 같다.

시간이 많지 않다는 의미를 잘 새기셔야 합니다. 회장님의 급속한 건강 악화도 안타깝기는 하나 그 이상으로 촌각을 다투어야 하는 이유가 따로 있다는 점 말입니다.

홍규운의 다정한 목소리가 차연의 뒤통수를 다정하게 쓰다듬는다.

지금 이 상황을 눈치챈다면 펄쩍 뛰며 달려들 사람이 한두 명 아닐 겁니다. 당장에 계약서를 찢어버리려고 길길이 날뛸 사람들 말이지요. 이해하시겠습니까?

홍규운의 검지 끝이 계약서의 어느 위치를 콕, 찍는다.

바로 여기, 차연 님의 서명이 들어갈 이 위치에 자신의 사인을 대신 써 갈기려고 안달 낼 사람들이 두 손에 꼽을 정도는 될 것입니다. 필요하다면 차연 씨로부터 그 만년필을 빼앗고 나아가 차연 씨의 손목마저 빼앗고도 남을 사람들입니다. 그들이 움직이기 전에 고민을 끝내셔야 합니다. 시간이 많지 않다는 것이, 바로 그와 같은 의미인 것입니다.

지그시 눈 감은 남창선이 지친 숨을 몰아쉬고 있다. 남창선의 손을 다정히 감싸 쥔 홍새미가 사상 최악의 혼란에 빠진 차연의 고뇌를 지켜보고 있다. 벽에 걸린 적토마가 금세라도 포효할 듯 두 눈을 부릅뜨고 있다. 뚜껑을 뽑아서 뒤에 끼운 만년필의 매끈하고 묵직한 질감이 차연의 손끝에서 빛나고 있다. 누군가의 하얀 얼굴이 그때 유령처럼 펄럭 눈앞을 스쳐 가고 있다.

서명하세요. 어서.

홍새미가 다정히 속삭인다.

큰 변화가 시작될 거예요. 차연 씨가 걱정할 일은 없을 거예요. 애초에 뜻한 바대로 무리 없이 진행될 거예요.

만년필을 그러쥔다. 손아귀에 힘이 없다. 펜을 놓칠 것만 같다. 길고 깊은 숨을 들이쉰다. 계약서의 어느 부분에 어렵사리 펜촉을 가져간다. 그러고는 또 다른 이유로 머뭇거린다.

사인이 없으시면 성함을 정자로 적어주시면 됩니다.

눈치 빠른 홍규운이 친절하게 안내한다.

예, 좋습니다. 여기. 여기. 또…… 여기. 마지막으로 여기에도.

모두 네 군데에 아직 자신의 것 같지 않은 이름 세 글자를 적는다. 이윽고 계약서를 돌려받은 홍규운이 테이블 위에 그 것을 넓게 펼친다. 서류 가방에서 뭔가를 꺼낸다. 크고 화려한 나무 도장이다. 손아귀 가득 도장을 그러쥔 홍규운이 그것을 열심히 휘둘러댄다. 계약서 여기저기에 꾹꾹 빨간 인주 자국을 남긴다.

감사합니다. 그럼 이렇게 해서…… 아 참.

홍규운이 고개를 삐딱 기울인다.

마지막이 하나 남았군요. 실례지만 1만 원짜리 한 장 있으십니까. 어디까지나 요식이지요. 기념품 같은 거. 준비가 안 되셨으면 제가 대신……

차연이 바지 주머니를 뒤져 지갑을 꺼낸다. 연초록 지폐 한 장을, 홍규운이 거의 빼앗듯 낚아챈다.

고맙습니다. 정히 영수하겠습니다. 자, 여기 인수증 받으시고.

변호사의 얼굴이 어딘지 상기되었다. 티테이블 위에 널브려놓은 것들을 부지런히 정리하며 놀랍도록 말이 빨라진다.

이로써 우주건설의 경영권 및 회사 발행주식 일부에 대한 양수 계약을 원만히 체결했습니다. 모두 축하드립니다. 수고하셨습니다!

✤

여희(麗姬)는 애(艾)라는 곳의 국경을 지키던 자의 딸이었는데, 진나라에서 그녀를 처음 데리고 올 때 눈물과 콧물로 소매를 적셨다네. 그러나 왕의 처소에 이르러 왕과 한 침대를 쓰고 여러 가지 가축의 고기를 먹고 난 이후는 울었던 일을 후회했다지. 이미 죽은 자 또한 처음에 살기를 바랐던 것을 후회하지 않을지 내 어찌 알겠는가?

—장자, 「제물론」

———————

새벽 깊은 시간. 와인 한 잔을 열 번도 넘게 나눠서 홀짝거리던 변호사가 가장 먼저 자리에서 일어선다. 그로부터 10여분 뒤, 남창선이 전동휠체어를 작동시키며 양해를 구한다.

이만 잠자리에 들어야 할 것 같습니다. 졸음이 쏟아져서 견디기 힘들군요.

앉은 채 넓게 팔을 벌린다. 차연이 머뭇머뭇 다가가 그를 안는다. 놀랍도록 얄팍한 몸이다. 병자 특유의 체취가 지독하도록 선명하다.

우리는 절대 헤어지지 않아요. 용기를 냅시다.

남창선의 속삭임에 가슴이 철렁 내려앉는다. 알 수 없는 일이다.

거실에 다시 혼자 된다. 나무 냄새 가득한 공간. 수만 년 전에 화석이 된 나무 밑동을 파고 거기 납작 드러누운 듯한 착란에 빠져든다. 입구도 출구도 없는 공간. 빛도 소리도 시간도 공간도 없는 공간. 세상 누구도 찾아온 적 없고 그 이름을 들어본 적조차 없는 공간. 남창선의 잠자리를 챙겨준 홍새미가 돌아온다.

주무시고 가세요.

……

너무 늦었어요. 지금 댁까지 모셔다드릴 수도 있지만, 그렇게 하세요. 피곤하실 텐데.

스타빌 401호. 불 꺼진 원룸을 떠올린다. 차연을 기다리는 사람은 거기에도 여기에도 없다. 홍새미의 손끝이 차연의 팔꿈치에 살짝 닿았다가 떨어진다.

따라오세요. 침실을 봐두었어요.

2층 계단을 오르면 왼편으로 복도가 이어진다. 좁고 어둑한 복도 끝에 방문 두 개가 마주 보고 있다. 왼쪽 방문 앞에 홍새미가 멈춰 선다. 손수 문을 열어준다. 불이 켜져 있다. 아담한 방이다. 1인용 침대. 올리브색 페인트를 덧칠한 철제 서랍장. 화장실로 통하는 문. 바둑판무늬의 타일 바닥도 하얀 실크 벽지를 바른 벽과 천장도 오래전부터 차연을 기다려 온 것처럼 정갈하고 단정하다.

보잘것없는 방이에요. 이해하세요.

아니요. 마음에 들어요.

편히 갈아입을 옷이 서랍에 있을 거예요.

신경 많이 써주셔서 감사합니다.

차연 씨를 위하는 게 우리 모두를 위하는 일이니까요.

어딘지 익숙한 냄새가 난다. 섬유유연제나 방향제는 아니다. 그보다 친숙하다. 후각 중추는 측두엽 안쪽에 존재한다. '감정과 기억의 뇌'인 변연계 회로의 일부에 속하는 부위다. 하여 냄새는 감각인 동시에 감정이고 또한 기억이다. 그리하여 어느 특정한 냄새는 나아가 특정한 어느 한때의 기억-감정과 종종 함께한다. 이 냄새를 언제 어디서 만났더라. 기억이 날 듯 말 듯.

푹 주무세요. 아무 생각 말고. 아무런 꿈도 꾸지 말고.

문틈에 기대선 홍새미가 속삭인다. 뺨을 어루만지는 음성이다. 귓불을 간질이는 음성이다.

별별 생각이 다 나겠지요. 별별 근심과 걱정이 다 찾아들겠지요. 하지만 외면하세요. 불을 끄고 누워서 노곤한 피로에 몸과 마음을 맡기세요. 머지않아 모든 게 명쾌하게 해결

될 것임을 믿으세요.

제발 그랬으면 좋겠군요.

홍새미가 한 걸음 다가온다. 차연에게 뭔가 더 이야기하려는 얼굴이다가, 이내 그 의지를 내려놓는다.

……갈게요. 안녕.

벗은 옷을 접어 바닥에 내려놓는다. 불을 끄고 속옷 차림으로 침대에 드러눕는다. 푹신한 베개에 뒷머리를 눕힌다. 턱 밑까지 이불을 끌어올리고 눈을 감는다. 피곤이 뻐근한 몸살 기운처럼 온몸에 번지고 있다. 귓가에 쏴아아, 물소리가 들려온다. 깊은숨을 들이마신다.

아, 그래. 이 냄새.

병원 냄새다. HM재활클리닉 회복실에서 일상으로 접했던, 바로 그.

꘎

1977년 8월 16일 엘비스 프레슬리는 화장실에 앉은 채로 죽었다. 부검 결과 상당량의 처방약을 복용 중이었다. 코데인, 에치나메이트, 메타콸론과 다양한 바르비탈산염까지. 의사들은 또한 그의 혈관 내에서 발륨, 데메롤 등 조제약의 흔적도 찾아냈다.

—데일 베일리, 『우리가 아는 바 그대로의 종말』

———————

다시 그 방이다. 홍새미의 당부에도 어쩔 수 없이, 다시 꿈을 꾼다. 분홍 벽지가 있는 방. 하늘색 커튼이 있는 방. 나무 책장이 있고 울보 인형이 있는 방. 방 한가운데 아이가 주저앉아 있다. 문밖에서 다른 아이들의 밝고 환한 웃음소리가 딸랑딸랑 이어지고 있다. 바람이 불고 구름무늬 나일론 커튼이 한들한들 춤을 추고 있다. 아이가 고개 들어 책장 위의 인형을 바라본다. 머리털은 뻣뻣한 금발이고 눈가에 주근깨가 잔뜩 뿌려져 있으며 눈썹은 심술 맞도록 진하다. 못생긴 인형이다. 무서운 인형이다. 너는 누구니. 왜 여기 혼자 있는 거니. 눈물이 난다. 하지만 울고 싶지 않다.

소리 없이 방문이 열린다. 누군가 들어선다. 누군가 아이의 어깨에 손을 얹는다.

"혼자 있었네?"

착하고 고운 목소리다. 아이를 안아 일으킨다.

"여기서 뭐 하고 있었어, 응?"

여자에게 안긴 아이가 울먹울먹 눈물을 삼킨다.

"울지 마. 괜찮아. 이제 괜찮아."

여자의 품에서 좋은 냄새가 난다. 눈이 저절로 감기는 냄새다.

"시간이 되었어. 우리 내려가자. 준비됐지?"

아이가 손등으로 눈가를 문질러 닦는다. 눈물을 닦으며 고개를 끄덕인다. 여자가 아이를 안아 들고 방문 밖으로 나선다. 나무 계단을 걸어 내려 마루로 간다. 거기서 아이를 내려놓고 손을 잡는다. 함께 안방으로 들어선다.

안방은 어둑하다. 커다란 침대를 중심으로 많은 사람들이 모여서 있다. 질리도록 침울하고 무거운 분위기다. 여자가 아이의 손을 잡아끈다. 아이가 사람들 사이를 비집고 들어선다.

하아. 하아. 하아. 하아.

침대 위에 누군가 누워 있다. 나이가 무척 많아 보이는 여인이다. 왜소한 체구에 쪼글쪼글 주름진 여인이다. 여인이 지그시 눈 감은 채 힘겹게 숨을 들이마시고 또 뱉어내기를 반복한다. 숨을 쉰다는 게 저토록 힘이 드는 일인가. 그걸 곁에서 지켜보는 게 또한 이토록 괴로운 일인가.

하아. 하아. 하아. 하아.

"엄마⋯⋯"

어른 가운데 한 명이 침대 위로 몸을 수그린다. 나이 많은 여인의 손을 잡고 그 귓가에 속삭인다.

"애쓰지 말아요. 너무 애쓰지 말아요. 그러시지 않아도 돼요."

무섭다. 이 자리를 피하고만 싶다. 침대맡에 선 누군가 조심히 한숨을 뱉어낸다. 차연의 손을 잡은 여자의 손아귀가 점점 더 축축해진다. 차연이 두려운 눈으로 주변을 둘러본다. 주변에 모여선 이들의 침울한 얼굴들을 돌아본다. 그러고는 새삼 놀란다. 모두 어른들뿐이다. 아이라고는 딱 한 명, 아이 자신뿐이다. 그 많던 아이들은 어디 갔을까. 문밖에서 그렇게 웃고 떠들던 아이들은 다 어디로 갔을까. 안방에는 왜 한 명의 다른 아이도 들어오지 않았을까.

허어억!

나이 많은 여인이 거친 숨을 급하게 들이마신다. 눈을 부릅뜬다. 천장 어느 지점을 뚫어져라 응시한다. 입을 떡 벌리고, 뭔가에 놀란 사람처럼, 상체를 일으키려 애쓴다. 방 안의 사람들이 숨을 죽인다.

"빛! 빛이!"

에그, 일어나셨네.

거기서 잠 깬다. 낯선 침대다. 청평. 2층 복도 끝 왼쪽 방. 하얀 모자 하얀 앞치마를 한 노파가 차연 곁에 서 있다. 왼쪽 손목이 따끔하다. 노파가 차연의 손목에서 느릿느릿 주삿바늘을 뽑아낸다. 흰 솜으로 그 부위를 느릿느릿 누른다.

뭐 하시는 건가요.

차연이 우물거린다. 노파가 차연의 시선을 외면한다. 주름진 눈꺼풀을 느릿느릿 깜빡인다. 달그락달그락. 빈 주사기와 약통 등등을 느릿느릿 챙기더니 느릿느릿 방을 나선다.

저기요!

노파를 외쳐 부르지만 돌아보지 않는다. 꿈인가. 이 또한 새로운 종류의 꿈속인가. 왼쪽 팔을 들어 방금 전 주삿바늘이 꽂혔던 자리를 바라본다. 눈에 띌 듯 말 듯 작은 자국. 무슨 약을 주사한 것인지 알 수 없다.

자리에서 일어나 앉는다. 핸드폰을 열어 시간을 확인한다. 8시 22분. 아침이다. 충분히 잤다는 생각은 들지 않는다. 그러나 일어나야 한다. 이제 일상으로 돌아가야 한다. 알 수 없는 하루를 새로 맞이해야 한다. 침대에서 일어서 낯선 잠자리를 둘러본다. 벗어둔 옷가지를 챙겨 입고 흐트러진 이불을 대충 다듬어 정리한다. 실내를 가로질러 문손잡이를 잡아 연다. 문밖에서 나직한 목소리들이 들려온다. 아마 1층일 것이다.

힘이 빠진다. 갑자기 힘이 쪽 빠진다. 어마어마한 무기력증이 온몸의 크고 작은 근육들 사이로 빠르게 스며들고 있다. 갑자기 왜 이러지. 정신은 말짱하다. 감각들에도 별다른 이상은 없다. 다만 몸이 바람 빠진 막대풍선처럼 자꾸만 가라앉는다. 무릎에 힘이 없고 어깨에 힘이 없고 손아귀에 힘이 없다. 가만히 서 있을 기운조차 없다. 이대로 주저앉을 것만 같다. 문밖의 사람 소리가 가까워지고 있다.

비척비척 몸을 움직인다. 힘겹게 침대로 돌아간다. 침대까지의 거리가 조금만 더 멀었더라면 바닥에 엎어졌을지도 모를 일이다. 시트 위에 벌렁 몸을 넌다. 심장이 느슨한 속도로 박동한다. 침대 쿠션 속으로 온 사지가 스며드는 것만 같다. 노파의 얼굴이 떠오른다. 주사기 등을 느릿느릿 챙겨 느릿느릿 방을 나서던 뒷모습이 떠오른다. 똑똑. 누군가 문밖에 서 있다. 가볍게 방문을 두드린다. 다시 한 번. 똑똑.

차연이 누운 채 대꾸한다. 혀가 풀어진 발음으로.

에에.

도저히 몸을 일으킬 수가 없다.

소리 없이 문이 열린다. 사람들이 들어선다. 모두 세 명. 개중에 두 사람은 한 판에서 찍혀 나온 국화빵 같은 모습이다. 똑같이 네모 각진 얼굴, 짧게 자른 머리칼, 큰 키에 넓은 어깨에 굵은 목덜미.

오랜만입니다.

나머지 한 사람은 둘에 비해 형편없이 왜소하고 나이가 많다. 차연이 아는 얼굴이다.

이게 얼마 만이람. 한 달도 넘었지요?

닥터 이어다. 차연의 어깨에 다정히 손을 올려놓는다.

어떻게 지내시는지, 대충 소식은 들었습니다만.

놀랍다. 당황스럽다. 아주 조금은 반갑기도 하다.

여긴 웬일이신가요.

차연이 중얼거린다.

죄송하지만 일어나기가 너무 힘드네요. 이상해요. 몸이 안 좋아요.

의지와 달리 발음이 엉망으로 흐트러지고 있다. 혓바닥과 입술 근육이 생각한 대로 움직여주지 않는다.

알모스덴드로반티톡신산 성분이지요. 북아프리카 흰줄무늬개구리에서 추출한.

흰줄무늬?

안심하세요. 인체에는 거의 무해합니다. 몸속의 나사를 죄다 풀어놓은 것 같은 무기력 증세가 네다섯 시간 지속될 뿐이지요…… 어서 모시도록 해요.

마지막 말은 차연 아니라 뒤에 선 남자들을 향한 지시다. 남자들이 움직인다. 간이 이동식 침대를 끌고 오더니 그것을 차연이 누운 침대 옆에 나란히 가져가 댄다.

조심. 조심히.

한 사람이 뒤에서 양어깨를 받치고 한 사람이 아래에서 두 다리를 쳐든다. 힘없는 사지가 억센 손아귀들 사이로 축축 늘어진다. 간이침대에 옮겨지고, 가슴과 허벅지에 넓고 두툼한 벨트가 채워진다. 구속의 의미보다는 차연의 신체를 안전하게 고정시키는 용도다.

✢

내 안의 모든 것이 바뀌어도 나는 여전히 나인가.

　　　　　　　　　—마이클 패턴 주니어, 『광기와 소외의 음악』

———————

　이동식 침대가 유유히 복도를 가로지른다. 이제 시작하세요. 삶을. 멋진 삶을. 장차 얼마나 많은 시간이 더 주어질지 우리 모두 모르는 일이지만. 그리하여 부디 최고의 이유와 만나시길. 차연 씨의 이유. 차연 씨만의 이유. HM재활클리닉을 떠나던 날이 생생하다. 그날 닥터 이어가 건넨 덕담이 아직 생생하다.

　1층에서 올라오는 계단이 끝나는 곳, 2층 복도가 시작되는 어름에 멈춰 선다. 간밤에 보지 못했던 문이 거기 있다. 보지 못하거나 의식 못했을 뿐 간밤에도 존재했을 문을 열고 닥터 이어가 먼저 들어선다. 이어 남자 간호사 한 명이, 뒤이어 차연의 이동식 침대가 뒤를 따른다. 나무 바닥을 구르던 침대

바퀴의 소음이 감쪽같이 잦아든다. 넓은 공간이다. 좁은 복도 구석에 이렇게 넓은 공간이 숨겨져 있었다니 놀랍다. 넓고, 조용하고, 어둑하다. 간밤의 그 방에서 만났던 병원 냄새가 더욱 선명하다.

실내 안쪽, 수술용 램프가 강렬한 빛을 발하는 중이다. 커다란 수술 침상이 놓였고 거기 누군가 누워 있다. 산소마스크를 쓰고 있다. 흉부와 연결된 심전도 모니터에서 쉬지 않고 규칙적인 곡선이 이어지는 중이다. 곡선의 움직임에 따라 뚜우뚜우 기계음이 연신 무뚝뚝하게 반복되는 중이다. 차연의 침상이 그 곁에 멈춰 선다. 나란히. 거꾸로. 누군가의 얼굴과 차연의 얼굴이 나란히 거꾸로 마주 본다. 말끔하게 머리를 밀고 죽은 듯 잠든 누군가를 쉬 알아볼 수 있다. 남창선이다. 울컥 구역질이 넘어온다.

이제 시작할 겁니다.

초록색 수술 가운을 갈아입은 닥터 이어가 마스크 안에서 웅얼거린다.

회장님의 뇌를 차연 씨의…… 차연 씨에게 이식하는 수술이지요.

차연이 벌떡 일어나 앉는다. 그러고자 애쓴다. 그러나 의지가 그러할 뿐 겉보기에는 누운 채 어깨만 가볍게 들썩거리는 움직임이다. 개구리 약 기운이 온몸에 제대로 퍼지는 중이다. 뭐라 외쳐보지만 어어, 어어, 소리만 힘없이 이어지는 중이다.

회백질 융합법. 그 축복 같은 개념이 도입되기 전에는 이론상으로나 가능했던 수술이지요. 차연 씨와 함께 시작되었고 이제 하나의 역사로 후대에 기록될.

닥터 이어의 목소리가 예수의 슬픔과 고뇌를 설교하는 목사처럼 떨리고 있다.

먼저 남 회장님의 뇌를 꺼내어 이 수용액에 담가줄 것입니다. 그로써 이식으로 인한 면역거부 위험 요소를 최소한으로 억제할 것입니다.

굵은 팔뚝 간호사가 다가온다. 위잉. 수술용 이발기를 차연의 머리에 가져간다. 전동모터의 미세하고 예리한 칼날이 이마에서 뒤통수로 천천히 전진한다. 검고 숱 많은 머리카락이 바닥으로 툭툭, 툭툭, 떨어져 내린다.

이어 차연 씨의 두개골을 열고 회장님의 뇌가 안착할 장소를 확보할 것입니다. 새롭게 만난 뇌와 육체가 수만 가지의 미세 신경들로 서로 융합되고 이어지기까지는 대략 이틀 이상이 소요될 것입니다.

간호사가 침상에 남은 머리칼을 말끔히 털어낸다. 파리해진 차연의 민머리를 알코올 솜으로 문질러 닦는다. 남창선의 몸에 붙였던 것과 같은 심전도계 전극 테이프를 가슴 몇 곳에 붙인다. 남창선이 사용한 것과 같은 산소마스크를 입가에 씌운다.

위이잉.

날선 모터 소리가 귀를 후벼 파는 중이다. 둥글게 원을 그리며 두피가 제거되는 중이다. 이윽고 드러난 남창선의 두개골에 드릴을 가져간다. 일정한 깊이로 구멍을 뚫기 시작한다. 엄청난 작업이 시종 일정한 속도와 방향으로 이어진다. 모두 아홉 군데. 마침내 드릴이 할 일을 마친 자리에 전기톱이 등장한다. 앙증맞도록 작은 원형 칼날이 예리하게 회전한다. 구멍 뚫린 포인트들을 따라 두개골을 절개해간다. 작은 기구지만 그 위력이 대단하다. 절단선의 각도가 바뀔 때마다 닥터 이어의 허리와 어깨와 팔이 안쓰럽도록 정교하게 뒤틀린다. 위이이이잉. 일련의 작업을 마친 닥터 이어가 마스크 속에서 긴 한숨을 뱉어낸다. 전기톱을 내려놓고 절개한 두개골 일부를 걷어낸다. 이어 뇌 속 깊숙이 메스를 가져간다. 다시금 울컥, 구역질이 난다. 조용한 수술실. 숨죽인 사람들. 느린 화면 같은 움직임들. 젖은 손가락으로 조물조물 진흙을 만지는 것 같은, 뭐라 표현하기 힘든 소리만이 찰박찰박 이어지고 있다.

한참을 꾸물거리던 닥터 이어가 마침내 두 손을 천천히 아주 천천히 쳐든다. 그 손에 묘하게 생긴 물체가 놓여 있다. 상한 두부 같다. 흐물흐물한 형태가 연두부에 가깝다. 수용액 가득 담긴 용기 안에 조심조심, 남창선의 뇌가 잠긴다. 몇 방울 물거품을 일으키며 수면 밑바닥에 얌전히 내려앉는다. 간호사가 다가온다. 차연의 이마에 검은 사인펜을 빙 둘러 선을 긋기 시작한다. 으어. 으어어. 차연이 미친 듯 비명을 지른다.
사지를 뻗대며 힘차게 저항한다. 그러나 북아프리카 흰줄무
늬개구리의 위력 앞에 그 같은 의지가 힘없이 짓눌리고 만다.
닥터 이어가 메스를 쳐든다. 예리하고 날카로운 금속 조각이
하얀빛으로 반짝인다.

잘 진행되고 있나요.

누군가 기척도 없이 실내에 들어선다.

닥터 이어가 뒤도 돌아보지 않고 고개를 끄떡인다.

5분 뒤에 이식을 시작할 겁니다.

홍새미다. 핏자국처럼 빨간 드레스를 입었다. 피에 젖은 듯
몸에 착 달라붙는 재질이다. 눈부시게 우아하다. 나란히 거꾸
로 놓인 두 개의 수술 침상으로 다가온다. 이제 더 이상 남창
선이라고도 아니라고도 말하기 애매한 그 얼굴을 가만 내려
다본다. 뇌를 드러내고 남은 자리를 또 한참 들여다본다. 이
몸도 이제 안녕이네. 나직이 중얼거린다. 이내 몸을 돌려 차
연을 바라본다.

안녕?

다정히 얼굴을 쓰다듬는다.

너무 두려워 말아요. 곧 끝날 거예요. 이 고통마저도 영원
히 끝날 거예요.

으어. 으어. 차연이 애절하게 신음한다.

애초부터 차연 씨의 것은 어디에도 없었어요. 처음으로 돌

아가는 거예요. 그러니 원망 말아요. 너무 슬퍼하지도 말아요.

닥터 이어를 돌아본다.

선생님.

예.

말해주세요. 걱정 안 해도 된다고.

첫번째 수술도 대체로 성공적이었습니다. 지금은 그때보다 의학적 고민이 훨씬 줄어들었다고 할 수 있지요. 여러 측면에서 개선된 용합술을 활용한다면 그보다 몇 배 빠르고 안전한 결과를 기대할 수 있을 것입니다. 대략 3주 후면 의식을 회복할 것입니다. 바로 그날부터 새로운 몸으로 보고 듣고 느끼고 말씀할 것입니다. 그로부터 두 배의 시간이 더 지나면 많은 사람들 앞에서 멋지게 엘리웁 덩크슛을 해 보일 수 있을 것입니다.

부탁드려요. 아무런 차질도 없어야 합니다.

쾅!

그때 문이 열린다. 거의 폭발할 기세다.

사람들이 우르르, 거침없이 쏟아져 들어온다.

＋

우선 쇠갈고리를 비강(鼻腔) 속에 집어넣어 뇌 일부를 긁어내고 나머지는 약품을 주사해 제거했다. 그러고는 칼로 옆구리를 절개해 내장을 모두 꺼내고 복강(腹腔)을 야자유로 깨끗이 씻은 뒤 몰약과 계수나무 껍질, 유황 등 향료를 채워 봉했다. 봉합된 시신은 70일 동안 초석(硝石 : 질산칼륨)에 넣어두었다가……

—김홍식, 『세상의 모든 지식』

———————

검은 양복을 입은 남자들이 세 명이다. 어깨 넓고 목덜미 굵은 체형이 하얀 티셔츠 간호사들을 똑 닮았다. 검은 양복들이 누군가를 바닥에 집어 던진다. 바닥에 철퍼덕 던져진 누군가 신음 소리도 제대로 내지 못한다. 몸을 일으켜 세우려고 한쪽 다리를 병든 개처럼 비척거린다. 잔뜩 얻어맞은 얼굴이 붓고 터지고 멍들고 피맺힌 흔적으로 엉망이다. 홍규운 변호사다. 당장 울음을 터뜨릴 듯 입술만 바들바들 떨고 있다. 실내를 지키던 하얀 티셔츠 간호사 두 명이 놀란 얼굴이다. 긴장한 얼굴이다. 금세 사나워지는 얼굴이다.

무슨 짓이야!

홍새미가 소리친다. 검은 양복들이 모른 채 외면한다. 그들의 넓은 어깨 사이를 비집고 누군가 걸어 나온다. 자박자박 발소리 가볍고 경쾌하다.

어머니.

남승우다. 홍새미가 깜짝 놀란다. 깜짝 놀란 얼굴이다가, 뭔가를 깨닫고는 눈가에 뾰족한 살기가 화라락 타오르다가, 어떤 판단이 들었는지 이내 평정을 되찾는다.

네가 여기 웬일이니? 한창 바쁠 시간에.

홍새미의 온화한 미소에 남승우가 온화한 미소로 응답한다.

어머니야말로 웬일이신가요. 오늘 서소문 대사관에서 중요한 약속이 있는 것으로 아는데.

남승우가 홍새미의 뒤편을 넘겨다본다. 수술 침상 위, 살아 있는 시체처럼 눈만 뒤룩거리고 있는 차연을.

저기 저분, 왠지 낯이 익군요. 아아아. 전에 함께 저녁 식사를 한, 그 사람 맞죠? 저렇게 머리를 밀어놓으니 못 알아볼 뻔했네. 가만, 그 옆에는……?

남승우가 홀린 듯 다가온다. 하얀 티셔츠 남자 간호사 두 명이 그 앞을 가로막는다.

안 됩니다.

그러자 검은 양복들이 쫓아온다. 덩치들이 마주 선다. 길을 막으려는 자들과 길을 열려는 자들 사이의 소리 없는 실랑이가 시작된다. 힘과 힘이 마주 부딪친다. 폭발 직전의 긴장감이 아슬아슬 팽팽하다.

아아, 이분은.

남승우가 기어코 그들 사이를 비집고 남창선의 침상 앞까지 다가간다. 두 손을 고이 가슴에 모은다. 연극배우처럼 낭랑하게 탄식한다.

이분은 나의 아버지 아닌가요? 정말이지 처참한 모습이군요. 그토록 생각이 많으시던 분이, 이제는 어디로 어떻게 생각을 하신다는 말씀인가요.

고개 돌려 연분홍 수용액이 담긴 유리관을, 바닥에 고이 가라앉은 물체를 바라본다.

이것이 아버지의 뇌인가요. 그렇다면 이것이 아버지인가요. 내가 기억했던 아버지가, 내가 그리도 닮고 싶었던 아버지의 마지막이 이토록 구질구질하다는 말인가요.

홍새미가 새근새근 어깨로 숨을 들이쉬고 내쉰다. 곁에 선 닥터 이어가 그녀에게 다급하게 속삭인다. 이제 이식에 들어가야 합니다. 더 지체해서는 안 됩니다.

어머니. 나의 어머니.

남승우가 홍새미를 돌아본다.

아침 일찍 전화를 받았어요.

......

모르는 사람이었어요. 누구냐고 물었더니, 내가 속히 알아야 할 이야기를 해줄 수 있는 사람이라고 하더군요. 그러더니 대뜸 시작하는 게 우리 가족, 나의 가족 이야기였어요.

남승우의 차가운 눈빛이 뜨겁게 이글거린다.

아시겠어요? 내가 모르는 내 가족의 이야기를 누군지 모르는 누군가의 전화 목소리로 엿들어야 했던 모멸감을, 어머니는 이해하시겠어요?

......

오전에만 회의가 두 개나 잡혀 있었지만 그래서 모든 것을 미루고 부랴부랴 이곳 청평으로 달려와야 했어요. 그러지 않을 수 없었어요. 미래가, 내 미래가 송두리째 사라질지도 모르는 노릇이니 말이지요.

닥터 이어가 뜨겁게 흥분한 남승우를, 내내 납덩어리처럼 싸늘한 홍새미를, 살아 있는 시체처럼 꿈틀거리는 차연을 번갈아 돌아본다. 난처함에 어쩔 줄을 모른다.

고통스럽군요. 이 추한 절망감을 견디기 힘들군요. 이와 같은 상황을 까맣게 알지 못했던 몇 시간 전의 제가 진심으로 그립군요. 어머니, 이것이 무슨 경우인가요. 아버지가 도대체 무슨 생각으로 이런 결정을 하신 것인지, 그것이 온전히 당신만의 판단이었는지 납득할 수 없군요. 자신을 버리고 다른 몸의 주인으로 이식되면서 자신이 자신에게 자신의 것을 상속

하신다? 그것이 아비 된 자의 정상적인 사고방식인지 이해하기 힘들군요.

너를 보렴. 지금 네 모습을 돌아보렴.

홍새미의 안색이 놀랍도록 새하얗다. 겁에 질려 창백해진 것은 아니다.

거기 모든 이유가 있다. 경영권 승계에서 가장 먼저 너를 제외시키지 않을 수 없었던 이유들이 바로 거기 있다. 미련한 것.

어째서요?

남승우가 절규한다.

어째서! 왜!

발을 구르며 팔을 내저으며 소리친다. 온몸을 발작적으로 푸드덕거린다. 닥터 이어가 우물쭈물 그에게 다가간다.

저어, 실례지만.

손수건으로 이마의 땀을 톡톡, 톡톡 닦아낸다.

상황이…… 정말로 급합니다. 그래서 그럽니다만.

당신은 뭐야.

지금 흥분하시는 거 충분히 이해합니다만, 하지만, 그런 차원을 떠나서 회장님을, 회장님의 뇌를…… 당장 이식 수술에 들어가야 합니다. 실은 이미, 이미 조금 늦은 상황입니다. 더 지체했다가는 심각한 문제가,

남승우가 양복 안주머니에서 뭉뚝한 쇳덩이를 꺼낸다. 검은 녹이 마치 도료처럼 총신과 회전 실린더에 매끈하게 자리 잡

은 군용 리볼버다. 그것을 닥터 이어의 미간 정중앙에 겨냥한다.

탕!

가련한 닥터 이어로서는 다행스럽게도 총구가 아슬아슬 다른 곳을 향한다. 순식간에 많은 것들이 불가역적 상태로 변화한다. 산소발생기와 심전도 계측기가 망가져서 하얀 연기를 피워 올린다. 산소거품 보글거리던 유리관이 산산이 부서진다. 연분홍색 끈적끈적한 수용액이 엉망으로 쏟아지고 남창선의 뇌가 썩은 순두부처럼 바닥에 흩어져 나뒹군다.

끝났어. 다 끝났어.

남승우가 손에 쥔 권총을 향해 속삭인다. 홍새미가 비틀비틀 엎어질 듯 차연의 철제 침상 모서리를 붙든다. 귀가 먹먹한 총소리. 생경한 화약 냄새. 가련하게 흔들리는 홍새미의 앞가슴. 그 모든 감각들이 차연의 심장을 난폭하게 쥐고 흔든다.

꿈에서 깨어나도 꿈속의 아비가 좋아 현실의 아비를 잊고 살았
나이다. 그런데 이 아비가 어찌하여 꿈속에 무서운 얼굴로 나타
나기 시작했는지요? 제가 이 아비를 위해 생명을 바치는 것이 옳
은 일인지요?

—방민호, 『연인 심청』

이런다고 달라질 게 있을 것 같니.

홍새미가 비교적 빠르게 냉정을 되찾는다. 난생처음 접하
는 물건 대하듯 남승우를 바라본다.

이렇게 한다고 네가 물려받을 몫이 있을 것 같니.

남승우는 슬픈 얼굴이다.

그렇지 않다는 말씀을 하고 싶으신 것인가요. 어머니. 나의
어머니.

그의 손에 낯익은 물건이 들려 있다. 진청색 서류 파일. 지

난 새벽의 계약서다.

이깟 종이 몇 장으로 저를 따돌릴 수 있으리라 생각하시는 것인가요. 이깟 브로커 놈들을 통해서 제 권리를 빼앗아버릴 수 있으리라 믿으시는 건가요.

바닥에 주저앉아 있는 변호사의 옆구리를 거세게 걷어찬다. 홍규운이 다친 개처럼 깨갱거리며 왼 다리를 버르적거린다. 쿨룩쿨룩 고통스러운 기침을 내뱉는다.

아파요. 저 아파요, 어머니.

남승우가 울먹인다. 옆구리를 모질게 걷어차인 이가 다름 아닌 자기 자신이라는 듯.

저 많이 아파요…… 아프다고요, 어머니.

어깨를 들썩이며 흐느낀다.

뭣이라고요? 그렇다면 이건 뭔가요? 아버지로부터 물려받은 이건 뭔가요? 유전성 질병은 절대 아니라고 하지 않았나요. 그렇게 장담하지 않으셨던가요. 예?

손바닥으로 가슴을 친다. 왼 손바닥으로 오른 가슴을 거세게 두드린다. 바로 그 언저리에 남창선으로부터 물려받은 질병의 요체가 담겨 있다는 듯. 루게릭. 20세기 초 뉴욕 양키스의 전성기를 이끌던 전설의 4번 타자. 홍새미가 아무 말 하지 않는다. 홀로 안타까워하지도 함께 눈물 흘리지도 않는다. 외아들의 절규를 묵묵히 지켜보고만 있다. 삽시간에 엉망이 된 수술실과 이 불편한 시간을 견디는 사람들. 개중에, 비교적 다른 분위기를 가진 이들이 한구석에 쭈뼛쭈뼛 서 있다. 모두 세 명이다. 아까 남승우와 검은 양복들을 뒤따라온 이들이다. 여태 문가에 붙어 서서 눈치만 살피던 이들이다. 더는 기다리기가 버거웠을까. 이제는 행동에 나서도 괜찮으리라는 판단이 선 것일까. 마침내 검은 양복들 사이로 슬그머니 나선다.

저어, 선생님.

남승우 곁에 다가간 그들이 조그맣게 헛기침을 한다.

실례가 되지 않는다면 저희는 이만 가볼까 합니다. 죄송하지만 다른 일도 좀 있고 해서.

낯익은 목소리다. 귀가 번쩍 뜨인다. 차연이 드러누운 채 그들을 바라본다. 그러고자 온몸의 힘을 집중한다. 가위에 눌린 양 끈적끈적한 압박감을 이겨내며 겨우 고개를 돌린다. 예상이 틀리지 않았다. 몹쓸 생활 연기로 차연을 감쪽같이 속여 넘겼던 낮술 사내다. 네모난 뿔테 안경을 쓴 각얼음 남자고 물 빠진 미군 점퍼를 입은 장발 청년이다.

남승우가 힘없이 고개 들어 그들을 바라본다. 게으르게 팔을 쳐들어 휘휘 내젓는다. 파리를 쫓듯. 그 수신호에 낮술 남자가 재차 굽실거린다.

그럼 저희는 물러나겠습니다. 그리고 에에, 약속해주신 것처럼 여기 이 친구는 데리고 가도 괜찮겠지요?

보일락 말락 고개를 끄덕끄덕.

아이고 감사합니다. 그럼 말씀대로.

세 사람이 바빠진다. 먼저 낮술 남자가 품에서 작은 약병을 꺼내 뚜껑을 연다. 차연의 입속에 독한 물약을 쏟아붓고 억지로 삼키게 한다. 박하향이 화하다. 각얼음이 차연의 가슴과 허벅지를 결박한 밴드를 풀어 젖히는 한편 미군 점퍼가 차연의 양발에 부지런히 운동화를 끼워 신긴다. 이어 두 사람이 차연의 양 겨드랑이를 붙들고 힘겹게 일으켜 세운다. 각얼음은 차연보다 키가 작고 미군 점퍼는 차연보다 키가 크다. 저마다 키가 다른 세 사람이 서로를 부축하고 부축받는 모습이 여간 불편해 보이지 않는다.

안 돼!

홍새미가 비명을 지른다. 새하얗게 노한 얼굴이다.

못 데려가. 절대 안 돼!

부지런히 도망치던 이방인 세 명이 흠칫 어깨를 떤다. 사방팔방 눈치를 살피며 그래도 슬금슬금 발걸음을 멈추지 않는다. 양어깨를 부축받은 차연이 흘러내릴 듯 처지는 몸을 바로 세우고자 애쓴다. 다리에 힘을 줘보고자 안간힘을 쓴다. 그러나 쉽지 않다. 하얀 티셔츠 간호사 두 명이 서로의 눈빛을 교환한다. 개중의 한 명, 왼쪽 눈썹에 긴 흉터가 자리 잡은 남자가 두 걸음 다가온다. 낮술 남자를 향해 김밥처럼 굵은 검지를 까딱인다.

어이, 거기 잠깐.

이방인들이 못 들은 척 가던 걸음을 계속한다. 차연 탓에 그 속도가 여간 굼뜬 게 아니다.

이봐, 말 안 들려?

왼쪽 눈썹 흉터가 성큼성큼 다가온다. 이방인들의 뒤통수를 한주먹에 박살 낼 기세다. 검은 양복 남자들이 서로 눈빛을 주고받는다. 이어 왼쪽 눈썹 흉터의 앞을 막아선다. 왼쪽 눈썹 흉터의 입가가 가로로 일그러진다.

비켜.

검은 양복들이 맞서 으르렁거린다.

얌전히 있어.

안 비켜?

조용히 끝내자고. 조용히.

그런데 이것들이 남의 구역에 기어 들어와서······

말조심해라 날아간다.

뭐?

또 한 명의 하얀 티셔츠 간호사가 쫓아와 동료를 거든다. 그렇게 검은 양복들과 정면으로 맞선다. 서로 얽히고설켜서 손목을 잡았다가 놓치고 잡혔다 뿌리친다. 서로 어깨를 떠밀고 어깨가 떠밀리며 묵직하게 힘을 겨룬다. 기선 제압. 긴장감이 찢어질 듯 팽팽하다. 다섯 명의 덩치가 한꺼번에 폭발한다면 제대로 난리가 날 터였다.

탕!

고막을 찢는 총소리가 재차 터져 나온다. 흠칫 놀란 시선들이 우르르 등 뒤를 돌아본다. 남승우의 손에 들린 리볼버를 바라본다. 영화에서처럼 총구에서 파리한 화약 연기가 피어오르지는 않는다.

가게 놔둬.

까칠하게 메마른 목소리다.

약속은 약속이니까.

빡빡하게 대치하던 덩치들이 일순 경직된다. 서로를 눈빛으로 긁으며 주춤주춤 물러선다. 각얼음과 미군 점퍼가 다시 슬금슬금 눈치 걸음을 시작한다. 낮술 사내가 차연의 귓가에 낮고 빠르게 속삭인다. 갑시다. 조금만 힘내요. 마침내 이방인들이 수술실 밖으로 나선다. 차연이 이를 악문다. 무릎이 자꾸 꺾인다. 주저앉을 것만 같다.

1층으로 내려서는 계단 옆에 노파가 서 있다. 하얀 앞치마 앞에 손을 모은 자세다. 서로 부축하고 부축받느라 한데 엉킨 이방인들을 놀란 눈으로 바라보고 있다.

세상은 나를 힘들어했다. 내가 세상에 대해 그런 것처럼.

—이승우,『生의 이면』

———————

11인승 스타렉스가 달린다. 청평대교 지나 북한강변 국도
를 날아오르듯 질주한다. 화창한 날이다. 닦아낸 것 같은 하
늘이다. 간밤 자욱하던 안개의 기억이 오래전 읽었던 책 속
풍경만 같다. 2열 좌석을 최대한 젖히고 거기 차연이 눕혀진
다. 점심시간 지난 오후다. 도시로 들어가는 차량들이 적지
않다. 그들을 피해 질주하느라 급하게 핸들을 꺾거나 브레이
크를 밟아야 했고 그럴 때마다 차 안에 자리한 사람들의 상체
가 크게 휘청거린다. 각얼음이 운전대를 잡고 있다. 미군 점
퍼가 차연의 손과 발을 열심히 주무르는 한편 조그만 약병 안
의 박하향 독한 액체를 입안에 조금씩 흘려 넣는다.

운이 좋았어요. 인생 자체는 엉망으로 꼬였지만.

낮술 남자가 차연의 핸드폰을 흔들어 보인다. 온몸을 마비시키던 무기력증이 조금씩, 아주 조금씩 물러나고 있다.

우리가 준 거 맞죠?

차연이 힘겹게 입과 혀를 놀린다.

맞아요. 전화기를…… 둘 중에 하나만 챙겼지요.

차량이 휘청, 움직이며 오른편으로 쏠렸던 낮술 남자가 힘겹게 균형을 맞춘다.

이제 좀 괜찮으세요? 아픈 데는?

괜찮은 것 같아요. 머리가 좀 허전하지만.

힘겹게 팔을 들어 빡빡 깎은 민머리를 쓰다듬는다.

남승우 대표에게 전화를 건 사람들이 그럼……

그렇습니다. 짧은 시간 안에 필요한 인력을 동원하기가 힘들 것 같아서, 그래서 책략을 폈지요. 상대의 힘으로 상대의 힘을 제압하기.

손자병법에 나오는 말 맞죠?

미군 점퍼가 아는 척하고 낮술 남자가 못 들은 척한다.

전화를 걸어서 그랬어요. '당신이 꼭 알아야 할 음모가 지금 어딘가에서 진행되고 있다. 지금 당장 손쓰지 않으면 걷잡을 수 없는 결과가 이어질 것이다. 그 내용을 일러주겠다. 대신에 한 가지 약속만 지켜주길 바란다. 약속을 꼭 지키겠다고 답하면 지금 모든 것을 밝히겠다.'

아무래도 낮술 남자는 이런 상황에서 이런 무용담을 전할 수 있는 자기 자신이 적잖이 자랑스러운 것 같다.

상상해보세요. 모르는 누군가가 느닷없이 전화를 걸어와서 그런 선택지를 들이밀었을 때, 차연 씨 같으면 어떻게 하겠습니까.

저 같으면, 어떤 끔찍한 약속이 기다리고 있을지는 몰라도, 무슨 말인지 들어보지 않고는 못 견딜 것 같네요.

남승우가 그랬지요.

국도를 벗어나 도시 진입을 앞둔 상황이다. 스타렉스가 느린 속도로 가다 서다 가다 서다를 반복하고 있다. 늙고 낡은 엔진이 투박한 숨소리를 뱉어내고 있다. 미군 점퍼가 늘어지게 기지개를 켠다. 차연이 중얼거린다.

물 좀 있나요.

낮술 남자가 생수병을 집어 든다. 뚜껑을 돌려 따려다 말고 차연에게 건넨다.

해봐요.

차연이 두 손으로 그것을 받아 든다. 난생처음 그 동작을 해보는 사람처럼 플라스틱 병뚜껑을 어색한 모양새로 비튼다. 어렵사리 뚜껑을 열고 조심히 입으로 가져간다. 미지근한 물 몇 모금이 벅차도록 감격스럽다. 낮술 남자가 고개를 끄덕인다.

많이 좋아지셨네.

고맙습니다. 나는, 아무것도,

울컥 목이 멘다. 별안간 서럽다.

아무것도 할 수 없었어요. 아무것도 할 수 있는 게 없었어요. 여러분이 아니라면, 여러분이 아니었다면 꼼짝없이,

충격이 크시겠죠. 하지만 한시라도 빨리 잊어버리세요. 쉽지 않겠지만 힘을 내세요.

……

고맙긴요. 친구끼리 그런 게 어디 있나요. 차연 씨는 제때 도움 받을 수 있어서 다행인 거고, 우리는 제때 도움 줄 수 있어서 다행인 거고.

친구.

그렇습니다, 친구. 필요할 때면 언제라도 연락 주고받을 수 있는 사이. 서로의 비밀을 끝까지 지켜줄 수 있는 사이. 무엇이건 스스럼없이 부탁할 수 있으며 주저 없이 도움의 손길을 내밀 수 있는 사이. 기본적으로 늘 마음이 통하는, 어쩌다 마음이 통하지 않아도 별 상관없는 사이. 기억하죠?

친구. 친구 사이. 알 수 없이 가슴이 아프다.

그런데 지금 어디로 가는 건가요.

생수병을 받아 든 낮술 남자가 뚜껑을 찾아 주변을 두리번거린다.

정리를 하셔야지요. 일단은.

정리?

……내키지 않으시겠지만.

✝

너는 먼지니 먼지로 돌아갈 것이니라 하시니라.

—「창세기」3:19

─────────

지하철역에서 빠르지 않은 걸음으로 4분. 두번째 골목으로 들어서서 여섯번째 건물. 대아 스타빌. 골목 구석에 멈춰 선 청색 승합차가 시동을 끈다. 찌그러지고 긁히고 흙먼지로 더럽혀진 범퍼 주변에 손바닥만 한 볕 한 점이 내려앉는다. 화창한 오후다. 조용한 오후다. 두 번 다시 만나고 싶지 않은 오후다.

공동 현관문 앞에서 걸음을 멈춘다.

마지막으로 이곳을 나설 때는 난데없는 안개가 자욱했다. 자정 가까운 시간이었다. 밤사이 온 세상이 뒤집어졌다. 우물 쭈물하는 차연 곁에 낮술 남자가 다가온다.

같이 들어갈까요?

아니요. 괜찮습니다.

천천히 정리하세요. 나중에 후회 없도록. 다시는 돌아오지 못할 겁니다.

4층. 복도는 언제나 그렇듯 고요하다. 언제나 그렇듯 아기 칭얼거리는 소리도 들리지 않고 찌개 끓이는 냄새도 나지 않는다. 낮 시간이라서 더욱 그러하다. 4층에 누군가 살고 있다면 그가 누구건 오늘 차연이라는 이웃이 401호에서 영영 떠나갔다는 사실을 영영 알아채지 못할 것이다.

현관문을 열고 들어선다. 지은 지 얼마 되지 않은 새집 냄새가 실내 여기저기에 아직 생생히 괴어 있다. HM재활클리닉을 떠나 이곳에 들어오던 날을 생각한다. 오늘로 37일째다.

창가에 선다. 4층 아래 풍경을 내려다본다. 1층에 프랜차이즈 빵집이 들어선 맞은편 건물과 그 건물 옆 주차장 사이에 기역 자로 낀 놀이터. 아무도 없다. 그네가 텅 비었다. 시소가 텅 비었다. 벤치가 텅 비었다. 챙겨갈 물건에 대해 생각한다. 책상과 데스크톱과 모니터, TV와 세탁기와 냉장고와 전자레인지와 토스터기와 커피포트, 대형마트에 가서 한가득 장을 봐온 듯한 식료품과 포장이사센터에서 막 짐을 푼 듯 붙박이장에 빼곡히 정리된 의류들을 생각한다. 원룸과 원룸 안의 모든 것이 갖춰지기까지 어떠한 역할을 했을 누군가들에 대해 생각한다. 누군가들로부터 비롯된 이 공간에서 머물며 잠을 청하고 잠 깨 일어나고 밥을 해먹고 샤워를 하고 세탁기에서 꺼낸 빨래를 정리하며 TV를 보던 지난 한 달을 생각한다. 그새 낮잠 자듯 꿈꾸었던 것들을 생각한다. 막연히 계획해보던 미래를 생각한다. 아침나절이면 문득 떠오르던 예전의 어떤 장면들을, 오랜 외출을 마치고 귀가할 즈음 갑자기 떠오르던 이름들을, 온종일 집 안에 머물다가 문득 고개 들어 새집 냄새 가득한 실내 어딘가를 바라보며 알 수 없이 슬퍼지고 알 수 없이 벅차오르던 어떤 마음들을 생각한다. 37일. 클리닉센터에서보다 딱 하루 모자란 나날들을 생각한다. 느닷없게도 '고인 유품 정리', 라는 단어를 생각한다.

챙겨갈 물건 따위는 있지 않다. 깊이 생각할 필요도 없는 문제다. 애초부터 차연 씨의 것은 어디에도 없었어요. 처음으로 돌아가는 거예요. 그러니 원망 말아요. 너무 슬퍼하지도 말아요. 속이 좋지 않다. 갑자기 메스껍다. 입안에 시큼한 침이 괸다. 참기 힘들다. 화장실로 달려간다. 우당탕 문을 열고 변기에 허리를 꺾는다. 뜨거운 것이 목구멍을 치받고 올라온다.

우욱!

으워억!

먹은 게 없으니 나올 것도 많지 않다. 아까 마신 생수 몇 모금이 비릿한 위액과 섞여서 역류한다. 끈적끈적 역겨운 국물이 줄줄 새 나온다. 어깨가 부르르 떨린다. 눈물이 핑 돈다. 약 기운 때문일 것이다. 북아프리카 흰줄무늬개구리의 독성이 마지막으로 몽니를 부리는 것인지 모른다. 아니면 박하향

지독하던 해독제의 부작용 때문일지도. 7개월 전. 작년 10월. 그날 새벽 1시 12분을 생각한다. 그때 끝났더라면. 비 오던 편의점 앞길, 혈중알코올농도 0.213의 72세 운전자가 모는 트럭에 치여서 완벽한 종말을 맞이했더라면.

들어갈 때와 다를 바 없는 모습으로 현관을 나선다. 승합차 옆구리에 기대서 있던 각얼음이 희뿌연 전자담배 연기를 뿜어낸다.

다 끝나셨습니까.

예.

차연이 고개를 숙인다.

토했어요. 변기에. 마지막으로.

잘하셨습니다.

승합차 옆구리를 드르륵 열어준다.

타세요.

차연이 조금 난감하다. 이들과 계속 함께할 수는 없다. 목숨을 구해준 이들이지만 이쯤에서 헤어져야 한다. 그다음을 생각해야 한다. 문제라면 그다음이 문제가 아니라는 점이다. 당장 지금이 문제라는 점이 문제다. 당장 전화를 걸어 만날 사람 한 명 없는 지금. 당장 어디로 가야 할지조차 알지 못하는 지금.

당분간 같이 계시지요. 우리와 함께.

승합차 안의 낮술 남자가 차연에게 손을 내민다.

아직 저들의 위협으로부터 100퍼센트 안전해진 상태가 아닙니다. 장차 저희가 도움 드릴 일이 아직 많이 남아 있습니다.

……아무런 생각도 나지 않아요. 어떻게 살아야 할지.

천천히 생각하세요. 시간은 많으니까.

차연이 낮술 사내의 손을 잡고 승합차 안으로 들어선다. 각얼음이 운전석에 올라 시동을 건다. 크르릉. 승합차가 늙은 엔진 기침을 토하기 시작한다.

"홍순도라고 합니다."

"예?"

낮술 남자가 검지로 제 가슴을 콕콕, 두드린다.

"빨간 순대라고들 하죠. 그렇게들 기억하더군요, 내 이름을."

✛

뉴욕의 경우 연간 1천 500명 이상의 제인 도우(Jane Doe ; 신원 미상의 여성 변사체. 남성은 John Doe)가 발생한다.

—배리 리가, 『나는 살인자를 사냥한다』

───────

'첫날'을 그들과 함께 보낸다. 아파트 모델하우스 같기도 하고 군대 막사 같기도 한, 목재 파티션으로 군데군데 공간을 나눈 가건물에서 하룻밤을 신세 진다.

안심할 수 없는 상황입니다. 안타깝지만 위험성이 더욱 커진 상황이라고 할 수 있습니다. 저들의 정체를 대체로 파악했고 그 의도를 대부분 이해했지만 이러한 상황이 우리의 안전을 보장한다고 믿을 수 없는 상황입니다. 거꾸로 저들의 상황에서는 이쯤에서 자신들의 의도를 거둬들이고 물러날 이유가 전혀 없는 상황입니다.

1970년대 코미디언을 닮은 남자가 상황이라는 단어를 순식간에 여섯 번 쏟아낸다.

해외로 나가세요.

해외요?

캐나다건 태국이건 모로코건 콜롬비아건, 밀항선을 타는 겁니다. 그게 유일한 방법입니다.

밀항선을 타야 하나요.

말하자면 그렇다는 거지요. 여기저기 소문내지 않고 출입국 기록 등도 남기지 않고 조용히 떠난다는 의미로.

늙은 코미디언의 해명에도 차연의 머릿속에는 누군가의 불안한 눈빛들이 자꾸 떠오른다. 낡은 어선의 기관실 구석에 옹기종기 쪼그려 앉은 여성과 어린이들. 불안함에 여러 날 잠도 못 이루는 그들의 부르튼 입술과 까맣게 반짝이는 눈빛들.

짧으면 6개월, 길면 1년. 그러다 보면 돌아와도 괜찮은 시점이 눈에 보일 겁니다. 우리와 긴밀히 연락 주고받으며 계시다가, 때가 되면 책임지고 모셔오도록 하겠습니다.

말씀은 감사하지만 제가, 그건 조금 힘들 것 같습니다.

눈 밑이 뜨끈해진다. 부끄럽다. 심히 부끄럽다.

가진 게 별로 없어서요. 아무것도 가진 게 없지요. 죄송하지만 지금은 그렇습니다.

죄송하긴요, 당연한 거지요. 청춘이니까. 새로운 삶을 시작한 지 한 달밖에 되지 않았으니까.

늙은 코미디언이 진지하다.

걱정하실 것 없어요. 기왕에 시작한 일 아닙니까. 비용이나 절차 등등 우리가 끝까지 책임지겠습니다. 친구니까. 우리는 친구니까.

친구. 친구. 가건물 안이 분주하다. 적지 않은 친구들이 파티션 사이를 오가며 업무에 바쁘다. 실내의 가장 깊숙한 곳에 자리했지만 들리지 않는 분주함을 온몸으로 느낄 수 있다.

많이 혼란스러우실 겁니다. 지금이라는 상황이. 순식간에 바닥이 푹 꺼지고 사방이 텅 비어버린 자신의 처지가.

늙은 코미디언이 차연 대신 한숨을 내뱉는다.

하지만 마찬가지예요. 어디서 뭘 하면서 사는 사람이든 다 마찬가지. 살면서 두번째로 중요한 것은 자신의 현재를 정확히 이해하는 일이지요. 내가 누군지. 지금 어디 있는지. 무엇을 하는 중인지. 어째서 이래야 하는지. 어째서 이렇지 아니하면 안 되는지.

……

그리고 첫번째로 중요한 것은 스스로를 만족시킬 수 있을 만한 이유를 밝히는 일이지요.

지금 이유라고 하셨나요.

그렇습니다.

맙소사.

이유. 차연 씨의 이유. 차연 씨만의 이유.

……

실존은 본질에 앞선다고 했어요. 구토가 나올 만큼 유명한 수사죠. 사르트르는 마음 아팠던 것입니다. 아무 근거도 없이 세상에 던져진 존재. 길가의 가로등이나 공원의 나무 벤치만큼의 본질적 목적성조차 주어지지 않은 채 의미 없이 살아가다 떠나야 하는 무정체성. 나라는 존재를 규정하고 결정하고 구속하는 그 무엇도 찾아낼 수 없는 피투자의 허무. 그를 감싸 안고자 실존이라는 단어를 과장스럽게도 우겨댔던 것입니다.

누군가의 불안한 눈빛들이 다시 떠오른다. 낡은 어선의 기관실 구석. 거기 옹기종기 쪼그려 앉은 여성과 어린이들. 그리고 나이 든 남자 한 명. 안경 속의 두 눈이 서로 다른 곳을 바라보고 있는 노 철학자.

하지만 그건 차연 씨와는 전혀 상관없는 이야기입니다. 안 그렇습니까? 차연 씨야말로 존재의 허무를 정통으로 비켜 간 존재인 것입니다.

......

지금 그 모습으로 처음 눈뜨던 때를 생각해보세요. 의료진의 보살핌 속에서 의식을 회복하던 때를 돌이켜보세요. 탄생의 순간부터, 그 이전부터, 차연 씨는 세상 그 누구와도 달리 완벽하고 명징한 실존 목적성을 품어 안은 존재였습니다. 그 누군가의 성공적인 뇌 이식을 위한 사전 실험 대상! 얼마나 똑 부러진 존재의 이유입니까.

그 누군가, 오늘 죽었지요. 아들이 쏜 총에 뇌가 박살 나서.

들어서 압니다. 그래 마땅한 인간입니다. 뇌가 다섯 개라면 여섯 개쯤 박살 나도 전혀 안타까울 것이 없는.

모르겠어요. 이제 어떻게 살아가야 할지. 무엇을 위해서 어떻게 살아가야 할지.

방금 말씀드리지 않았습니까. 차연 씨만의 똑 부러진 존재의 이유에 대해서.

그건 내가 아니라 다른 누군가를 위한 이유잖아요. 그리고 다른 누군가는 이미 죽었잖아요. 죽지 않았다 해도 그 이유를 위해 살 수는 없는 거잖아요.

싸워야지요.

싸운다고요?

그 이유와 싸우는 겁니다. 차연 씨를 세상에 있게 만든 그 빌어먹을 작자들과 맞서서. 싸울 대상이 모두 말라죽을 때까지.

자정 가까운 시간. 가건물 안은 아직 불이 꺼지지 않았다. 얇은 파티션 너머로 전화벨 소리, 무선통신기 전파 소리, 플라스틱 키보드를 두드리는 타이핑 소리, 바쁘게 오가는 발소리들이 시종 이어지고 있다. 제3차 세계대전이 터진다 해도 안전을 걱정할 필요가 없는 곳이라고 했다. 홍순도의 표현이 그러했다.

그로써 차연 씨만의 존엄을 완성해내는 것입니다. 그야말로 차연 씨가 환히 밝혀내야 할 차연 씨만의 이유요, 그를 지상에서 공고히 완성해내는 방식일 것입니다. 이만한 진리가 또 있겠습니까?

밤이 깊어가고 있다. 잊지 못할 믿지 못할 하루가 저물고 있다. 가건물에 창문이 단 하나도 없다는 사실을, 그제야 깨닫는다.

"내 이름은 '어디에도 없는 자'요."

순간 오디세우스가 꾀를 내었다.

"우리 아버지와 어머니도 나를 '어디에도 없는 자'라고 불렀소. 내 동료들 역시 나를 '어디에도 없는 자'라 부르고 있다오."

—아우구스테 레허너, 『오디세이아』

───────────

둘째 날 오후, 홍순도와 함께 가건물을 나선다. 하룻밤 신세 진 곳을 돌아본다. 샌드위치 패널로 지어진, 물류창고 비슷하지만 그보다는 천장이 낮고 모델하우스 비슷하지만 그보다는 밋밋한 가건물이 야산을 등진 벌판에 자리 잡고 있다. 경기도와 강원도 사이 어디쯤이라고 했다.

콧잔등에 점이 있는, 이마가 훤히 드러나도록 머리를 넘겨 묶은 여자가 은색 경차 운전석에 앉는다. 차연 옆자리에 홍순도가, 조수석에 각얼음이 앉아 10여 분을 달린다. 날 참 좋네.

홍순도가 중얼거린다. 각얼음이 가까운 이의 비극적인 소식을 전해 들은 사람처럼 한숨 쉰다. 정말 그러네요, 날씨가. 이윽고 다다른 곳은 읍내의 나름 번화한 거리다. 우체국이 있고 은행이 있고 농협 슈퍼마켓이 있는 곳. 노래방과 화장품 가게와 다방과 성인오락실 간판들이 늘어선 곳. 내과 건물 뒷마당에 차를 세워두고 네 사람이 길을 나선다. 인근의 식당에 찾아 들어간다. 메뉴가 세 가지밖에 없는 밥집이다.

다소 늦은 점심을 함께 먹는다. 콩나물과 선지와 내장이 듬뿍 들어간 국물은 뜨겁고 진하고 기름지고 빨갛다. 제법 맵다. 반찬 그릇이 다섯 개고 개중에 두 가지가 김치 종류다. 이런 종류의 식사를 한 게 언제였는지 잘 기억나지 않는다. 가건물 사람들과 둘러앉아 늦은 점심으로 뜨겁고 맵고 기름진 국밥을 함께 먹고 있다는 사실을, 이런 장면을 죽을 때까지 실감 못할 것 같다. 국물을 몇 숟가락 떠 마신 홍순도가 대뜸 묻는다. 반주 하실래요. 차연이 고개를 젓는다. 낮술이건 밤술이건 그럴 일만 있으면 언제건 가릴 이유가 없었고 사양한 적이 없었다. 한때는 그랬다.

아.

젓가락으로 나물 반찬을 집다가 아차 싶어진다.

한잔하지 그러세요. 괜찮으시면.

그러자 홍순도의 얼굴에 짧고 깊은 번민이 스쳐 간다.

그럴까…… 아이고, 참으렵니다. 저녁에 가볼 데도 있고.

식당을 나와서는 길을 두 번 건넌다. 한번은 횡단보도가 있고 한번은 없다. 이윽고 나타난 커피 전문점에, 점심 외출을 나온 직장인들처럼 우르르 들어선다. 차연과 각얼음과 여자가 아이스 아메리카노를 주문한다.

존재하지 않는 사람이 되어야 합니다. 이제부터.

홍순도의 선택은 녹차스무디.

여태 어디에도 존재한 적 없었고 지금도 마찬가지로 그러하며 앞으로도 변함없이 그러할 사람. 간단한 일은 아니겠지요. 즐거운 일은 더더욱 아니겠고.

느닷없는 화두 앞에서 차연이 어떤 표정을 지어야 좋을지 모른다.

당분간 혼자 되어 생활하실 때, 혹시 모를 위험을 예방하는 차원에서 지켜져야 할 어떤 원칙에 대한 이야기입니다.

주문한 음료들이 나오고, 각얼음이 그것들을 쟁반에 받쳐 들고 온다. 아메리카노가 실망스럽다. 너무 싱겁다.

존재하지 않는 사람이라면, 예를 들어서 갑자기 큰소리로 재채기를 한다 해도, 주변 사람들이 그로 인해서 깜짝 놀라거나 하지 않겠지요. 물론 애초부터 존재하지 않는 사람이므로 큰소리로 재채기를 할 일도 없겠지만 말입니다.

목구멍이 간질거린다. 갑자기 재채기가 쏟아질 것 같다.

실은 저도 그런 원칙을 지켜가며 존재해야 했던 때가 있었어요. 두 달가량.

콧잔등에 점이 있는 여자가 만지작거리던 핸드폰으로부터 고개를 쳐든다.

돌아보면 참 대단한 시간이었어요. 쉬운 일은 아니지만 불가능한 일 또한 아니더라고요.

얼음이 녹으며 아이스 아메리카노는 진한 보리차처럼 변하고 만다.

자기 자신이 존재하지 않는 사람임을 인정하게 된다면 나아가 이해하게 된다면, 재채기를 비롯한 아주 많은 것들을 스스로 억제하고 참아내는 일이 가능해지거든요. 주변 사람들의 눈치를 볼 일도 그만큼 줄어들게 되는 거지요.

25분쯤 함께 시간을 보내고 찻집을 나선다. 이번에는 횡단보도가 있는 길도 횡단보도가 없는 길도 건너지 않는다. 찻집 왼편으로 3분 남짓 걷자 모텔 간판들이 모여선 골목이 나온다. 각얼음이 골목으로 들어선다. 개중의 한 곳으로 향한다. 검은 유리문을 열고 안으로 성큼 들어간다. 그린모텔. 홍순도가 느닷없이 사과한다.

죄송합니다. 호텔 같은 데에 모셔야 하는데. 불편하시겠지만 조금만 참으세요. 며칠간만.

부끄럽다. 별안간 눈앞이 노래지도록 부끄럽다.

철야 근무에 지친 우리 식구들이 종종 이용하는 데예요. 그만큼 안전한 장소라고 할 수 있지요.

각얼음이 검은 유리문을 밀고 나온다. 묵직한 플라스틱 손잡이에 달린 열쇠를 내민다.

일단 일주일 치 잡아두었습니다.

402호다. 대아 스타빌은 401호였다.

되도록 외출을 자제해주세요. 식사도 가급적이면 배달 음식을 이용해주시고. 좋지도 않은 모텔 방 안에 며칠씩 처박혀 있는 게 할 짓이 아닌 줄은 압니다. 죄송합니다.

언제 다시 만날 수 있나요.

말씀드린 대로 방송국 피디와의 일정이 정해지면, 그때 바로 연락드릴게요. 그것 말고도 긴밀히 상의할 문제가 한두 가지 아닐 테지만.

……

"아, 조일재입니다."

"예?"

"이제야 제 소개를 드리네요."

"아."

각진 뿔테 안경. 각진 턱선. 각얼음이 샐쭉 웃는다.

"멀지 않은 곳에 우리가 있습니다. 함께 와보셨으니 아시겠지만 저희 있는 곳에서 10분밖에 걸리지 않습니다. 필요하신 게 있으면 언제라도 좋으니 연락 주세요. 단축번호 1번 아시죠?"

차연은 무슨 말이라도 해야 할 것만 같다.

"고맙습니다. 정말 고맙습니다."

"쉬세요. 일단 쉬세요. 생각과 공상을 잊고. 근심과 걱정을 잊고. 어젯밤에 잠도 제대로 못 주무셨을 텐데."

✤

"자유인이 죽으면 삶의 즐거움을 잃지만 노예가 죽으면 삶의 고통을 잃지요. 죽음은 노예에게 유일한 자유. 그래서 그것이 두렵지 않은 거지요."

—달톤 트럼보, 「스파르타쿠스」

―――――――

402호에서 며칠을 보낸다. 세 평 남짓. 창문은 있지만 여닫을 일이 거의 없는, 혼자 쓰는 2인용 침대가 공간의 절반을 차지하는 방 안. 혼자 아무 일도 하지 않고 며칠을 보내기에 충분히 넉넉한 환경이다. 온종일 침대에 앉거나 눕거나 기대거나 엎드려 리모컨을 만지작만지작 TV를 혹사시킨다. 그렇게 아침을 맞이하고 점심을 맞이하고 저녁 어스름을 맞이한다. 채널이 백 군데는 넘는 것 같은데 정확한 숫자는 아직 세어보지 않았다. 리모컨으로 채널을 돌리는 빈도가 잦아지면 그럴수록 하나의 프로그램에 집중하기가 힘들어진다. 리모컨 대신 스마트폰을 만지작거리며 여러 시간을 보내기도 한다. 아직 계정이 살아 있는 페이스북과 인스타그램에 찾아가 조정필이 올렸던 사진과 짧은 글과 거기 달린 피드백들을 다시 한 번 읽어본다. 프로필 타임라인이 작년 10월 27일에 멈춰 있다. 마지막으로 올라간 것 역시 보잘것없는 술자리 사진이다. 사람 모습은 사진 속 어디에도 보이지 않는다. 인스타그램도 사정은 거의 비슷하다. 때로는 리모컨도 스마트폰도 페이스북도 인스타그램도 낮잠도 생각도 없는 시간을 천천히 흘려보낸다. 때로는 누군가 찾아오기도 한다. 402호 현관문 잠금장치를 단숨에 부서뜨리며 나타난 이는 하얀 티셔츠를 입은 굵은 팔뚝의 남자 간호사들이다. 군용 리볼버를 손에 쥔 남승우와 검은 양복들이다. 험한 욕지거리가 쏟아지고 억센 손아귀가 목을 조른다. 딱딱한 구둣발이 얼굴을 짓밟고 질긴 나일론 끈이 두 팔목을 뒤로 꺾어 묶는다. 때로는 침대맡에 다소곳이 다가와 앉은 누군가 차연을 말없이 내려다보기도 한다. 홍새미다. 속옷 하나 걸치지 않은 알몸이다. 검은 음모만큼이나 검은 피눈물을 흘리며 밝게 웃는다. 홍새미가 아니라 남창선이다. 총상으로 머리통이 터져나간 그가 구슬프게 노래한다. 으어어어어. 아득한 상상 속에서 아침을 맞이하고 점심을 맞이하고 저녁 어스름을 맞이하다가 오늘이 며칠이나 되었을까 궁금해진다. 5월 23일이다.

　……23일?

남성용 스킨과 로션, 헤어드라이어와 일회용 종이컵, 다방 전화번호가 가득 적힌 곽 티슈 등으로 어수선한 화장대 위에 지갑이 놓여 있다. 신분증을 꺼내 거기 적힌 날짜를 확인한다. 맞다. 오늘이다. 생일이다. 처음 맞이하는 스물두번째 생일날. 누군가의 하얀 얼굴이 그때 유령처럼 펄럭 눈앞을 스쳐 간다.

"생일, 미리 축하드려요."

"예?"

"며칠 안 남았잖아요. 5월 23일."

"기억력 좋으시네."

"그렇지 않아요. 이건 어쩔 수 없이."

"어째서 어쩔 수 없나요."

"제 생일이기도 하거든요. 그날, 5월 23일."

"정말?"

"정말."

"맙소사."

"신기하죠?"

"엄청나게요."

"아까 이야기 듣고는, 나도 엄청 신기했어요. 365일 가운데 하루일 뿐이지만, 그래도 혈액형 같은 것과는 다르잖아요."

"그러네요. 365일 가운데 하루. 365분의 1. 덕분에 내 생일을 이제 확실하게 기억할 수 있겠어요."

"마찬가지예요. 매년 생일이 돌아오면, 가장 먼저 오늘이 생각날 거 같아요."

점심이나 저녁 시간에 맞춰, 가건물 사람들이 현관 앞까지 찾아오곤 한다. 그럴 때면 함께 거리로 나와 점심이나 저녁을 먹곤 한다. 그렇지 않은 많은 경우, 대충 한 끼를 건너뛰기도 한다. 권유받은 대로 배달 음식을 시켜 먹거나 챙모자로 짧게 깎은 머리와 이마의 수술 자국을 감추고는 슬며시 모텔 밖으로 나가기도 한다. 존재하지 않는 사람처럼, 여태 어디에도 존재한 적 없었고 지금도 마찬가지로 그러하며 앞으로도 변함없이 그러할 사람처럼 걷다가 눈에 띄는 식당에 들어가서 소리 없이 밥을 사먹고 돌아오기도 한다. 정인을 생각한다. 정인을 종종 생각한다. 리모컨으로 백 개가 넘는 TV 채널을 연신 돌려가며 자꾸만 떠오르는 정인 생각을 어쩌지 못한다. 정인을 만날 수 있을까. 정인을 만날 수 있을까. 장차 한번쯤 정인을 만날 수 있을까. 그런 일이 과연 있을 수 있을까.

……을 태운 운구 차량이 40분 전쯤 이곳 서울 신촌 세브란스 병원에 도착했습니다. 빈소는 내일 오전에 차려질 예정입니다. 국과수는 현장에서 1차 검안을 마쳤고 이곳에서 2차 검안을 실시하기로 했습니다.

시신이 산에서 발견됐습니다. 여러 가지 추측들이 많이 나오고 있는데, 정확한 당시 상황이 확인된 것이 있습니까?

남창선 우주건설 회장은 오늘 오후 4시 25분 홍은동에 있는 공원 인근 야산에서 숨진 채 발견됐습니다. 경찰에 신고 접수가 된 것은 오후 3시 42분입니다. "유서를 써놓고 집을 나갔다"고 신고한 사람은 남 회장의 부인인 홍새미 새미미술관 관장인 것 으로 알려졌습니다. 경찰은 드론과 경찰견 등을 투입해 자택 인 근 공원과 야산 주변을 수색, 30분 만에 시신을 발견했습니다.

사건이 일어난 현장은 지금 어떤 상황입니까?

경찰은 현장에서 1차 감식을 진행했습니다. 남 회장의 시신이 발견된 것이 4시 반쯤이었는데, 이곳으로 시신이 이송된 것은 이후 세 시간이 지난 뒤였습니다. 현장 감식이 끝난 공원에서는 관계자들이 철수했으며 폴리스 라인도 현재는 모두 치워진 상 태입니다. 경찰은 평소에 지병 등의 문제로 우울증을 앓고 있던 남 회장이 극단적인 선택을 한 것으로……

마이크를 쥐고 선 기자의 음성은 지나치게 들떴으며 그 표 정은 지나치게 근엄하다. TV 소리를 줄이며 날짜를 꼽아본 다. 그날 아침으로부터 닷새가 지나 있다.

✤

"내가 죽었다고?"

"나도 죽었어."

"우리가 죽었다고?"

"그래."

—김도연, 『마지막 정육점』

……결과와 유가족 진술 등을 종합한 결과 경찰은 타살 혐의점이 없다고 잠정 결론을 내린 상태인데요, 그러나 남 대표이사가 돌연한 죽음을 선택한 이유는 아직 명확히 밝혀지지 않았습니다. '가족에게 미안하다'는 내용이 담긴 유서가 자택에서 발견됐지만 유족의 뜻에 따라 구체적인 내용은 공개되지 않았습니다. 경찰은 구체적인 사망 배경 등을 파악하기 위해 고인의 마지막 행적을……

남창선 사망 사건에 관한 TV 보도가 이틀째 이어지고 있다. 국내 유명 건설사 대표이사의 돌연한 죽음, 파킨슨병과 우울증, 복잡한 경영권 승계 문제까지 상품 가치 있는 뉴스임에 틀림없었다.

홀리선셋하우스. 사우스게이트 외곽에 있는 서민 아파트예요.

그린모텔 402호. 홍순도가 조심스러운 얼굴이다.

솔직히 말해서 더럽게 낡은 집이지요. 손가락만 한 바퀴벌레가 심심치 않게 기어 나오는. 그런 주제에 한 달 렌트비 1천2백 불이 넘는.

다음 주 수요일이면 8일이군요.

맞습니다, 8일. 최대한 날짜를 당긴다고 당긴 게 그렇습니다.

짧으면 6개월, 길면 1년이라고 했다. LA 사우스게이트. 다음 주 수요일.

더 빨리 뜨지 못하는 것을 안타깝게 생각하셔야 합니다. 저 꼴 보세요. 감쪽같이 덮는 거.

홍순도가 등 뒤를 엄지로 쿡쿡 두 번 찌른다. 취재기자의 리포팅이 연신 부산스러운 TV 쪽을 가리키는 동작이다.

원하는 것이 있으면 뭐든 할 수 있는 작자들이에요. 장례 기간 끝나자마자 바로 행동을 시작할 겁니다. 차연 씨에게 어떻게든 보복하려 들 거라고요.

보복이라고요?

차연이 울음을 터뜨릴 듯 입술을 비죽거린다.

하지만 저는, 누구에게 보복당할 만한 일을,

한 적 없지요. 없겠지요. 그러나 저들은 그렇게 생각하지 않을 겁니다. 사태가 이 지경이 되고 만 게 어디까지나 차연 씨 때문이라며 이를 갈고 있을 겁니다. 그리고 어디까지나 중요한 부분은 우리가 어떻게 생각하는가가 아니라 저들이 어떻게 생각하는가, 일 것입니다. 방법이 없어요. 되도록 신속히 되도록 멀리 몸을 피하는 것 말고는.

빨간 고무 밴드로 묶은 종이 뭉치를 내민다.

이게 뭔가요.

우리의 유일한 방법이지요.

델타항공의 LA행 비행기 티켓 예매 내역을 프린트한 종이. 새로운 여권. 어학원 수강증. 종류를 알기 힘든 추천장 몇 개. 홀리선셋하우스가 위치한 동네 지도. 1백 달러 신권 스무 장이 들어 있는 종이봉투.

어떻게 될지 몰라 미리 전합니다.

……

테런 정이라는 사람이 공항으로 마중 나올 겁니다. 앞으로 그분이 많은 도움을 줄 거예요. 뜻하지 않은 외지 생활이 고생스럽겠지만 부디 견뎌주세요. 좋은 날이 소식을 건네올 때까지.

이걸, 내가, 어떻게 갚을 수 있을지 모르겠군요.

갚다니요. 그런 게 어디 있습니까, 친구 사이에.

친구.

그렇습니다. 친구.

누군가 다가온다. 차연과 홍순도 사이 어디쯤에 고개를 들이민다. 최영락 피디다.

준비 끝났습니다.

아, 그래요?

홍순도가 그를, 이어 차연을 바라본다.

시작하시죠. 편하게 말씀하세요. 하고픈 이야기 있으면 뭐건 참지 마시고. 나중에 후회 없이.

또 다른 누군가 차연의 옷깃에 소형 마이크를 고정시키고 마이크와 연결된 전선을 등 뒤로 넘긴다. 402호를 찾은 이는 홍순도만이 아니었다. 최 피디를 제외하고도 촬영팀이 모두 네 명. 성인 남자 일곱 명이 함께 머물기에는 절대로 넉넉하지 않은 공간에 방송 카메라 두 대와 음향 조명 시설들까지 들어와야 했다. 좁은 방 안이 아까부터 어수선하다. 창가 좁다란 공간에 촬영 공간을 만들기 위해 침대를 옮기고 티테이블을 들어내고 창문이 난 벽에 암막 커튼과 배경 천을 설치한다.

다들 준비됐나요? 핸드폰 한번씩 확인해주시고.

방 안에 불이 꺼진다. 대신 조명이 실내를 밝힌다. 은은한

듯 강렬한 불빛을 마주하고 차연이 앉는다. 카메라 두 대가 묘한 각도로 서서 이편을 노려보고 있다. 사람들이 일시에 입을 다문다. 실내에 육중한 정적이 흐른다. 앉을 공간조차 마땅치 않아 홍순도는 저편 화장실 앞 문지방에 기대섰다.

최 피디가 차연에게 다가온다. 어깨에 손을 얹는다.

저를 보시고 말씀해주시면 됩니다. 자연스럽게.

물 한잔 마실 수 있을까요.

카메라로 이편을 들여다보던 촬영 감독이 생수 한 병을 가져온다. 손수 마개를 따서 건넨다.

입만 조금씩 축이세요. 말씀드렸지만 껍데기 대충 훑고 마는 탐사보도가 아니에요. 연속 기획으로 한 달 동안 세 편 이상은 뽑아낼 겁니다.

지난해 겨울. 검찰 출신 정치인이 연루된 D그룹의 조직적인 채용 비리를 폭로한 MBC '최PD의 스포트라이트' 184회는 홍순도와 최영락이 아니었다면 세상에 나올 수 없는 방송이었다. 해당 사실을 제보하고 몇 가지 결정적인 자료를 제공한 이가 홍순도였고 이를 바탕으로 3선의 야당 국회의원과 업체 대표이사 등 3명을 법정에 세우는 한편 해당 프로그램의 시청률 22퍼센트라는 대기록을 세운 이가 최영락이었다.

방송 한번 나가면 장난이 아닐 겁니다. 이름만 들어도 놀라 자빠질 VIP급 인사들 모가지가 적어도 열 개는 달아날 겁니다. 말하자면 그게 이번 프로그램의 제작 의도니까.

엄청나군요.

엄청나지요. 그 엄청난 일을 해주셔야 할 분이 바로 차연
씨고.

……

나쁜 놈들 나쁜 짓들 하는 것만 잔뜩 늘어놓으면 뭐 하겠
어. 피해자가 있어야지. 나쁜 놈들 나쁜 짓에 피 흘리고 고통
받는 누군가 나와줘야 진짜지. 안 그래요?

✤

영원히 나는 내가 낯설 것이다.

　　　　　　　　　　　　　　　　　　　—알베르 카뮈

────────

　……별장 수술실에서 그들의 의도를 깨달았을 때의 심정
은…… 그런데 사실 배신감 같은 것보다는, 왜냐하면 순간적
으로 그게 어떤 상황인지 이해할 수 없었거든요, 개구리 마취
제 때문에 온몸에 힘이 빠진 상태기도 했고요.

　조명이 지나치게 강렬하다. 조명 뒤에 선 시선들이 지나치
게 진지하다. 어수선한 402호 방 안이 지나치게 고요하다. 생
수병을 다시 입에 가져간다. 지시한 대로 입만 살짝 적신다.
머릿속이 자꾸만 하얘지고 있다. 손바닥에 자꾸만 땀이 차고
있다. 입가 근육이 자꾸만 경직되고 있다.

　10분만 쉬었다 가죠.

　최영락 피디가 두 손을 흔든다. 카메라 화면을 노려보던 촬

영감독이 손가락으로 눈두덩을 꾹꾹 누른다. 커다란 헤드폰을 벗은 음향감독이 핸드폰을 귓가에 가져가며 화장실로 향한다. 최영락이 다가온다. 뭔가 착잡한 얼굴이다.

많이 불편하신가요?

긴장되네요. 이럴 줄 몰랐는데.

그러지 마세요. 긴장하지 마세요. 하고 싶은 말씀 마음껏 하세요. 우리가 알아서 편집할 겁니다. 필요한 내용만 쓰고는 모두 잘라낼 겁니다. 그러니 편하게 하세요. 멋진 말을 만들어내려고 노력하지 마세요. 조리 있게 논리정연하게 말하려고 노력하지 마세요.

노력하겠습니다.

개구리 마취제 이야기는 이제 그만해주세요. 대신에 그때 느꼈던 공포감이라든지 분노라든지 아니면 인간적인 비애라든지, 감정 측면에서 시원하게 정리 한번 해주셨으면 좋겠는데.

감정 측면에서……

이건 방송 쪽에서 하는 말인데 받아먹기, 라는 게 있어요.

최영락이 한숨을 뱉어낸다.

말 그대로 질문 내용을 받아먹는 거지요. 대답을 고민할 필요가 없는 거지요. 질문 속에 대답이 다 들어 있으니까. 인터뷰어가 통상 어떤 질문을 던질 때 자기가 듣고 싶은 이야기, 방송에 나갔으면 하는 내용을 질문 속에 훤히 드러내놓거든요. 그걸 고스란히 받아서 말씀해주시면 되는 거예요. 그게 받아먹기예요. 아주 쉽지요.

최영락이 손바닥을 활짝 펴 보였다가, 눈에 보이지 않는 뭔가를 잡아 으깨듯, 천천히 힘주어 오므리며 손목을 뒤튼다.

남가 놈들, 아주 작살을 내자고요.

그러고는 방 안을 한차례 둘러본다.

다시 갈게요. 여기 보고 박수 한번만 쳐주세요.

촬영이 재개된다. 네번째다. 진땀 나는 인터뷰에 응하며 차연이 새삼 놀란다. 최영락이 원하는 증언의 구체적인 수준을 접하며, 방송을 위해 홍순도가 제보한 정보와 제공한 증거들의 수준을 접하며 거듭 놀라고 또 놀란다.

이 많은 자료들을 언제 다 입수했던 것일까.

이 많은 내용들을 언제 다 파악했던 것일까.

이 많은 순간들을 언제 다 기록했던 것일까.

HM재활클리닉에서 작성한 각종 의료 기록들. 스물한 살에서 생이 멈춘 권지승에 관한 생전의 정보들. 서른세 살에 죽은 조정필의 사후 기록들. 몇 주 전 어느 대저택 가든파티 현장이 고스란히 저장된 엄청난 분량의 시청각 기록들. 그날 차연이 만나 인사를 나눈 인사들의 잘 알려진 정체들과 잘 알려지지 않은 위법 탈법 정황을 정리한 문서 자료들. 남창선의 저택에서 가진 저녁 모임의 장면들이 담긴 증거 자료들. 예의 경영권 양수도 계약서 사본까지. 차연을 가장 통쾌하게 경악시킨 것은 모두 세 개의 동영상 파일이었다. 가장 긴 것이 34초, 또 하나는 21초, 가장 짧은 것은 채 13초가 되지 않는다. 조악하게 흔들리는 화면과 정제되지 않은 현장음이 당시의 긴박한 상황을 고스란히 설명해주는 동영상의 배경이 어디인지를 지금 그곳에서 무슨 장면이 벌어지는 중인지를 단숨에 알아볼 수 있었다. 청평 별장. 그날 오전의 2층 수술실.

두 시간여 만에 인터뷰가 마무리된다. 온몸과 마음이 너덜너덜해지는 기분이다. 일사분란하게 장비 일체를 챙기고 방안을 원래 상태로 되돌린 촬영팀이 도망치듯 402호에서 철수한다. 그러기까지 한 시간 가까이가 소요된다.

고생 많았습니다. 연락드릴게요.

나머지 촬영은 이틀 뒤에 이어가기로 한다.

그것이 마지막이 될지 아닐지, 바로 그날 정해질 예정이다.

✣

오, 나는 배를 타고 떠나가요,

내 진정한 사랑

아침에 나는 떠나가요

저 바다 건너 발 디딜 그곳에

당신께 보내드릴 뭔가가 있을까요?

— 밥 딜런, 「Boots of Spanish Leather」

───────

그린모텔 402호에서 다시 며칠을 보낸다.

사우스게이트. 홀리선셋하우스. 테런 정. 델타항공. 바퀴벌레. 일주일도 남지 않았다. 낯선 땅에서 만날 시간들에 대해 막연히 상상한다. 두렵지는 않다. 기대감과는 거리가 멀지만 과연 어떤 생활을 하게 될지 조금은 궁금하다. 가장 먼저 인사를 주고받을 이웃은 과연 어떤 사람일까.

세 평 남짓. 창문은 있지만 여닫을 일이 거의 없는, 혼자 쓰는 2인용 침대가 공간의 절반을 차지하는 방 안. 온종일 침대에 앉거나 눕거나 기대어, 리모컨이나 스마트폰을 만지작거리면서, 깜빡 낮잠에 빠지거나 새벽이 밝아오도록 잠자리를 뒤척이면서, 현관문 잠금장치를 단숨에 부서뜨리며 나타나는 누군가의 저벅저벅 화난 발소리를 상상하면서 아침을 맞이하고 점심을 맞이하고 저녁 어스름을 맞이한다.

홀쩍 떠나가 머물 곳이 어디건 상관없는 일이다. 날짜가 지나치게 촉박하다는 점이나 이렇다 할 물리적 정신적 준비가 되어 있지 않다는 점 역시 별다른 문제는 되지 않는다. 다음 주 수요일 오후 4시 50분, 인천공항에서 미국으로 출발하는 DL218에 탑승 못할 이유 같은 건 세상 어디에도 없다. 설령 차연이 존재하지 않는 사람이라 해도, 여태 어디에도 존재한 적 없었고 지금도 마찬가지로 그러하며 앞으로도 변함없이 그러할 사람이라 해도 마찬가지로 그러하다. 차연이 먼 곳으로 떠났다고 안타까워하거나 연락이 두절되었다고 걱정할 사람은 있지 않다. '최PD의 스포트라이트'가 마침내 온 세상을 뒤흔들어놓는다 해도, 언론이 연일 매미처럼 떠들어댄다 해도, 누군가 형사 고발되고 출국금지 처분을 당하고 법정구속 또는 불구속입건이 진행되는 한편 감쪽같이 잠적한 차연의 이름과 사진 속 얼굴과 온갖 괴소문들이 인터넷 게시판을 매일 도배한다 해도 그것은 마찬가지다. 단 한 사람, 정인을 제외한다면.

떠나기 전에 한 번, 단 한 번만 정인을 만날 수 있다면.

이즈음 차연의 유일한 바람이다. 유일한 의지다. 유일한 마음이다. 그 외에는 무엇이건 상관없는 일이다. 다음 주 수요일이 아니라 이번 주 금요일이라 해도. LA가 아니라 블라디보스토크나 뉴델리가 된다 해도.

잠깐이라도 정인을 만나고 가지 않았다가는 LA에서 내내 괴로울 것만 같다. 잠깐이라도 그 얼굴을 마주하고 이러저러한 사정 때문에 잠시 먼 나라로 몸을 피할 예정이지만 걱정할 필요 없으며 혹시 나중에 나에 대해 기이한 소식을 듣게 된다 해도 너무 놀라지 말라고 당부 아닌 작별인사를 남기지 않고 떠나갔다가는 낯선 곳에 머무는 내내 깊디깊은 후회의 열병이 쉴 새 없이 자신을 괴롭힐 것만 같다.

청평 별장에서의 새벽 시간. 남창선과 홍새미가 지켜보는 속에서 말도 되지 않는 계약서와 마주하고 있던 그 순간 벼락같이 떠오르는 얼굴이 있었으니 바로 정인이었다. 생맥주잔 일곱 개를 양손에 나눠 들고 간이 플라스틱 테이블 사이를 바삐 오가던 주황색 앞치마 정인의 하얀 낯빛이었다. 편의점 좁은 통로에 마주 선 차연을 넋 나간 양 바라보던 남색 조끼 정인의 눈 밑 가득한 주근깨였다. 그럴 리는 없겠지만 계약서가 이야기하고 있는, 그와 비슷한 상황이 만에 하나 가능해진다면 그때는 정인에게 어떤 형태로건 지속적이고 유의미한 경제적 도움의 기반을 마련해줄 수 있지 않을까, 하는 어처구니

없는 상상을 그때 잠깐 했던 것 같다. 정인의 매일 밤과 낮을 남색 조끼와 주황색 앞치마로부터 자유롭게 해줄 수 있다면 그 밖의 무엇이 어떻게 되었건 크게 상관없는 일 아닐까, 하는 이상한 생각을 그때 잠깐 했던 것 같다.

또 하루가 지난다. 밤새도록 잠들었다 깨기를 네 번쯤 반복한다. 창문 밖으로 날이 부옇게 밝고 있다. 떠나갈 날이 또 하루 앞당겨진다. 밤새도록 잠들었다 깨기를 네 번쯤 반복하며 쉴 새 없이 궁리하고 또한 고민했지만 결론은 끝내 내리지 못한다. 아니다, 결론은 처음부터 정해져 있었다. 그 선택을 받아들이기까지 약간의 시간과 구실이 필요했을 따름이다. 그리하여 이제 행동할 차례다.

더 이상 궁리하고 고민할 시간이 없다. 더 이상 그럴 이유가 없고 여유가 없다. 이 결정으로 인해 장차 얼마나 끔찍한 위험을 맞게 될지 알 수 없지만 두려움은 없다. 그로 인해 다른 이들까지를 얼마나 심각한 곤란과 위험에 빠뜨릴지 알 수 없지만 처음부터 정해진 결정을 되돌릴 수는 없다.

아침 10시 35분이 되기를 기다린다. 너무 이른 문자 알림음이 그녀의 아침잠을 방해할지 모른다. 하필 10시 35분으로 정해지기까지 별다른 근거는 없다. 드디어 때가 된다. 전화기를 집어 든다.

길지 않은 문장 몇 줄을 위해 10분 넘게 고민한다. 느닷없는 메시지를 어떠한 느낌으로 받아들일지, 단어와 종결어미와 조사의 어감까지를 신경 써가며 문자창에 입력하고 고치고 지우기를 반복한다. 어렵게 완성한 문장을 다시 몇 차례 반복해서 읽어본다. 까슬까슬 머리칼이 자라기 시작한 머리통을 손바닥으로 매만지면서.

잘 지내나요. 한번 뵈었으면 해요. 다음 주에 아주 먼 곳으로 떠나게 되었거든요. 1년 가까이 그곳에서 머물 것 같아요. 전화로는 말씀드리기 어려운 이야기예요. 주말쯤 시간 괜찮을까요?

문자 보내자마자 새로운 의미의 고민이 시작된다.

이것이 가장 좋은 방법이었을까. 문자 아니라 통화를 시도했어야 하지 않았을까. 지금이라도 전화를 걸어볼까. 느닷없이 문자를 보내고는 연이어 전화를 거는 상황을 과연 어떻게 받아들일까. 처음부터 전화를 거는 편이 낫지 않았을까. 이러다가 끝내 답 문자를 받지 못한다면, 또는 부정적인 대답을 듣게 된다면 그때는 어째야 할까. 밑도 끝도 없는 후회의 시간이 느리게 흘러간다. 느닷없는 문자를 확인하고 (아마도) 어리둥절 고개를 갸웃거릴 정인의 얼굴을 상상하면 더욱 그러하다. 두번째로 정인을 만나던 날이 떠오른다. 그날 들었던 사연이 떠오른다. 정인의 이야기. 카이-권지승의 이야기. 정인과 권지승의 이야기. 세상 누구도 알지 못할 두 사람의 짧고 깊은 이야기.

정확히 17분 20초 만에 답 문자가 온다.

잊지 않고 연락주셔서 감사합니다. 주말은 좀 어렵고, 다음 주 월요일 오후가 괜찮을 것 같아요.

30초 뒤, 짧은 문자가 하나 더.

설마 그날 떠나시는 건 아니겠지요?

꽃이 지느라 밤이 잠든 밤

마음은 마음속에서 기지개를 켠다

— 박주택, 「마음의 거처」

———————

엄마 죽고 나서 안양 이모를 두 번 만났다. 한번은 12월이
었다. 이모가 집으로 정인을 찾아왔다. 엄마 떠나보내고 석
달 만인가 그랬다. 갑자기 웬일이냐고 묻지 않았다. 그럼에도
이모는 '그냥 너도 보고 싶고 네 엄마도 보고 싶고 그래서'라
고 묻지도 않은 대답을 얼버무렸다. 이모가 정인을 데리고 나
가 비싼 저녁을 사주었다. 거리에 연말 분위기가 한창이었다.
밤이 되었고 두 사람은 정인의 작은 원룸으로 돌아와 같이 잠
을 잤다. 정인이 한사코 방바닥을 고집하며 이모에게 침대를
양보했다. 엄마 중학생 때부터 둘도 없는 단짝 친구, 이모가
침대에 모로 누워서 도통 말이 없었다. 잠이 든 줄 알았는데

갑자기 훌쩍거리기 시작했다. 불쌍해서 어떻게 하냐. 너 혼자서 불쌍해서 어떡하냐. 아무도 없이 너 혼자. 또 한번은 다음 해 4월이었다. 정인이 천안으로 이모를 찾아갔다. 아는 선배가 천안 어느 동에 위치한 신발공장의 경리 자리를 소개해주었고, 그래서 면접을 보러 내려간 길이었다. 안양 아니라 천안으로 이사 와 산 지 10년이 넘는 안양 이모는 중앙시장에서 손바닥 두 개만 한 속옷 가게를 하고 있었다. 정인을 보고는 이모가 펄쩍펄쩍 뛰면서 반가워했다. 그날 저녁도 벚꽃이 한창인 시내에 나가 비싼 저녁을 얻어먹었다. 밤이 되었고 예전처럼 함께 집으로 돌아오지는 않았다. 시외버스 터미널. 막차에 올라타는 정인을 이모가 마지막까지 배웅해주었다.

이모의 둘째 아들 정운호를 통해 카이를 알게 되었다. 천안에서 이모를 만나고 왔던 그해 광복절 하루 전날이었다. 무한리필 수입산 삼겹살 식당 안에 대형 에어컨 두 대가 시종 돌아갔다. 그래도 잔등에 땀이 줄줄 흐를 정도로 더운 날이었다. 네 사람이 한 시간 반 동안 쉬지 않고 고기를 구웠다. 간만에 월디스트A에게 짧은 휴가가 주어진 날이었다. 개중에 멤버가 두 명이었는데 한 명이 운호였고 또 한 명이 카이였다. 운호 옆에 정인이 앉고 정인 맞은편에 운호의 고등학교 동창 재호가 앉았으며 재호 옆에 카이가 앉았다. 세 명이 동갑이고 정인만이 한 살이 어렸다. 두 달 뒤인 10월 말에 월디스트A의 데뷔 싱글이 발매될 예정이었다.

그럼 훈련소 퇴소한 다음인가? 난 제대로 듣지도 못하겠네.

재호가 열심히 삼겹살을 구우며 투덜거렸다. 다다음 주에 입대를 앞둔 재호의 송별식 비슷한 자리였다. 서툰 한국어로 그래도 열심히 대화에 참여하고자 애쓰는 카이를 볼 때마다 정인은 내내 조마조마했고 내내 안쓰러웠다. 그날 처음 보는 카이가 지난 몇 년 내내 자신을 조마조마하게 안쓰럽게 만들었던 사람 같았다. 고작 두 시간째 같은 시간을 보내고 있는 카이가 해괴하게도 어려서 잃어버렸던 아들이나 조카 같았다. 그래서 내내 화난 사람처럼 아무 말도 할 수도 없었다. 상추쌈도 마음껏 씹을 수가 없었다. 눈치 없는 운호가 자꾸만 정인과 정인 아줌마가 함께 등장하는 예전 일화들을 꺼내놓았다. 그들 모두 안양에 함께 살던 때. 어느 날 밤 부부 싸움을 심하게 한 안양 이모가 운호만 데리고 몰래 집을 나와서 정인 살던 집으로 도망 왔던 이야기. 어느 해 여름 어른들과 함께 운호의 형 승호와 운호, 정인이 멀리 수원에 있는 야외수영장에 놀러 갔던 이야기. 그날 벌어졌던 시시하고 유치한 이야기들. 카이는 맥주를 홀짝거리며 계속 웃었고 그때마다 정인은 알 수 없이 배 속이 간질간질 괜히 짜증도 나고 창피하기도 해서 시선을 어디에 둬야 할지 몰랐다.

먼저 연락을 해온 쪽은 카이였다. 전화번호를 준 적은 없지만 이상하다는 생각은 들지 않았다. 미안하지만 멀리 나갈 수 없는 입장이라고, 여전히 조금 서툰 발음으로 카이가 말했다. 공동 숙소가 있는 마포 지하철역 근처까지 정인이 찾아가기로 했다. 밤 11시가 넘은 시간이었다. 부랴부랴 외출 준비를 서두르는 자신을 발견하고는 새삼 깜짝 놀라고 말았던 기억이 여전하다. 대중교통을 두 번 갈아타고 약속 장소로 찾아가는 발길은 언덕길을 뒷걸음으로 올라가듯 어색하고 또 곤혹스러웠다. 서른 몇 가지 맛을 골라 먹을 수 있다는 아이스크림 가게에서 두번째로 만난 카이는 여전히 안쓰러운 모습이었다. 어려서 잃어버린 아들이나 조카처럼.

"미안해요. 멀리까지 오게 해서."

카이가 정인을 제대로 바라보지도 못했다. 그런 카이 때문에 정인은 토할 듯 어지러웠다.

"힘들었어요. 보고 싶어서 힘들었어요. 그런데 지금, 보고 있어도 힘들어요. 누군가요. 정인, 누군가요."

두 달 동안 열세 번을 만났다. 대부분 밤늦은 시간이었다. 멀리 외출하는 것에 제약이 큰 카이를 위해 거의 대부분 정인이 그를 찾아갔다. 하루 열한 시간을 서서 일하는 정인과 하루 열한 시간 넘게 노래와 춤을 연습하는 카이가 늦은 밤 짧게 만나던 시간들을 기억한다. 한순간도 빠뜨리지 않은 그 모든 시간들을 손금 감촉처럼 생생하게 기억한다. 함께 컵밥을 먹던 시간을 기억한다. 육교 아래에서 저녁마다 새벽까지 장사를 하는 푸드트럭에서 정인은 스팸마요 컵밥을, 카이는 제육 컵밥을 주문했다. 양념이 너무 맵다며 카이가 괴로워했고 그 모습에 정인이 어떻게 해, 하며 제대로 웃지도 못했다. 그때 트럭 언니가 다급하게 그들을 쫓아왔다. 깜빡 잊고 컵밥에 넣지 않은 것이 있다며 일회용 종이컵에 담긴 것을 내민다. 아주 잘게 자른 단무지였다. 두 사람, 남매 아니죠? 닮았어. 희한하게 닮았어. 맛있게 먹어요. 그러자 어깨를 으쓱해 보이던 카이의 애매모호한 표정을 생생하게 기억한다. 따릉이를 빌려 타던 날을 기억한다. 대여소가 근처에 두 곳 있었다. 그 늦은 시간임에도 대여 가능한 자전거가 거의 없는 상태였다. 밤늦게 자전거 타는 사람들이 이렇게 많다니. 정인이 중얼거렸고 카이가 그러게 미쳤네, 했다. 지하철역 3번 출구 앞 대여소에 딱 한 대 남은 따릉이를 먼저 정인이 대여했다. 천 원에 한 시간을 탈 수 있는 1회 이용권을 핸드폰으로 구입하고 구입한 이용권으로 따릉이를 대여하느라 10분 가까이 애를 먹어야 했다. 정인이 자전거에 올라타고 페달을 밟았다. 카이가 옆에서 함께 뛰었다. 그렇게 5분 가까이 달려 우체국 건물 앞에 있는 두번째 대여소를 찾아갔고, 거기에도 딱 한 대 남아 있던 따릉이를 카이가 대여했다. 그날 새벽, 함께 따릉이를 타고 달리던 마포 밤거리를 생생하게 기억한다. 횡단보도 앞에서 나란히 자전거를 세우고 보행신호를 기다리다가, 문득 정인의 한가운데를 관통하고 지나가던 예감을 또한 기억한다. 이제 아무리 애를 써도 카이를 만나기 이전의 자기 자신으로 돌아가는 일은 불가능하리라는 예감을. 노란색과 검은색, 하얀색이 멋대로 뒤섞인 길냥이와 만나던 날을 기억한다. 편의점 파라솔탁자에서 부대찌개맛 컵라면에 캔맥주를 마시던 밤이었다. 화단에서 검은 물체가 어른거려서 깜짝 놀랐다. 들쥐나 그 비슷한 야생동물인가 했다. 조그마한 얼룩이였다. 정인과 카이를 보고도 경계하는 기색이 없이 살금살금 다가오며 눈을 맞춘다. 걸음에 힘이 없어 보였다. 배고픈가 봐. 카이가 편의점으로 뛰어 들어갔고 정인은 그새 얼룩이가 다른 데로 도망가지 않을까 마음을 졸였다. 화단 가에 고양이 깡통이 놓이고 조금 주저하던 얼룩이가 거기 얼굴을 파묻었다. 오래오래 깡통 안의 것을 먹는 아이를 숨죽여 지켜보던 그날 밤의 시간들을 아직 생생하게 기억한다. 건물 지하 코인노래방에 함께 갔던 날을 기억한다. 기기에 오백 원짜리 다섯 개를 집어넣었고 카이 혼자 열 곡을 불렀다. 너 안 불러? 노래 한 곡이 끝날 때마다 카이가 확인하듯 물었고 그때마다 정인이 대답하듯 고개 저었다. 오빠 불러. 난 오빠 노래 듣는 게 더 좋아. 오륙 년 전 유행하던 가요들이었다. 뉴질랜드에서 K팝을 처음 접하고 한창 미칠 듯 빠져들 때의 곡들이라고 했다. 카이는 그날따라 진지했다. 그날따라 더없이 진지한 모습으로 마이크를 쥐고 열창하는 카이를 보는 것이 정인은 좋았다. 좋으면서도 왠지 서글픈 생각이 들었다. 뉴질랜드에서의 추억이 떠올라서 그러는 것일까. 직각으로 마주 앉으면 무릎 끝이 닿을 만큼 비좁던 14번 방. 함께했던 51시간 중

마지막 몇 시간을 아직 생생하게 기억한다.

새벽이었다. 옆구리가 끊어지도록 아파 눈을 떴다. 새벽 4
시였다. 몸을 일으키려다가 아! 짧게 외치며 드러눕고 말았
다. 신음이 절로 새 나오는 고통이었다. 끔찍한 통증이었다.
PMS와는 달랐다. 그보다 몇 배 불쾌하고 강렬했다. 아랫배
와 옆구리에 녹슨 칼날이 여럿 박힌 것 같았다. 꼼짝도 할 수
가 없었다. 요컨대 오른쪽으로 돌아누우면 조금 나아질 것도
같은데 그렇게 몸을 돌리는 일 자체가 죽도록 괴로워서 그럴
수 없었다. 이마에 목덜미에 잔등에 식은땀이 함빡 배었다.
119에 전화를 걸어야 하나 진지하게 고민하다가 그러지 않기
로 했다. 구급대원이 찾아와 몸에 손을 대면 그게 더 괴로울
것만 같았다. 너무 아파서 줄줄 눈물만 나왔다. 40여 분 만에
증상이 조금 가라앉았다. 겨우 몸을 일으켜 불을 켰다. 침대
시트에 타원형 핏자국이 선명했다.

다음 날 오전 일찍 이웃 동네의 제법 큰 병원을 찾았다. 몇
가지 성가신 검사를 기다려 받느라 두 시간 이상을 허비해야
했다. 간밤의 끔찍한 증세가 말끔히 사라진 상태였으므로, 공
연히 돈 들어갈 일을 했나 후회스럽기도 했다.

별다른 이상은 없어요. 웬만한 경우 같으면 더 큰 병원에
찾아가서 정밀검사를 받아보라고 권하겠지만, 그럴 필요는
없어 보여요.

새하얀 백발에 정성 들여 입술 화장을 한 여자 의사가 정인을 안심시켰다.

스트레스가 문제예요. 과로를 특히 조심할 필요가 있고. 놀라울 정도로 예민한 것이 여자 몸이거든요. 다이어트를 하고 있다면 당분간은 그러지 마시라고 권하고 싶어요. 영양실조 기미가 아주 조금 보이거든요.

처방전을 받아서 병원 복도로 나섰다. 대기실에 소리 죽여 켜놓은 TV 화면에 시선이 갔다. 뉴스가 한창인데 분위기가 뭔가 어수선했다. 현장을 배경으로 선 기자가 리포팅에 열심이었다. 화면 아래 굵은 자막이 떠 있었다. **4명 사망. 3명 의식 없어.** 그리고 이어지는 낯익은 이름들. 그 자리에서 허물어지듯 기절하고 말았다. 느닷없이 찾아온 복부 통증에 거의 숨이 넘어가던 지난 새벽, 180킬로미터 떨어진 어느 바닷가 동네에서 또 다른 자신이 어떤 운명을 맞이하고 있었다는 사실을 미처 이해할 겨를도 없이.

✦

그대가 가해자도 피해자도 아닐 수 있지만, 구경꾼은 될 수 없다.

　　　　　　　　　　　　　　　　　　　—예후다 바우어

───────

　일요일 오후 2시. 402호에 다시 많은 사람들이 찾아온다. 지난번보다 한 명이 더 많다. '최PD의 스포트라이트' 제작팀 다섯 명과 홍순도, 그리고 조일재.

　정말 며칠 안 남았네요.

　사흘 뒤죠.

　공항까지 넉넉하게 세 시간 걸린다 치고, 그날 아침 10시에는 출발해야 합니다. 시간 맞춰 올 테니 준비하고 계세요.

　끝까지 신세를 지겠네요.

　끝까지 별말씀을.

　조일재가 하아아, 감탄한다.

　부럽습니다. 당사자 심정은 또 다르겠지만, 솔직히 부럽습니다. 북적북적 정신없는 일상을 딱 내려놓고는 혼자 먼 세상으로 훌쩍 떠난다는 거. 하아아아.

좁은 방 안에 촬영 준비가 한창이다. 티테이블을 들어내고 침대를 비스듬히 치운 위치에 카메라 두 대와 사마귀 로봇 같은 조명이 설치된다. 먹구름색 암막 커튼이 창문을 막고 오디오 상태가 체크된다. 차연이 조마조마 기회를 엿본다. 두렵다. 긴장된다. 이들에게 긴히 고백해야 할 이야기가 있다. 꺼내기 쉽지 않은 이야기다. 그러나 하지 않으면 아니 될 이야기다. 마음속으로 이를 악문다. 겨우 용기를 낸다.

제가, 어어, 해서는 안 될 짓을 저질렀습니다.

……무슨 말씀이신지.

홍순도가 어리둥절 묻는다. 그 얼굴을 차마 마주 볼 수 없다.

죄송합니다. 정말 죄송합니다.

별안간 목이 멘다. 별안간 눈가가 뜨끈해진다. 누군가에게 이토록 사무치도록 미안한 마음을 가져본 적이 또 있었던가. 누군가에게 이토록 진심이었던 적이 또 있었던가.

그러면 안 된다는 거 잘 알고 있었어요. 마음을 다잡아보려 노력했지만, 뜻대로 되지 않았어요. 안 그랬다가는 나중에 더 고통스러울 것 같았어요. 어디로 떠나가건 끝내 견디지 못할 것 같았어요. 그래서……

존재하지 않는 사람이 될 것. 여태 어디에도 존재한 적 없었고 지금도 마찬가지로 그러하며 앞으로도 변함없이 그러할 사람처럼 누구와도 접촉하지 말 것. 비행기가 이륙하기 전까지, 그 이후로도, 누구에게도 연락하지 말 것. 차연이 어렵사리 실토한다. 금지된 것에의 도전에 대해서. 아무리 애를 써도 멈출 수 없는 마음에 대해서. 정인과 주고받은 문자와 만나기로 한 약속에 대해서.

제가 책임지겠습니다. 그로 인해 어떤 원치 않은 상황이 닥치건 그것이 어떤 종류의 위험이건, 제가 끝까지 책임지겠습니다.

홍순도와 조일재가 적잖이 놀란 얼굴이다. 적잖이 당황한 얼굴이다. 적잖이 난처한 얼굴이다. 복잡하게 일그러진 서로의 얼굴을 돌아보며 말을 잇지 못한다. 새삼 눈앞이 캄캄해진다. 자신이 얼마나 당황스럽고 난처한 일을 벌이고 말았는지를 새삼 실감한다. 이쪽 분위기가 여간 심상치 않았던 모양이다. 촬영감독과 함께 있던 최 피디가 조심성 없이 이편을 힐끔거린다.

차연 씨가 책임질 수 있는 종류의 위험이라면, 아아아, 그게 무슨 문제겠습니까.

마침내 홍순도가 할머니처럼 포옥, 한숨을 뱉어낸다.

어쩔 수 없군요. 이런 일이 없기를 바랐지만, 예, 일단은 어쩔 수 없게 되었군요.

홍순도가 뭔가를 확인하듯 조일재를 돌아본다. 조일재가 난감한 표정이더니 뭔가를 확답하듯 홍순도에게 고개를 끄덕여 보인다. 더없이 비장한 얼굴들이다. 홍순도가 다시 한 번 포옥, 할머니 한숨을 뱉어낸다.

내일이라고 하셨나요.

예, 내일 오후 4시.

차연이 풀벌레처럼 고개를 조아린다.

그때 그곳에서 보기로 했어요. 오래 안 걸릴 거예요. 한 시간 안에 끝내도록 할게요.

저희가 모시고 가겠습니다.

아.

죄송하지만 근거리에서 감시하고 통제하겠습니다. 어디까지나 차연 씨의, 차연 씨와 그분의 안전을 위해서입니다. 부디 이해해주시기 바랍니다.

감사합니다. 정말 감사합니다.

차연이 두 손을 맞잡는다. 꽁꽁 얼어붙었던 심장에 다시 피가 돌기 시작한다.

말씀들 끝나셨나요?

최영락이 손뼉을 치며 다가온다.

이제 시작하겠습니다. 이쪽으로 와주세요.

두번째 인터뷰 시작이다.

아, 이건 지난번에 하려다 만 이야기인데,

지나가듯 말을 잇는다.

이번에 방송 나가고 아마도 온 나라가 두어 번 뒤집힌 다음에, 사필귀정을 위해서라도 후속 보도가 이어지지 않겠습니까.

　……

가능성은 여러 가지겠죠. 기자들이 LA로 찾아가거나, 안전한 제3지역에서 만난다거나, 화상 인터뷰도 충분히 가능할 것이고.

최영락이 두 손바닥을 마주 부딪친다.

대한민국의 언론이란 언론은 한 군데 예외 없이 모기떼처럼 달려들겠지요. 그러나 절대 한눈팔지 마시고, 여하한 경우건 우리 쪽하고만 인터뷰를 해주셔야 한다는 말씀을 드리고 싶습니다. 선택과 집중이라는 측면에서도 그렇고, 이 나라 언론들이 모두 믿을 만한 곳들이냐 하면 그게 아니거든요. 오히려 그 반대에 가깝거든요. 그러니 이참에 그 점을 분명하게,

차연이 머뭇거리고 홍순도가 대신 답한다.

그 문제는 저희가 긍정적으로 검토하고 있습니다. 일단 인터뷰 진행하시지요.

걸쭉한 목소리가 끼어든다. 두툼한 턱살에 뻣뻣한 털이 덥수룩한 촬영감독이다.

우리 선생님 생긴 것도 이렇게 멋지시니 나중에 CF나 연예계에서도 섭외가 만만치 않게 들어올 텐데, 그쪽 독점 계약서도 따로 써야지 않을까요?

촬영 감독이 껄껄 웃는다. 최영락이 하하 웃는다. 홍순도가 흐흐 웃는다. 우리 선생님, 이 누구를 지칭하는 것인지 비로소 눈치챈 차연이 히히, 따라 웃지 못한다.

나는 이방인으로 왔다가
다시 이방인으로 떠나네.

—빌헬름 뮐러, 『겨울 나그네』

3주 만이다. 그날과 같은 장소고 그날처럼 비 오는 날씨다. 그날보다 빗줄기가 더 굵은 오후다.

언덕을 타고 오르던 빨간색 2007년식 뉴프라이드 해치백이 속도를 줄인다. 소극장 건물 옆 노상 공영주차장 빈자리에 민첩하게 몸을 껴 맞춘다. 시동을 끈다. 투둑투둑 차체에 떨어지는 빗소리가 선명해진다.

조일재가 소리 나게 사이드브레이크를 잡아당긴다. 조수석에 앉은 장발의 미군 점퍼 청년, 이태석이 뒷좌석 차연을 돌아본다.

늦을 줄 알았는데 다행이네요. 중간에 막혀서 걱정했는데.

애오라지 가슴 졸이던 약속을 앞둔 이가 자기 자신이라는 양 이태석이 한껏 들뜬 얼굴이다.

비가 꽤 오네.

조일재가 창밖을 바라본다.

덕분에 더욱 운치 있는 만남이 되려나요.

……

어서 가보세요. 저희는 여기서 기다리겠습니다.

그래도 될까요.

당연히 그러셔야죠.

시간을 확인한다. 약속 시간 9분 전이다.

말씀하신 시간보다 조금 늦어져도 좋아요. 그건 상관없습니다. 그렇게 되더라도 굳이 연락 주실 필요는 없고요.

예.

하지만 고궁 이외의 지역으로 이동하셔서는 안 됩니다. 절대 삼가주세요. 피치 못하게 꼭 그러셔야 할 일이 발생할 경우 사전에 필히 연락 주셔야 합니다. 어디건 어떠한 이유건 이 장치를 제거하셔서는 안 된다는 거 명심하시고요.

조일재가 차연의 옷깃에 매달린, 반들반들 군청색 바퀴벌레를 가리킨다. 반경 1킬로미터 안, 차연이 어디 있는지 누구와 함께 무슨 이야기를 하는지 등을 실시간으로 전달하는 장치다. 이태석이 껴든다.

제가 100미터를 12초에 끊거든요. 혹시 어떠한 상황이 발생하더리도 당황하지 마시고 조금만, 아주 조금만 시간을 벌어주세요. 쫓아가는 데 2분도 안 걸릴 거예요.

고맙습니다.

차연은 여전히 미안하고 죄스러운 마음이다.

이해해주셔서 고맙고, 성가시고 귀찮을 텐데 좋은 얼굴로 도와주셔서 정말 고맙습니다.

아니에요. 사실 저희도, 그럴 의도는 아니었지만, 너무 저희 생각만 한 것 같아요. 차연 씨에게도 차연 씨만의 입장이 있었을 텐데 말이지요.

조일재의 목소리가 투툭 투툭, 차 지붕을 때리는 빗소리에 섞여들고 있다.

잘 만나고 오세요. 나중에 후회 없도록.

차 밖으로 나와 우산을 편다. 빗물로 흐려진 차창 안, 두 사람이 손을 흔들어 보인다.

빗줄기가 굵어지고 있다. 이른 장마가 시작되려는가. 매표소 주변이 더없이 한산하다. 입장권을 끊고 대한문을 넘어선다. 광명문과 중화전을 지나 석조전 분수대까지 이어지는 큰 길을 버리고 오른편 연못가로 향하는 소로를 택한다. 저편에 약속 장소가 보인다. 한옥 기둥과 기와지붕을 인, 3면 벽에 통창이 난 건물. 느닷없는 조바심이 인다.

우산을 접으며 실내로 들어선다. 커피 볶는 냄새가 알싸하다.

어서 오세요.

테이블 두 곳에 사람들에 앉아 있다. 남녀 외국인 여행자한 쌍이 저편 구석 자리, 중년 여인 세 명이 창가. 창밖으로초록 수초에 둘러싸인 연못 섬이 보인다. 지난번과 같은 자주색 철쭉이 그 자리에 여전하다. 창가 이편 4인용 테이블에 자리 잡는다. 창밖을 바라보며 출입문을 확인할 수 있는 위치다. 시간을 확인한다. 4시 3분 전. 허벅지에 가방을 올려놓고가방 앞주머니 속 깊숙이 넣어둔 것을 확인한다. 3백50만 원.LA 체류비로 받은 달러의 절반을 환전하는 한편 대아 스타빌401호에서 얻은 손목시계와 명품 선글라스와 몇 번 신지 않은 구두까지 팔아서 모은 5만 원권 지폐 70장이다. 돈 봉투를어떤 방식으로 건네면 좋을지 아직 결정 못했다. 어떤 방식으로 정인을 이해시키고 양해를 구할 수 있을지 여전히 좋은 생각이 나지 않는다. 이 액수가 지긋지긋 피곤한 일상으로부터그녀를 얼마나 도와줄 수 있을지는 두번째 문제다. 창밖의 철쭉을 바라본다. 지난번과 비교해 색감이 조금 달라진 것 같다. 더 어두워진 것 같다.

4시 20분.

자리에서 일어서 출입문 앞을 서성인다. 궁 입구에서 여기까지 오는 길목을 가만히 주시한다. 흐린 날이고 흐린 풍경이다. 젖은 우산을 펼쳐 들고 찻집을 나선다. 주변을 한차례 산책하는 데 채 3분이 걸리지 않는다. 대한문 입구까지 가서,

근방을 조금 서성이다가 발길을 돌린다. 고궁을 찾는 이들이 많을 리 없는 날씨다. 찻집으로 돌아온다. 대추차 한 잔을 주문하고 자리에 앉는다. 아까의 중년 여성들이 여전히 그 자리를 지키고 있으며 외국인 남녀는 어디론가 떠나고 없다.

창밖의 스산한 연못 풍경이 눈에 들어오지 않는다. 지금쯤 어느 길 위에서 마음만 바쁠 정인을 생각하다가, 직원의 부르는 소리에 고개를 든다. 머그컵에 담긴 대추차 한 잔을 받아온다. 다시 전화기를 확인한다. 전화도 문자도 오지 않았다. 전화기를 만지작거리며 고민한다. 뜨겁게 고민한다. 전화를 걸어볼까. 문자를 보내볼까.

4시 36분.

정인이 끝내 나타나지 않으리라는 예감이 점점 선명해지고 있다. 전화를 걸어봐야 한다. 전화를 걸어 상황을 확인해봐야 한다. 당연한 절차다. 상식이고 예의다. 가능성은 두 가지쯤 될 것이다. 신호음이 연결되고 열 번 넘게 이어지다가 지금은 전화를 받을 수 없다는 안내녹음 음성으로 넘어가는 것. 아니면 전화에 응답한 정인의 어딘지 불편한 음성을 통해 '죄송해요, 그러지 않아도 전화드리려고 했었는데' 갑자기 일이 생기거나 몸이 아파서 못 나가게 되었다는 이유-핑계를 듣는 것. 두 가지 모두 우열을 가리기 힘들 만큼 괴로운 노릇이다.

문자를 보내기로 한다. 지금의 상황에 대해 조심히 묻되 상대방 입장에서 최대한 마음의 부담을 느끼지 않을 단어를 떠

올린다. 짧은 문장을 궁리하는 데 또 적지 않은 시간이 소요
된다. 머릿속으로 완성한 글자를 핸드폰에 옮긴다. 그러려던
참이다. 전화가 울기 시작한다.

조일재다.

✢

오늘날 우리가 이렇게 존재할 수 있는 것은 우리 조상들이 싸움을 피해서가 아니라 싸워서 이긴 덕분이다. 다시 말해 우리는 살해당한 사람들이 아니라 살인을 저지른 사람들의 자손이다.

—리 골드먼, 『진화의 배신』

———————

무슨 일일까. 한 시간 안에 돌아간다고 했다. 그보다 조금 더 늦어져도 상관없다고 했다. 그렇게 되더라도 굳이 연락을 줄 필요는 없다고까지 했다. 게다가 약속한 시간까지는 아직 10여 분이 남아 있다.

여보세요.

대꾸가 없다.

……여보세요?

여전히 묵묵부답. 전화는 이미 끊겨 있다.

뭘까. 어째서일까. 어째서 전화를 걸었을까. 어째서 받자마자 끊었을까. 옷깃에 붙은 바퀴벌레 송신기를 통해 지금의 상황을 실시간으로 파악하고 있었을 터인데, 뭔가 이상한 낌새를 눈치채고는 뭔가를 확인하려 했던 것이었을까. 그렇다면 왜 갑자기 전화를 끊었을까. 단순한 실수였을까. 어딘가에 전화를 걸다가 차연에게 잘못 전화했음을 깨닫고는 재빨리 통화종료 버튼을 누른 것일까. 그건 지나친 끼워 맞추기다. 그렇다면 무슨 경우일까. 조일재에게 전화를 건다. 신호가 간다. 신호음이 이어진다. 세 번 네 번 이어진다. 이윽고, 지금은 전화를 받을 수 없다는 녹음 목소리가 쏟아진다.

머릿속이 복잡해진다. 혹시라도 정인과 관련된 무슨 일이 생긴 것일까. 더욱 말도 되지 않을 끼워 맞추기지만, 약속 시간에 한참 늦은 정인이 부랴부랴 여기로 달려오다가 뉴프라이드에서 대기하던 사람들을 우연히 마주친 것일까. 그런데 어떤 말도 되지 않는 이유로 거기서 발이 묶이고, 그래서 조일재가 정인 대신 전화를 걸어왔다가, 느닷없이 전화기가 고장 나고 만 것일까.

자리를 지키고 있을 수가 없다. 도저히 그럴 수가 없다. 가방을 들고 자리에서 일어선다. 창가 자리의 중년 여성들도 떠나고 없는 찻집 안에 손님이라고는 차연 혼자다. 직원에게 다가간다.

저기요, 잠깐만 나갔다 올게요.

……예?

여기서 누구를 만나기로 했거든요. 약속 시간이 조금 많이 지났고, 오기로 한 분은 아직 안 왔고. 그런데 지금, 잠깐 어딜 좀 다녀와야 할 일이 생겨서요. 바로 근처에.

전화를 해보시지 그러세요?

저도 그러고 싶습니다. 진심으로.

직원은 여전히 친절한, 여전히 어리둥절한 얼굴이다.

여자분이신가요?

예. 키가 이만하고요. 갈색 단발머리에.

그런 분이 오신다면, 제가……

만나기로 한 사람이 여태 기다리고 있었는데, 급한 일 때문에 지금 막 자리를 비웠다고 이야기해주세요. 아주 간 게 아니라고. 곧 돌아올 거라고. 요 앞에 볼일이 생겨서 잠깐 나간 거라고.

알았습니다.

직원이 고개를 끄덕인다.

꼭 전달할게요. 갈색 단발머리, 그분이 오신다면.

고맙습니다.

젖은 우산을 펼쳐 들고 다시 찻집을 나선다. 잦아드나 했던 빗줄기가 여전히 거세다. 대한문을 넘어선다. 후두두둑 우산을 때리는 빗소리가 참으로 심란하다. 돌담을 따라 걷는다. 빠르게 걷는다. 난폭한 빗줄기가 사정없이 신발을 적시고 바짓단을 적신다. 차를 세워둔 언덕길까지 내처 올라간다. 잠시 사이에 아랫도리가 함빡 젖고 만다. 뉴프라이드 자동차 꽁무니가 저편에 보인다. 빨갛게 미등이 켜져 있다. 엄청난 빗줄기가 차량을 통째로 집어삼킬 기세다. 빗물로 얼룩진 차창 안을 굽어본다. 어둡다. 앞자리에 두 사람이 앉아 있다. 그새 속 편히 잠이 들어 있다. 한 사람은 차창에 머리를 기대고. 한 사람은 등받이에 고개를 꺾고.

뭐야 이 사람들?

툭툭. 창문을 두드린다. 기척이 없다. 우산을 썼음에도 상체까지 함빡 비에 젖은 차연이 다시 힘껏 창문을 두드린다.

툭툭. 툭툭툭.

"문 좀 열어요!"

운전석 문손잡이를 잡아당긴다. 잠기지 않았다. 좁고 어둑한 차 안. 조일재와 이태석이 곤한 잠에서 깨어나지 않는다. 그들 역시 비에 흠뻑 젖어 있다. 차연이 조일재의 어깨를 흔든다.

"일어나봐요. 전화했어요?"

흔들거리던 조일재의 고개가 옆으로 툭, 기울어진다. 썩은 꽃줄기가 떨어져나가듯. 목 가운데 검붉은 상처가 길고 깊다. 살점 한 줄기가 거칠게 잘려나갔다. 절단된 힘줄인지 뼈인지가 허옇게 드러났다. 비에 함빡 젖은 게 아니라 피에 함빡 젖어 있다.

어라.

옆자리 이태석도 마찬가지다. 차창에 이마를 기대며 노출된 목덜미에 창상이 매우 깊다. 절단된 부위에서 흘러내린 피가 상체를 다 적시고 하체마저 적시고 바닥에 괴여 있다. 두 사람 가운데 한 명은 눈을 감았고 한 명은 반쯤 뜨고 있다. 눈감은 사람은 비교적 평안한 얼굴이며 반쯤 눈을 뜬 사람에게서는 마지막 순간의 처참한 고통을 반쯤 엿볼 수 있다. 두 사람 모두, 사실은 그렇지 않겠지만, 죽은 지 5년은 더 되는 모습들이다. 눅눅한 차 안에서 정육점 냄새가 물씬 풍긴다. 미친 듯 비가 쏟아지고 있다. 타탕타탕 화난 빗소리가 차 지붕을 때려 부수는 중이다. 누굴까. 누구의 짓일까. 적어도 두 명이었을 것이다. 체구가 작고 민첩한 프로들이었을 것이다. 뒤에서 한꺼번에 달려들어, 머리채를 움켜쥐고 당기는 동시에 왼쪽에서 오른쪽으로 목을 그었을 것이다. 무겁지만 균형 잡힌, 날이 길고 잘 벼려진 연장이었을 것이다. 제아무리 100미터를 12초에 주파한다 해도 도망칠 여유 같은 것은 없었을 것이다.

힘없이 우산을 떨어뜨린다. 세차게 쏟아지는 빗줄기 속에서 차연이 어쩔 줄을 모른다. 비현실적인 살육의 현장으로부터 눈을 떼지 못한다. 전화기가 울고 있다. 슬프게 울고 있다. 주머니에서 전화기를 꺼내 든다.

발신자 조일재.

죽은 이의 얼굴을, 비에 젖어 발광하는 전화기를 번갈아 바라본다.

"여보세요."

—……

"여보세요."

—차연 씨.

남자다. 남자의 목소리다. 누군지, 누구의 목소리인지, 이 와중에도 환히 기억할 수 있다.

—차연 씨.

남자가 다시 차연을 부른다. 전화 저편 차연이 자신의 목소리를 기억하고 있다는 사실을 남자 역시 알고 있는 눈치다.

—우리 사람들이 곧 찾아갈 겁니다. 지금 서 계신 곳으로.

주변을 둘러본다. 언덕 아래쪽에서 차량 한 대가 부지런히 다가오는 중이다. 강렬한 전조등 불빛이 너울너울 춤추는 중이다.

—그 친구들 따라오세요. 얌전히 시키는 대로 하세요. 쓸데없는 힘자랑 같은 거 하다가 소중한 몸 다치게 하지 말고.

차가운 빗줄기가 주룩 주르륵 이마를 타고 뺨을 타고 턱을 타고 흘러내린다. 춥다. 온몸이 얼어붙는 중이다. 검은색 벤츠 스프린터 9인승이 멈춰 선다. 문이 열리고 검은 양복들이 쏟아져 내린다. 우산도 없이 빗길을 저벅저벅 다가온다.

—목적지가 어딘지는 말씀 안 드려도 아실 테고. 정인이라고 했나? 여자분도 거기서 만날 수 있을 겁니다.

"뭐야? 여보세요!"

차에서 다가온 사람들이 양쪽에서 차연의 팔을 붙든다. 어마어마한 악력이다.

"당신들이 정인을 왜, 도대체 무슨 짓을……"

—걱정 마세요. 아주 잘 있습니다. 아직까지는 그렇습니다.

"목소리 들려줘요. 직접 확인해야겠어."

—적당히 하세요. 영화를 너무 많이 보셨네.

"이런 씨발! 그 여자 손끝이라도 건드렸다간, 당신 나한테!"

발끈하던 차연이 뒷말을 삼키고 만다. 거친 손아귀 하나가 전화기를 빼앗아 들고 힘차게 집어 던진다. 퍽! 아스팔트 바닥에 세차게 부딪친 그것이 몇 조각으로 폭발하듯 박살 난다.

차연 씨가 책임질 수 있는 종류의 위험이라면, 아아아, 그게 무슨 문제겠습니까.

홍순도의 할머니 같은 한숨 소리가 귓가에 생생히 재생되고 있다.

✤

"춤다는 것은 무엇입니까?"

"그것은 비밀과 함께 죽어가는 것입니다."

—박솔뫼, 『머리부터 천천히』

———————

밤 깊도록 비가 그치지 않는다. 남해에 상륙한 제6호 태풍 오필리아가 매시 25킬로미터의 속도로 북상하고 있다는 소식이다. 내일 새벽까지 충남북 일대를 제외한 전국에 예상 강우량 80~150밀리미터의 비가 내리겠다는 소식이다.

저녁 8시쯤 청평 별장에 도착해 거실에 혼자 남겨진다. 하얀 앞치마를 두른 노파가 느릿느릿 나타나더니 테이블 위에 차와 간식과 마른 수건을 느릿느릿 내려놓고 느릿느릿 물러선다. 차와 간식은 지난번과 같은 종류이며 젖은 몸을 닦으라는 수건에서는 은은한 섬유유연제 냄새가 야릇하다. 벽 한 가운데 걸린 말의 머리를 바라본다. 황톳빛 얼굴과 뾰족 솟은 귀, 부리부리한 눈매와 콧잔등의 하얀 줄무늬가 여전히 생기 넘친다. 춥다. 온몸이 부들부들 떨린다. 비에 흠뻑 젖은 채 여러 시간 끌려다닌 때문이다.

복도 안쪽으로 안내를 받는다. 넓고 어둑한 서재다. 일부러 그렇게 꾸며놓은 18세기 영국풍 색채가 눈 가는 곳마다 가득하다.

앉으세요.

남승우다. 짙은 회색 가운 잠옷을 입은 그가 드넓은 마호가니 책상 건너에 앉아 있다. 차연을 향해 미소를 지어 보이다 말고 쿡, 쿡, 쿡 어깨를 들썩이며 마른기침을 뱉어낸다. 춥다. 핏기 없이 창백한 손바닥이 죽은 사람의 그것처럼 차갑다. 겨드랑이로 목덜미로 스멀스멀 한기가 파고든다. 아니다. 이것은 추위가 아니다. 두려움이다. 차돌처럼 단단하고 벽돌처럼 견고한 공포심이다.

정인, 어디 있나요.

놀랍도록 형편없는 자신의 목소리에 차연이 찔끔한다.

지금 모셔오고 있습니다.

남승우가 뭔가를 한쪽 콧구멍에 가져간다. 금색의 길고, 동그랗고, 대롱처럼 속이 빈 금속이다. 검지로 다른 쪽 콧구멍을 막는다. 책상 위로 고개를 숙인다. 한 줄 가지런히 뿌려놓은 하얀 가루를 힘차게 흡입한다. 후우욱. 의자 등받이에 털썩 뒷목을 기댄다. 질끈 눈을 감는다. 아아, 아아아. 신음 소리가 짧게 잦아든다. 안타까운 얼굴이다. 꿈을 꾸는 얼굴이다.

그 사람들 왜 죽였나요. 죄도 없는 사람들을.

죽이다니. 누구 말인가요.

지그시 눈 감은 남승우가 검지로 코끝을 문지른다.

아아, 차 안에 있던…… 가까운 사이였나요?

친구였지요.

죄송합니다. 일을 착오 없이 진행하는 과정에서 어쩔 수 없는 선택이었던 모양입니다. 저도 유감으로 생각합니다.

남승우가 오른 손바닥으로 책상 위를 가리킨다.

이거 한번 해보시겠습니까? 제법 질 좋은 상품인데.

……

약쟁이 같은 꼴을 보여드리고 있군요. 변명 같지만 몸이 안 좋아서 그렇습니다. 여기저기 아프고 불편한 우울을 잊고자, 이렇게 약의 힘을 빌리는 중이지요.

그러고 보니 남승우는 더없이 병약한 얼굴이다. 지난번에 봤을 때보다 훨씬 초췌해진, 그들의 대저택에서 처음 만났을 때에 비하면 반으로 축난 얼굴이다.

무리하게 다시 이곳으로 모셔왔어요. 죄송하지만 어쩔 수 없었어요. 차연 씨로서는 황당한 노릇이겠지만 실은 저도 마찬가지입니다. 한 달 전만 해도, 적어도 그때까지만 해도 일이 이렇게 진행될 줄은 아무도 몰랐으니.

……

내 아버지라는 분께서 나에게 아주 좋지 않은 것을 물려주
고 가셨어요. 당신 자신을 괴롭혔던 증세만큼이나 대책이 없
고, 지독하고, 게다가 이번에는 성미까지 급한 놈이지요. 별
의별 질환들이 하루가 다르게 몸 밖으로 퍼져나가는 중이지
요. 어제저녁부터는 걷는 것조차도 혼자 힘으로는 버거울 지
경이 되었지요.

카랑카랑 기운 없는 목소리까지, 마주하고 있기에 몹시도
불편한 얼굴이다.

그래서 무리하게 서둘렀던 겁니다. 어깨가 굳고 손가락이
굳고 혀가 굳기 전에. 빌어먹을 증세가 결국에는 뇌에까지 어
떤 영향을 미치기 전에.

나를……

차연이 긴 숨을 천천히 들이마신다.

나를 다시 수술대에 누일 생각이라면, 미안하지만 계획을
바꾸는 게 좋을 거예요.

정인을 만나고 싶다. 어서 빨리 정인을 만나고 싶다. 더 이
상 가까울 수 없는 거리까지 다가가 정인의 눈을 바라보고 정
인의 숨소리에 귀 기울이고 싶다.

당신들을 위해서도, 그편이 좋을 거예요. 정말이에요. 제
말을 믿는 게 좋을 거예요.

어째서 그러한가요.

방송국 사람들을 만났어요. 며칠 전에.

......

인터뷰를 했어요. 카메라 앞에 앉아서 많은 이야기를 했지요. 그 사람들, 다 알고 있더군요. 나보다 많이 알고 있더군요. 놀라웠어요. 그 다양한 자료들을 언제 다 입수했는지, 그 많은 증거 사진과 영상들을 언제 다 확보한 것인지. 장미꽃 만발하던 지난 5월의 가든파티. 그날의 장면들도 고스란히 기록되어 있었어요. 돌아가신 남창선 회장님의 모습도 거기서 찾을 수 있었어요.

남승우가 차연을 바라본다. 멍하니 차연을 노려본다. 낯익은 눈매다. 전신마취 상태로 뇌가 적출되었던 어느 노인의 그것을 쏙 빼닮았다.

엄청나군요.

절레절레 고개를 젓는다.

방송이 나갔다간 또 한참 시끄럽겠군요. 세상이 한참은 떠들썩해지겠군요. 인터뷰로 존재감을 드러낸 차연 씨를 잘못 건드렸다가는, 아아, 더 큰 문제로 번질 수 있겠군요.

......

고맙습니다. 알려주셔서 고맙습니다. 시간 내서 방송 꼭 보겠습니다. '최PD의 스포트라이트' 맞지요?

순간 차연이 맞습니다, 대답할 뻔한다. 사우스게이트. 홀리선셋하우스. 바퀴벌레. 4시 50분발 델타항공. 채 48시간도 남지 않았다.

추가 보도가 십중팔구 이이지겠군요. 보통 난리가 아닐 테니까. 어쩌나. 이후에 재개될 인터뷰에는 어쩔 수 없이 제가 나서야겠군요. 카메라 앞에서 떠드는 건 영 취미가 없지만.

남승우가 금색 대롱을 다시 한쪽 콧구멍에 가져간다. 그러다 말고 차연을 바라본다. 배시시 웃는다. 차연이 벌떡 일어나서 달려간다. 책상 너머로 힘차게 몸을 날린다. 남승우를 덮치며 와당탕, 함께 의자 뒤로 넘어간다. 주먹에 온 영혼을 실어 그의 뺨을 후려친다. 두 손으로 있는 힘껏 목을 조른다. 온몸의 힘을 손아귀에 집중시킨다. 가늘고 탄력 없는 목덜미가 당장이라도 부러질 것만 같다. 남승우가 컥컥 신음 소리도 내지 못한다. 두 발이 양탄자 위에서 불규칙하게 버르적거린다. 짧은 상상이 몹시 통쾌하다. 하지만 실행에 옮기지는 못한다. 책상 옆에 버티고 선 굵은 목덜미 굵은 팔뚝의 남자들 때문이다.

똑똑.

나무 문을 두드리는 소리. 서재 안으로 사람들이 들어선다. 두 사람이다. 모두 아는 얼굴이다. 정인. 그리고 메리.

오랜만이에요.

메리가 인사한다. 그다지 반갑지 않은 표정이다.

᛭

부탁하노니 잊고 용서해다오. 나는 늙고 어리석은 사람이야.

— 셰익스피어, 『리어 왕』

———

정인이 울기 시작한다. 두려움 가득한 얼굴로 실내를 둘러
보다가, 차연을 발견하고는 파들파들 어깨를 떨면서 울기 시
작한다. 차연이 다가간다. 메리의 오른손이 정인의 왼쪽 팔꿈
치를 붙들고 있다. 차연이 정인의 왼쪽 팔꿈치를 바라보지 않
으려 노력한다. 자신을 바라보는 메리의 시선을 의식하지 않
으려 노력한다. 하지만 가능한 일이 아니다. 사내 한 명이 고
약한 무표정으로 차연의 걸음을 가로막는다. 차연이 주춤, 당
황한다. 남승우가 손등으로 뭔가 쳐내는 시늉을 한다. 그러자
사내가 휘파람 소리를 들은 개처럼 두 걸음 물러선다.

"……괜찮아요?"

정인 앞에 선다. 더 이상 가까울 수 없는 거리까지 다가가

정인의 눈을 바라보고 정인의 숨소리에 귀 기울인다.

"미안해요. 내가 정인을 위험에 빠뜨렸어요."

정인이 입을 막고 흐느긴다.

"수요일에 떠날 예정이었어요. LA로. 떠나면 언제 돌아올지 알 수가 없어서, 그래서 가기 전에 꼭 한 번 만나고 싶었어요. 만나서 그런 이야기를 하고 싶었어요. 그러다가……"

울먹이는 정인을 견디기 힘들다. 상황을 바꿀 만한 힘이 자신에게 없다는 사실을 견디기 힘들다.

"모두 나 때문이에요. 내가 정인을, 친구들을, 내 스스로를 위험 속에 내몰고 말았어요."

정인의 손목을 덥석, 함부로 잡아 쥔다.

"괜찮아요? 어디 다친 데 없어요?"

정인이 여전히 울음을 멈추지 못한다. 손바닥으로 입을 막은 채 고개를 끄덕인다.

"울지 말아요. 다 잘될 거예요. 아무 걱정 말아요."

머리 하나는 더 큰 사내가 바로 옆에서 차연을 내려다보고 있다. 그러나 두렵지 않다. 베이지색 코트를 입은 메리가 바로 곁에서 차연을 바라보고 있다. 그러나 부끄럽지 않다. 차연이 나직이 빠르게 속삭인다. 정인의 이마가 입술에 닿을 듯 가깝다.

"이 사람들이 원하는 건 나예요. 정인이 아니라 나예요. 그러니 무서워할 것 없어요. 정인에게는 아무런 일도 생기지 않을 거예요. 앞으로 어떻게 될지, 다시 정인을 만날 수 있을지는 모르겠지만."

정인이 차연을 바라본다. 차연이 정인을 바라본다.

"끝난 것 같아요. 나는, 아무래도 그렇게 될 것 같아요."

"……"

"이 몸으로 다시 태어났을 때, 두 달 전쯤에 지금과 같은 상태로 눈을 떴을 때, 그즈음만 해도 전혀 몰랐어요. 이게 뭔지. 도대체 뭐가 어떻게 되는 것인지. 이런 일이 어째서 가능한 것인지. 하지만 이제 알 것 같아요. 대충 이해할 수 있을 것 같아요."

"무슨…… 무슨 일이 생기는 건가요."

"만나서 반가웠어요. 진심이에요. 이 몸이 예전 그 사람이었을 때 정인과 함께했던 시간들은 끝내 기억 못하겠지만, 그래도 정인을 만나 다행이었어요. 잊지 못할 거예요. 하지만 나를 기억해달라는 말은 안 할게요. 그건 불가능한 일이니까. 나조차 나를 조금도 기억 못할 테니까."

"뭐예요. 도대체 뭐예요."

정인이 다시 소리 내어 울기 시작한다.

"이러면 안 되잖아요. 나한테 왜 이래요."

엄지로 한쪽 콧구멍을 막은 남승우가 책상 위에 고개를 조아린다. 금색 대롱을 반대편 콧구멍에 갖다 댄다. 후욱. 하얀 가루 한 줄기를 세차게 빨아들인다. 화들짝 놀라듯 진저리를 친다. 의자 등받이에 덜컥 목덜미를 기댄다. 쿨럭쿨럭 기침을 뱉어낸다. 온 얼굴을 안타깝게 찌푸린다. 주변에 선 사내들에게 팔랑팔랑 손짓을 한다. 수신호를 이해한 사내들이 차연과 정인에게 다가온다. 두 사람을 거칠게 떼어놓는다.

"아, 안 돼."

사내 한 명이 정인을 끌고 간다. 사람 크기의 봉제 인형을 들고 가듯 가볍게 서재 밖으로 나선다. 정인과 차연의 시선이 잠깐 마주친다. 마지막 눈빛이다. 차연이 달려든다. 그러나 세 걸음도 가기 전에 두 명의 사내들에게 저지당한다.

"놔! 이거 놔!"

그 힘을 당해내기 힘들다. 일단은 억세게 붙들린 팔을 빼낼 수가 없다. 차연이 필사적으로 발길질을 한다. 힘차게 내지른 오른발 끝이 왼쪽에 선 사내의 낭심을 걸어차고 만다. 퍽.

아 씨발.

사내가 허리를 꺾고 주춤거린다. 고통스럽게 일그러진 미간이 삽시간에 분노로 뒤집힌다. 강렬한 응징이 되돌아온다. 팔을 비틀며 세차게 꺾어 올리는 동시에 목덜미를 아래로 찍어 누른다. 팔이 빠질 듯 아프고 폐부가 터져나갈 듯 아프다. 숨이 턱 막힌다. 꼼짝도 할 수 없다.

어허 조심히.

남승우의 지적에 사내가 차연의 팔과 목덜미를 풀어준다.

그만합시다. 미안하지만 이제 그만 좀 하자고.

남승우가 지그시 눈 감고 코끝을 매만진다.

여자 친구 생각 안 해요? 차연 씨에게 달렸어요. 무사히 귀가할 수 있을지 아니면 오늘 밤 지구상에서 가장 처참한 시간을 맞이하게 될지, 전적으로 차연 씨에게 달려 있는 문제라고요.

차연이 거칠게 씨근덕거린다. 이를 악물고 가쁘게 숨을 몰아쉰다. 메리가 절레절레 고개를 젓는다.

차연. 딱한 차연. 이럴 필요 없어요. 왜 이렇게 저항하나요.

고개 돌려 메리를 노려본다. 온갖 종류의 욕설이 입안 가득 맴돈다. 그러나 알 수 없게도, 좀처럼 그것을 입 밖에 내뱉을 수 없다.

그런 눈으로 노려보지 말아요. 나는 내 역할에 충실했을 뿐이에요. 차연이 차연 역할에 충실할 수 있도록 곁에서 도와주는 역할 말예요. 원하건 원하지 않건 우리 모두 그렇게 살아가지 않나요. 자신에게 주어진 입장과 역할에 따라서.

메리가 절레절레 고개를 젓는다.

이렇게 될 줄은 몰랐어요. 그날이 마지막 만남일 줄로만 알았어요. 기억 안 나요? 남 회장 댁에서 나와 밤늦게 돈가스와 즉석 우동을 먹던 날. 그날이 우리의 마지막이었어야 했다고요.

……

변호사 폭행에 납치에 살인에, 애초의 설계까지 이런 식으로 뒤바뀌고 말다니. 하지만 어쩌겠어요. 결국 이런 게 운명이라면. 안 그래요?

메리 엘리자베스 윈스티드의 영화 가운데 가장 좋아하는 작품이 「스콧 필그림(Scott Pilgrim Vs. The World)」이라면 반대로 가장 싫어하는 영화는 「더 씽(The Thing)」이다. 크리스찬 니비 감독이 1951년 만든 동명의 SF 영화가 그 원조 격이며 B급 호러 영화의 선구자 존 카펜터 감독이 1982년 리메이크한 작품이 「괴물」이라는 이름으로 국내에 소개되었다. 1951년 작품의 경우 북극 탐험대가 추락한 UFO 안에서 외계인을 발견하는 설정이었으며 1982년 작품은 남극 노르웨이 탐사팀이 빙하에 묻혀 있던 외계 생명체로부터 공격당하는 내용으로 바뀌었다. 30년 만에 「괴물」의 프리퀄로 탄생한 2011년 「더 씽」에서 케이트(메리 엘리자베스 윈스티드) 박사는 컬럼비아 대학의 고생물학자로, 남극에서 뭔가 엄청난 것이 발견되었다는 노르웨이 탐사팀의 요청을 받고 남극 대륙을 찾아온 인물이다. 빙하 시대 이전부터 존재해온 것으로 추정되는 초대형 구조물 안의 괴생명체가 동면에서 깨어나면서 기지는 일순 아수라장이 되고 만다. 인간 몸에 기생하기 시작해 체세포를 완벽히 모방하며 숙주가 된 사람의 모습으로 변신하는 '그것'에 알게 모르게 접촉하며 탐사 요원들이 한 명두 명 괴물로 변해간다. 문제는 누군가 감염되었다는 사실을, 기괴한 크리처의 본모습을 드러내기 전까지, 겉모습으로는 알아내기 불가능하다는 점이다. 살인적인 추위와 눈보라로 고립된 기지 안에서 사람들이 서로를 의심하며 대치한다. 믿었던 동료가 일순 기괴한 괴물로 변해 사람들을 공격하고 그러다가 화염방사기의 공격에 불태워지기도 한다. 생존자들이 한 공간에 모이고, 케이트 박사가 한 사람 한 사람의 치아 시술 흔적 등을 통해 비감염자와 감염자를 구분해내는 장면에서부터 차연은 불편하고 불안했다. 케이트가 동료들처럼 어느 순간 괴물로 변할 것 같았다. 결국은 마지막 한 명의 생존자로 남는 케이트가, 메리 엘리자베스 윈스티드가, 끝내 다른 이들처럼 끔찍한 형용의 감염 괴물로 깜짝 변신할 것만 같았다. 조금도 즐겁지 않은 상상이었다. 영화 몰입을 내내 방해하는 상상이었다.

남승우가 손을 쳐든다. 검은 양복의 사내들이 전동휠체어를 책상 옆으로 가져간다. 남승우의 부실한 육신을 뒤에서 반짝 안아 들고 거기 앉힌다.

그럼 이따 봅시다. 잘 가요 차연 씨.

✠

맥각(ergot, 麥角) 화합물 LSD, 리세그르산다이에틸아마이드 (lysergic acid diethylamide)는 맥각이 겨울을 나는 동안 자신을 보호하기 위해 생산하는 알칼로이드다. 맥각의 간접적인 산물은 LSD를 통해 다양한 문화의 사람들에게 다가갔다. 비틀즈의 노래 「Lusy in the sky with Diamonds」가 LSD의 즐거운 환각을 노래한 곡이라는 추측이 틀리지 않다면.

—마티 크럼프, 『감춰진 생물들의 치명적 사생활』

———

깜빡 잠이 든 모양이다.

얼마나 오래 잠들었던 것일까. 2시간? 15분?

일어나려 한다. 그러나 몸이 말을 듣지 않는다. 상체를 일으킬 수도 팔을 뻗을 수도 없다. 다리도 천근만근 움직이기 버겁다. 두 팔과 두 다리와 가슴과 허리가 어딘가에 견고하게 고정되어 있다. 다시 청평 별장이다. 다시 수술실이다. 다시 수술 침상이다. 차가운 소독약 냄새가 코끝을 파고든다. 제6호 태풍 오필리아는 동해 바다로 빠져나갔을까.

일어났어요?

수술실에 누군가 있다. 저편 어둠으로부터 차연에게로 다가온다.

기분 좀 어떤가요.

다정히 속삭인다.

……잠든 모습을 한참 들여다봤어요. 방금 전까지 그랬지요. 당신은 기억 못하겠지만.

남승우의 젊고 아름다운 아내, 고현진이 차연의 까슬까슬한 머리칼을 매만진다.

멋있어요. 머리 자르니까 더 멋있어요.

……

그새 많이 자랐네. 수술하는 데 좋지 않대요. 다시 깎아야 한대요.

고현진이 손에 든 것을 쳐들어 보인다. 작고 앙증맞은 전기 이발기다. 전원을 켜자 나직하고 정교한 모터 소리가 시작된다. 위이잉.

움직이지 말아요. 처음 해보는 거예요.

고현진의 손가락들이 두피에 가볍게 내려앉는다.

내가 직접 해보겠다고 했어요. 그러고 싶다고 고집을 부렸어요.

전기이발기의 칼날 부분이 간질간질 두피를 밀며 지나간다. 투두둑 투둑. 머리카락 잘리는 소리가 미치도록 귓가에 선하다. 눈물 한줄기가 차연의 뺨을 타고 주르르 흘러내린다. 차연의 눈물이 아니다.

기억해줘요. 지금을. 지금 이 순간을.

고현진이 젖은 목소리로 속삭인다.

안타까워 말아요. 이별은 오래가지 않을 거예요. 머지않아 우리, 다시 만나게 될 거예요. 당신도 알고 있죠?

정인은 어디 있을까. 아직 이 별장 안에 있는 것일까.

그때가 되어도 다르지 않을 거예요. 지금처럼 그 귀로 내 목소리를 듣게 될 거예요. 지금처럼 그 눈으로 내 얼굴을 바라보게 될 거예요. 그리고 지금 이 손으로,

결박되어 자유롭지 않은 차연의 손등 위에 고현진의 손바닥이 내려앉는다.

내 몸을 만지게 될 거예요. 바로 이 손으로 내 옷을 벗기고 벗은 몸을 오래오래 만지게 될 거예요. 그때 되어도 잊지 말아줘요. 지금 이 순간을. 지금 내가 하는 당부를.

짧게 자라난 머리칼을 미는 데는 그다지 오랜 시간이 걸리지 않는다. 수술대 여기저기 날벌레들처럼 떨어진 머리칼들을 고현진이 찬찬히 털어낸다.

이제 끝났어요. 깔끔하게.

고현진이 차연에게 허리를 숙인다. 얼굴에 얼굴을 가져간

다. 뺨에 입을 맞춘다. 그때 어떤 신호처럼 불이 켜진다. 문이 열리고 사람들이 들어선다. 하얀 티셔츠의 남자 간호사 두명, 그리고 닥터 이어.

다시 만나는군요.

차연을 향해 대단히 어색한 미소를 짓는다. 적어도 세 가지 이상의 감정이 복잡하게 얽힌 미소다.

기가 막히는 노릇입니다. 이런 식으로 두 번씩이나 재회할 줄, 저라고 상상이나 했겠습니까.

……

그래도 사필귀정, 이렇게라도 정리할 수 있게 되어 다행입니다. 지금이 있기까지 어마어마하게 투입된 재정적 지원과 많은 이들의 수고한 시간들이 무의미하게 끝나지 않아서 참으로 다행입니다. 이 현장에 모든 것을 다 바친 우리 입장에서는 실로 그렇습니다. 애초의 계획에서는 많이 벗어난 상황이지만, 예, 뭐, 어찌 보면 그런 점에서 더욱 뜻깊은 기록으로 남을 수 있을 테니.

스테인리스 밧드를 열고 주사기와 주사액을 꺼낸다. 녹색 투명한 주사제를 가득 빨아들인다.

여러 번 말씀드렸지만 차연 씨는 존재 자체로 우리들 모두의 기적이며 자랑입니다. 시간이 아무리 흘러도 그 사실은 변하지 않을 것입니다.

무슨 주사인가요.

왼쪽 팔꿈치에 따끔, 주삿바늘이 꽂힌다.

북아프리카 개구리인가요.

그와 다릅니다. 근육을 마비시키려는 게 아니에요. 새로운 환경에 몸이 잘 적응하도록 도와주는 성분이지요. 조금 어지러울 수 있지만 우려할 수준은 아닐 겁니다. 약간의 환각 증세가 올 수도 있겠고.

고현진이 실내 저편, 또 하나의 수술 침상으로 다가간다. 한가로이 정원을 거닐 듯, 그러다가 화단 구석의 이상한 물건을 발견하고는 문득 걸음 멈추듯, 허리 숙여 그것을 유심히 관찰하듯, 거기 있는 누군가를 빤히 바라본다. 남승우다. 전신마취된 상태로 고요히 눈을 감았다. 파리하게 머리를 깎은 탓에 더욱 병약해 보이는 얼굴이다. 뚜우뚜우. 뚜우뚜우. 흉부와 연결된 심전도기에서 반복적으로 이어지는 신호음.

안녕…… 이 모습도 이제 마지막이네?

다정히 속삭인다.

그동안 고생 많았어. 당신도 나도, 갑자기 증세가 심해지면서 참 많이 힘들었지. 하지만 이제 끝났어요. 다 끝났어.

남승우는 말이 없다.

내 말 듣고 있지? 잘해내리라 믿어요. 당신, 강한 사람이잖아. 우리……

우는가. 고현진이 다시 눈물을 흘리는가.

우리 곧 다시 만날 거잖아. 새로운 모습으로.

차연이 누운 위치에서는 그 얼굴이 보이지 않는다.

약속할게. 나, 절대로 낯설어하지 않을게. 그러니 당신도 예전처럼, 예전 그대로 나를 대해줘요. 알았지?

대답 없는 그의 뺨에 다정히 입을 맞춘다. 이어 침상에서 물러선다. 잠시 멈추었던 정원 산책을 이어가듯 유유히 수술실 밖으로 나선다. 실내에 잠시의 정적이 머문다. 초록 마스크와 수술 안경을 쓴 닥터 이어가 간호사들을 향해 고개를 까딱인다.

시작합시다.

✣

지금까지의 해부 방법은 뇌를 변형시키고 혈관과 신경을 끊어 버리는 방식이었다. 윌리스와 로어는 머리 아래쪽에서부터 들어 가 뇌를 온전한 상태로 꺼냈다. 그러고는 '그것'을 높이 들어 올려 청중들에게 보여주었다. 이와 같은 방식으로 뇌를 관찰하면서, 윌리스와 그의 동료들은 뇌가 두개골 안에 달라붙어 있는 무의미한 살덩어리가 아님을 알게 되었다.

—칼 지머, 『영혼의 해부』

수술용 램프가 쨍한 빛을 발산한다. 간호사가 파리하게 드러난 남승우의 머리를 알코올 솜으로 문질러 닦는다. 닥터 이어가 메스를 집어 든다. 신중하게 그러나 거침없이, 둥글게 원을 그리듯 두피를 절개한다. 사아악. 생살 가르는 소리가 나직하되 신랄하다. 위이잉. 정교한 모터 소리가 이어진다. 벌겋게 허옇게 드러난 남승우의 두개골에 구멍을 뚫기 시작

한다. 드릴 끝이 처음 닿을 때의 소리와 뼈를 다 뚫고 회전을 멈추기 직전의 소리가 많이 다르다. 모두 아홉 군데. 드릴이 할 일을 마친 자리에 두개골 절단용 전기톱이 등장한다. 웬만한 나무 밑둥도 자르지 못할 크기지만 수술실에서 없어서는 안 될 존재다. 남승우의 뇌를 호두껍데기처럼 보호해주던 두개골 일부가 쩍, 벌어지더니 툭, 휴지통에 버려진다. 닥터 이어의 돋보기안경이 얼음처럼 반짝인다. 더욱 정교하고 미세한 절단 장비들이 그의 손에 쥐여진다. 한참 만에 뇌척수막이 제거된다. 집중의 시간이 길어지고 있다. 침묵이 밤눈처럼 쌓여가고 있다. 마침내 닥터 이어가 허리를 편다. 마스크 속에서 조심히 숨을 고른다. 천천히 두 팔을 쳐든다. 두 손 위에 구불구불 생선 내장 같은 것이 한 뭉텅이 들려 있다. 1.4킬로그램의 신경세포 덩어리.

차연이 드러누운 채 그 장면들을 지켜본다. 어지럽다. 머릿속이 빙글빙글 맴돈다. 눈을 감았다가 떠보기를 반복한다. 시야가 좌로 우로 아래로 위로 사선으로 늘어지고 좁아지고 왜곡되는 중이다. 약 기운 때문일 것이다. 노리끼리한 수용액 가득 담긴 용기에 남승우의 뇌가 잠긴다. 아주 작은 거품 몇 방울을 일으키며 수면 밑바닥에 내려앉는다.

하얀 티셔츠 남자 간호사가 저벅저벅 다가온다. 차연의 이마에 메스를 가져간다. 아니다. 검은 펜이다. 수술용 스킨 마커로 선을 긋기 시작한다. 뚜우뚜우. 뚜우뚜우. 심전도 모니터에 가파른 곡선이 이어지고 있다. 심박수가 급격히 증가하고 있다. 차연이 힘차게 저항한다. 그러려고 애쓴다. 심장이 미칠 듯 요동친다. 가쁜 숨을 부지런히 들이마시고 또 내쉰다. 얼굴을 덮은 산소마스크를 통해서 후욱후욱 숨소리가 생생하게 전달된다. 끝인가. 이제 끝인가.

"혼자 있었네?"

착하고 고운 목소리. 아니, 여기는?

2층 공부방이다. 화창한 오후고, 창문이 열려 있고, 바람이 불 때면 하늘색과 흰색이 섞인 구름무늬 나일론 커튼이 느리게 크게 몸을 부풀린다. 문밖에서 아이들 웃음소리가 낭랑히 이어지고 있다.

"울지 마. 이제 괜찮아. 다 괜찮아."

여자의 품에서 좋은 냄새가 난다. 눈이 저절로 감기는 냄새다.

"시간이 되었어. 내려가자. 준비됐지?"

차연이 손등으로 눈가를 문질러 닦는다. 차연을 안아 든 여자가 방문을 열고 나선다. 나무 계단을 내려와 마루에 선다. 거기서 차연을 내려놓고 손을 잡는다. 안방으로 들어간다.

커다란 침대를 중심으로 여러 사람이 모여 서 있다. 방 안은 어둑하다. 끔찍하도록 침울하고 무거운 분위기다.

"이쪽으로. 더 가까이."

여자가 차연의 손을 잡아끈다. 차연이 사람들 사이를 비집고 들어선다.

하아. 하아. 하아. 하아.

침대 위에 한 사람이 누워 있다. 왜소한 체구, 늙은 여자다. 눈 감은 채 힘겹게 숨을 들이마시고 또 뱉어낸다. 숨을 쉰다는 게 저토록 힘이 드는 일인지, 그걸 곁에서 지켜보는 게 이토록 괴로운 일인지를 처음으로 실감한다.

하아. 하아. 하아. 하아.

"엄마……"

무섭다. 이 자리를 피하고만 싶다. 누군가 조심스러운 한숨을 내뱉는다. 누군가 침대 위로 몸을 수그린다. 늙은 여자의 손을 잡고 나직이 속삭인다.

"애쓰지 말아요. 너무 애쓰지 말아요. 그러시지 않아도 돼요."

✤

뇌: '이것을 사용해 우리가 생각한다'고 생각하는 신체 기관
　　　　　　　　　—앰브로즈 비어스, 『악마의 사전』

───────

눈앞이 선뜻하다. 쨍한 수술 램프 아래에서 예리한 금속 조
각이 아프게 반짝인다. 녹색 마스크로 얼굴의 절반을 가린 닥
터 이어가 빨아 마실 듯 차연을 내려다본다. 겨드랑이에 과도
가 꽂혀도 꼼짝하지 않을 눈빛이다. 메스 끝이 이마의 어느
부위에 와 닿는다. 차갑다기보다 서늘한 느낌이다. 사악. 사
악. 날렵하게 두피를 가르는 소리.

　그때 와당탕, 수술실 철문이 폭발한다. 반대편 벽에 콰당
부딪치며 반쯤 떨어져나간다. 실내에 괴어 있던 정적이 산산
이 부서진다. 사람들이 폭풍처럼 들이닥친다.

　탕!

　화들짝 놀라 돌아서던 남자 간호사 한 명이 이마에 총을 맞

고 그 자리에 와르르 허물어진다. 땅속으로 풀썩 꺼지듯. 폭파 해체된 고층 빌딩이 주저앉듯. 영화를 보면 머리에 총을 맞은, 총탄에 이마를 관통당한 사람이 썩은 나무 기둥처럼 천천히 뒤로 나자빠지는 장면을 볼 수 있다. 조건에 따른 차이는 있겠지만 의학적으로 물리학적으로 거의 불가능한 움직임이다.

탕! 탕탕!

또 다른 간호사 한 명이 다급하게 도망친다. 그러나 세 걸음도 못 가서 잔등에, 허리에, 어깨에 총을 맞고는 기우뚱 엎어진다. 바닥에 얼굴을 처박은 채 버르적거린다. 탕! 탕! 탕! 탕! 쓰러진 몸 위로 연달아 총탄이 박힌다. 죽어가는 몸이 그때마다 힘겹게 움찔거린다.

수술실에 들이닥친 이들은 모두 세 사람이다. 앞선 두 사람의 손에 각각 권총이 쥐어져 있다. 그들 뒤에 서 있던, 개중에 가장 키가 작은 남자가 무리 앞으로 나선다. 저벅저벅 차연에게 다가온다. 아니, 닥터 이어에게 다가온다.

"자, 잠깐만."

닥터 이어가 당황한다. 손에 들린 메스가 달달 떨린다. 남자가 날렵하게 두 걸음 반 달려들며 붕, 소리 나게 주먹을 휘두른다. 예리한 각도의 라이트훅이 닥터 이어의 왼쪽 턱과 뺨 사이에 정확하게 꽂힌다. 닥터 이어의 고개가 데꺽 돌아간다. 비명도 못 지른 채 모로 쓰러진다. 왼쪽 뺨이 먼저 바닥에 떨어지며 덜컥, 둔탁한 소리를 낸다. 두 다리가 묘한 각도로 꼬인 채 덜덜 경련한다. 격투기 경기 중이었다면 레프리가 재빨리 껴들어 손을 저으며 경기 스톱을 선언할 상황이다. 남자가 실신한 닥터 이어의 가슴에 올라탄다. 그의 손에서 메스를 빼앗아 쥐고 날렵하게 휘두른다. 뺨에, 목덜미에, 이마에 깊게 길게 칼자국을 남긴다. 왼편 경동맥을 절단한 상처에서 꾸륵꾸르륵 굵고 진한 핏줄기가 솟구친다. 닥터 이어의 사체로부터 몸을 일으킨 남자가 메스를 집어 던진다. 차연을 돌아본다.

"괜찮아요?"

홍순도다. 팔과 허리와 다리의 결박이 차례로 풀린다. 차연이 그의 부축을 받으며 겨우 일어나 앉는다. 어지럽다. 눈앞이 빙글빙글 돈다. 토할 것 같다. 약 기운 때문이다. 주르륵. 뺨을 타고 뭔가 흘러내린다. 피다. 3분의 1쯤 절개된 두피에서 흘러내리는 피다.

"많이 늦지는 않은 것 같군요. 언제 덮치는 게 좋을지, 타이밍이 예민한 문제였지요. 어쨌거나 무사해서 다행입니다."

별안간 울컥, 목이 멘다. 사람들이 떠오른다. 자신 때문에 죽어간 이들이 떠오른다. 그들의 마지막 장면이 떠오른다. 차량 바닥에 고인 피. 눅눅한 정육점 냄새. 죽은 지 5년은 더 되는 모습들. 조일재. 이태석. 찢어지도록 가슴이 아프다. 홍순도를 차마 바라볼 수 없다.

"그 사람들……"

차연이 꺽꺽 눈물을 삼킨다.

"나, 나 때문에……"

"감정에 젖을 상황이 아닙니다."

홍순도가 질끈, 눈을 감았다 뜬다.

"어서 움직여야 합니다. 걸을 수 있겠어요?"

난장판이 된 실내에 누군가 뛰어 들어온다. 수술 침상에 걸 터앉은 차연 앞에서 걸음을 멈춘다. 정인이다. 기절할 듯 격앙된 얼굴이다. 죽어 자빠진 사람들 모습에 흠칫 놀라더니 피로 얼룩진 차연의 얼굴을 보고는 하얗게 기겁한다. 덜덜 떨리는 손바닥으로 재차 입을 막는다.

"괜, 괜찮아요?"

LA. 사우스게이트. 홀리선셋하우스. 느닷없는 단어들이 기도문처럼 입가에 맴돈다. 델타항공. 테렌 정. 더럽게 낡았음에도 한 달 렌트비 1천2백 불이 넘는 바퀴벌레 아파트. 알 수 없게도 비로소 마음이 편해진다. 갈 수 있을까. 그곳에 갈 수 있을까. 좁은 방 안에 책장을 들여놓을 수 있을까. 책장 위의 잡다한 물건들. 기울어진 지구본과 코발트색 장난감 비행기. 야구 글러브와 스노우볼. 그리고 우는 인형. 다락방이거나 2층 공부방이거나 그 비슷한 공간이다. 통로처럼 길고 좁은 방 안에 노란 비닐 장판이 깔려 있다. 화창한 오후다. 창문이 열려 있고 바람 불 때면 하늘색과 흰색이 섞인 구름무늬 나일론 커튼이 느리게 몸을 부풀린다. 방 한가운데 누군가 앉아 있다. 아이다. 다섯 살? 네 살?

허어억!

노파가 눈을 부릅뜬다. 천장 어느 지점을 뚫어져라 응시한다. 거친 숨을 급하게 들이마신다. 뭔가에 크게 놀란 듯 상체를 일으키려 한다. 그게 쉽지 않다. 노파를 제외한 방 안의 사람들이 일제히 숨을 죽인다.

빛! 빛이!

기이하도록 선명한 음성이다. 엄마…… 노파의 손을 잡은 누군가 말을 잇지 못한다.

하아아.

노파가 긴 숨을 뱉어낸다. 스르르 눈을 감는다. 입을 벌린 채, 더 이상 숨을 쉬지 않는다. 종말. 빛을 따라가는 여행의 시작. 여자가 더욱 힘주어 차연의 손을 잡아 쥔다.

어른들의 울음소리가 나직이 이어지고 있다.

꘎

이 속삭임이 들린다면
넌 죽어가는 거야.

—핑크 플로이드, 「The Great Gig in the Sky」

─────────

"빛! 빛이!"

아이가 긴 숨을 뱉어낸다. 정필이 긴 숨을 뱉어낸다. 지승이 긴 숨을 뱉어낸다. 차연이 긴 숨을 뱉어낸다. 하아아. 눈을 감는다. 입을 벌린 채 더 이상 숨을 쉬지 않는다. 수술실 안에 부지런한 침묵의 시간이 이어진다. 못쓰게 된 누군가의 뇌 일부가 버려진다. 그것이 놓였던 자리에, 다른 누군가의 뇌 일부가 조심히 자리 잡는다. 짧은 거리를 조심조심 이동하고 안착하는 데에만 10여 분이 더 걸린다.

닥터 이어가 조마조마 실낱같은 한숨을 뱉어낸다. 힐끔 고개 들어 시계를 확인한다.

아직까지는 완벽해요.

마스크 안에서 그의 목소리가 웅얼거린다.

집중합시다. 이제부터 정말 중요한 작업이니까.

누군가의 하얀 얼굴이
유령처럼 펄럭 눈앞을 스쳐가고

김도연(소설가)

한차현의 장편소설 『늙은이들의 가든파티』를 나눠서 읽었다. 꽃들이 다투듯 피어날 때 반쯤 읽었고 예기치 않았던 일로 일주일을 쉰 뒤 그 꽃들이 돌연 불어오는 비바람에 우르르 쏟아져 내릴 때 나머지 부분을 읽었다. 오월은 여전히 코로나의 날들이었고 가끔 구급차와 닥터헬기가 마스크를 쓴 채 세상을 건너가는 우리들 사이로 지나갔다. 그 일주일…… 은 고통스런 시간이었다. 소설 속 조정필이 카이의 몸으로 건너가 차연이란 사람으로 다시 태어나는 그런 시간과 비슷했다. 하지만 그 시간은 인간이란 존재가 감히 어찌하지 못하는 시간이었고 인간이 할 수 있는 것은 그 고통을 견디는 방법밖에 없다. 쓰러지는 한이 있더라도 인간으로서의 위엄을 지키려 안간힘을 쓰며.

그렇다면 한차현이 이번 소설에 등장시킨 차연은 어떤 인물이고 어떤 고통을 건너가고 있는가? 그리고 무엇을 지키려고 하는가. 아니, 차연 이전에 카이가 있고 그 이전에 조정필이 있다. '못돼(못생긴 돼지)'라는 닉네임을 가진 조정필은 어느 비 오는 새벽 만취 운전자가 운전하는 트럭에 치이는 사고를 당한다. 보이그룹의 멤버였던 카이(권지승)는 멤버들과 함께 강릉에 놀러 갔다가 일산화탄소에 중독돼 사경을 헤맨다. 닥터 이어를 중심으로 한 일단의 무리들은 조정필의 뇌를 카이의 머리에 이식한 뒤 차연이라는 새로운 존재를 탄생시킨다. 일련의 재활 과정을 거친 조정필(1988년 11월 12일생)은 카이의 몸을 얻어 차연(1999년 5월 23일생)으로 새로운 삶을 맞게 된 것이다. 차연은 자신을 둘러보며 중얼거린다.

　—이 기억은 과연 누구의 것일까.
　—지금보다 22센티미터 정도 키가 작던 시절. 지금보다 35킬로그램 정도 몸무게가 많이 나가던 시절. 지금보다 나이 많고 둔하고 덜 건강하던 시절.

하지만 상황은 달라진 몸뚱이와 희미한 기억에서 멈추지 않는다. 카이를 기억하는 정인을 우연히 마주쳤기 때문이다.

처음엔 정인에게서 도망쳤다가 얼마 후 다시 만나 이렇게 대화를 나눈다.

　―정말 미안해요. 정인 씨가 기억하는 사람이 아니라서. 그럼에도 바로 그 사람의 몸으로 이렇게 나타나서.
　―그러면 오빠는…… 누구예요?

　소설은 여기에서 멈추지 않는다. 소설가 한차현이 차연을 통해 꾸는 몽상은 마침내 '늙은이들의 가든파티'에까지 초대받는다. 아니, 처음부터 그곳에 가기 위해 차연은 만들어진 것이다. 이 늙은이들은 누구이고 또 어떤 파티인가. 돈깨나 있고, 권력깨나 있는, 그러니까 한 가락 하는 늙은이들이 탐욕스런 침을 흘리며 차연을 바라보는 파티인 것이다. 그들은 모두 건장한 차연의 몸속으로 들어가지 못해 안달을 부리는 자들이다. 차연은 그들을 위해 앨리웁 덩크를 시도한다. 그렇게 차연은 청평의 어느 별장에까지 도착한다. 죽을 날이 얼마 남지 않은, 휠체어를 타고 있는 어느 회장의 별장에.
　그보다 앞선 장면, 회장의 대저택에 초대되어 그들 가족들과 식사를 하는 장면은 자못 긴장이 흐르는 이 소설의 압권 중 하나에 속한다. 그때까지 아무것도 눈치채지 못한 차연은 식사 도중에 이런 말을 꺼내놓는다.

―내가 누구인지. 누구여야 하는지. 이 삶을 어떻게 시작하면 좋을지. 이제 어떤 모습으로 살아야 하는 건지. 그래서…… 조금 다른 방식으로 질문의 답을 찾고 싶었어요. 나 아닌 누군가를 위해 뭔가 행동하는 방식으로. 나 아닌 다른 사람들과 뭐든 함께 해나가는 방식으로.

차연의 이런 바람은 박수를 받지만 그저 손바닥 안의 소박한 바람일 뿐이다. 그로부터 불과 며칠 뒤, 예의 청평 별장에서 차연은 수술대 위에 올라가고 만다. 차연의 머리에 들어갈 늙은 회장의 뇌는 유리관 속에 담겨 있고 회장의 젊은 아내 홍새미는 이렇게 속삭인다. "애초부터 차연 씨의 것은 어디에도 없었어요. 처음으로 돌아가는 거예요. 그러니 원망하지 말아요." 차연은 곧 '존재하지 않는 사람'이 될 운명에 처한다. 다시 같은 꿈이 찾아오고…… 누군가의 하얀 얼굴이 유령처럼 펄럭거리며 눈앞을 스쳐가고……

소설가 한차현을 내가 만난 지도 벌써 이십여 년이 흘렀다. 우리들은 서울의 여러 술집들에서 만났다. 차현은 늘 배낭을 멘 채 그 자리에 나타났다. 눈동자가 반짝반짝 빛나는 소년 같았다. 차현은 술자리에서 썰렁한 농담들을 자주 꺼내놓았는데 주변의 반응이 신통치는 않았던 걸로 기억한다. 그럼에도 그는 농담을 멈추지 않았다. 돌이켜보니 그때부터 차현은 앞으로 그의 여러 소설들 속을 걷게 될 차연(差延)을 천천히 찾아가고 있었던 것 같다. 이 소설은 차현이 차연에게 허락한, 그 반대여도 무방할, 하지만 나로서는 납득하기 어려운 몽상이다. 다른 사람의 두개골 속에 자신의 뇌를 이식한다는 설정이 그렇다. 그런데 차현은 소설 속에 묘한 공간을 만들어 집요하게 나를 설득시키고 있었다. 그것은 바로 소설의 각 장들이 시작되는 방문의 입구에 문패처럼 배치한, 각종 책에서 뽑은 몇 줄의 문구들이다. 예의상 이 구절들을 읽지 않고서는 방에 들어갈 수 없는데 읽어나갈수록 묘하기 이를 데 없다. 차연이 아주 먼 곳, 멀리 있는 시간 속에서 왔다는 믿음이 점점 두터워지고 있으니…… 어쩌면 소설가 한차현은 이 소설 속의 무시무시한 일들이 이미 오래전부터 세상 곳곳에서 모습을 달리한 채 은밀하게 진행되고 있었다는 것을 완곡(婉曲)하게 알려주려 하고 있는 것만 같다.

누군가의 하얀 얼굴이 유령처럼 펄럭거리며 눈앞을 스쳐갈 때 차연을 둘러싼 꿈들은 한없이 깊어진다.

뜻대로 되는 일이 없도록
뜻하지 아니하고

2019년 5월 『제1회 서울역삼초등학교 18기 동창모임 준비위원회』 이후로 이 년 몇 개월 만에 드리는 인사요 열세번째 장편소설을 빙자해 아주 오랜만에 다시 끼적이는 작가의 말이다. 2019년이라니 세기말처럼 아득한 숫자가 아닐 수 없다. 하늘과 땅 사이에 '과'라는 접속 조사가 끼어 있듯 2019년과 2021년 사이에는 저 지긋지긋한 '코로나 사태'가 존재한다. 그리하여 더욱 까마득하게만 느껴지는 2019년 그즈음만 해도 이와 같은 시간*을 다시 만나기까지 무려 이 년이란 세월이 더 필요하리라고는 예상조차 못했지 뭔가.

---

* 작가의 말을 쓸 때처럼 엄숙 근엄 진지해지는 시간이 생에 몇 번이나 있을까.

뭐 하다가 이제야 나타났느냐고 어째서 이리도 오래 걸렸느냐고 꾸중하시는 상상 속 독자 여러분들께 변명하건대 그간 다른 데 정신 팔려서 소설 쓰기에 게으름을 피운 적이 많지는 않았다. 오히려, 달리 그런 기회가 별로 없어서, 여느 시절 못잖게 소설을 궁리하고 쓰고 다듬는 일에 하루의 가장 부지런한 시간들을 소비한 나날이었다. 작품이 준비되었대서 곧바로 출간 작업이 이어지고 독자들께 인사드릴 기회가 주어지는 것이 아님을 이번에 제대로 깨닫는다. 나만 열심을 부리고 나만 준비를 마쳤대서 '일 년에 한두 권씩 뚝딱'* 책이 나오는 것이 아님을 이번에 확실히 배운다. 내 뜻대로 되는 일은 역시 세상에 없다.

그렇다. 내 뜻대로 되는 일이란 세상에 별로 없다. 갈수록 그러하다. 소설 쓰기가 개중 한 가지니 요즘 한창 집중하는 새로운 소설의 경우를 예로 들 만하다. 모 문예지에 250매씩 3회에 걸쳐 분재 예정인 열네번째 장편소설을 준비하며, 그를 위해, 대략 삼백 매가량의 청사진(시놉시스라 부르건 줄거리라고 부르건)을 준비했더랬다. 소설 속에서 지지고 볶아댈

---

* 2004년에는 1월에 『왼쪽 손목이 시릴 때』와 9월에 두번째 창작집 『대답해 미친 게 아니라고』가, 2008년에는 6월에 세번째 창작집 『내가 꾸는 꿈의 잠은 미친 꿈이 잠든 꿈이고 네가 잠든 잠의 꿈은 죽은 잠이 꿈꾼 잠이다』와 제5장편소설 『숨은 새끼 잠든 새끼 헤맨 새끼』가 출간된 바 있다. 수십 년을 '책 쓰는 사람'으로 살아가다 보면 별별 일을 다 겪기 마련이다.

인물들 한 명 한 명의 이름과 나이와 성격 등등을 설정하는 한편 그들이 얽히고설켜 만들어갈 오만 가지 사건들도 몇 가지 순서로 정리해두었더랬다. 이만하면 충분하겠다 싶었더랬다. 그렇게 시작된 장편소설이, 이즈음, 예의 청사진과는 전혀 무관한 방향으로 전혀 새로운 입맛에 따라 흘러가고만 있다. 다시 말해 내 뜻대로 진행되지 않는 중이다.

하긴 그렇다. 그간 여남은 장편소설들을 써서 책으로 내보내며, 처음에 상상하고 구상하고 꿈꾸었던 방향으로 착실하게 작품이 진행되고 완성되었던 적이 한 번이나 있었던가 싶다. 당최 그게 가능키나 한 일이려나 싶다. 내 뜻대로 진행되지 않는 것이야말로 어쩌면 글쓰기의 한 가지 귀함이 아니겠는가 싶다. 준비는 가능한 한 철저하게. 쓰기는 가능한 한 자유롭게. 애초의 설계도에 딱딱 맞춰 줄거리를 찾아가는 소설 쓰기가 존재할 수 있다면 그야말로 세상없이 고단하고 따분하고 고통스러운 작업이지 않겠는가 싶기도 하다.

갈수록 내 뜻대로 되지 않은 일들의 예를 하나 더 들자면 바로 술에 관해서가 되겠다. 오늘은 마시지 말자, 는 망상이 깊은 날이면 그럴수록 술시*오기 이전부터 왜 그토록 거절할

---

* 이십사시(二十四時)의 스물한번째, 오후 일곱시 삼십분부터 오후 여덟시 삼십분까지의 시간과는 다름. 조금 다름. 이 경우는 대체로 점심부터 자정까지를 말함.

수 없는 유혹과 제안과 구실들이 더욱 요란스럽게 달려드는 것인지 영문을 알지 못할 노릇이다. 오늘은 제발 적당히 마셔 야지, 다짐이 단단한 날이면 그럴수록 어째서 그다음 날은 오 전이 다 가도록 때로는 오후 늦게까지 전날 대책 없이 들이부 었던 결과물 앞에서 후회조차 귀찮아지고 마는 것인지 이해 가 가지 않을 노릇이다. 하긴 그렇다. 글쓰기의 경우와 다름 아니게, 음주를 위한 온갖 전략과 다짐들을 시종여일 뜻대로 지켜내는 일이 어찌 가당키나 할 것인가 싶다. 뜻한 바대로 되지 않는 곡절들이 아니라면 술 마시는 일의 귀한 재미를 대 관절 어디서 찾을 수 있을 터인가 싶다.

그러고 보면 내 뜻대로 되는 일이란
흔치도 않지만 그다지 귀할 것도 없는 무엇인가.

저 까마득한 2019년 5월 이후로 친해진 것이 두 가지 있다. 하나는 자전거고 하나는 턴테이블이다. 더 자세히, 하나는 알 ×스트롬 전기 자전거고, 하나는 책상 위에 넉넉히 올려놓을 만한 크기와 그만한 가격의 장난감 같은 턴테이블이다. 전자 후자 모두 둥글게 돌아가는 것들이다. 두 가지 모두 지난 이 년 동안 내 곁에서 함께 소설 써준, 밑도 끝도 없는 코로나 블 루로부터 일상을 지켜준 친구들이다.

어느 날 우연히 따릉이*를 타본 것이 시작이었다. 이후로 주말이면 또는 평일 저녁 아내 퇴근 시간을 기다려 종종 함께 따릉이를 이용하곤 하였고, 급기야 외출을 하는 날이면 주변에 따릉이 설치소가 어디 어디 있는지 대여 가능한 녀석들이 지금 어디에 얼마나 남았는지 등이 초미의 관심사로 자리 잡게 되었으며, 아예 30일 권을 끊고 다녔던 2020년 여름과 가을 사이의 몇 달은 '서울시가 선정하는 이달의 우수 따릉이 시민 100인'에 뽑혀도 (그런 것이 있다면) 부끄럽지 않을 만큼 열성을 다 바치기도 했다. 나아가, 엔진 오일 교체한 이후로 유독 말썽이 많던 중고차를 팔아치우며 몇 푼 남은 돈으로 두 대의 전기 자전거를 사들이게 된 것이 여기까지 온 사연이다.

자전거 타기에 대해 말하자면 단점이 거의 없는, 대단히 즐겁고 유익한 운동이자 놀이라는 생각이다. 몸은 몸대로 놀리면서 명상 비슷한 그것은 또 그것대로 수행하기에 딱 좋은 행위 예술이라는 생각이다. 그새 집 근처 내리막길에서 잘못 구르며 온몸에 타박상 찰과상을 입은 전적이 두 번이나 되고, 심하게 타고 나면 허리와 사타구니의 고생이 이만저만 아니긴 하지만 말이다.

---

* 이즈음도 길을 가다가 어딘가에 놓인 따릉이를 보면, 당장 핸드폰 앱으로 녀석을 대여해 질주를 시작해야 하지 않을까 싶은 마음이 생긴다. 심지어 자전거를 타고 있을 때도 그렇다.

LP턴테이블에 대한 사연은 더욱 기구하여 내 음생*이 첫걸음을 떼던 중학교 2학년 시절부터 시작되면 좋을 이야기다. 언제고 영원할 것 같던 LP와 카세트테이프의 아성을 무참히 허물어뜨리며 등장한 것이 있었으니 반짝반짝 놀라운 음질의 CD였다. 그렇게 1990년대가 도래했고 인터넷 세상이 열렸다. 그러고는 내처 mp3 시대가 찾아든 것인데 십 분 넘는 연주곡을 이백 개도 넘게 저장할 수 있는 이 손가락만 한 물건이야말로 내 음생 최고의 테크닉이자 시스템이라고 굳게 믿지 않을 수 없었다. 하지만 영원한 절정이라는 것이 어찌 가능한 꿈일런가. 그 몇 배로 무시무시한 것이 바로 뒷자리에 기다리고 있다가 손쉽게 세상을 접수하였다. 스마트폰이었다. 언제건 어디서건 길을 걷다가 차를 타고 가다가 문득 떠오르는 아티스트가 있으면 문득 생각나는 음악이 있으면 손가락 끝으로 간단하게 검색해서 즉시 찾아 들을 수 있는 스트리밍 서비스였다. 이상 열거한 변화무쌍 찬란한 변화의 사연들을, 당대로서는 감히 비슷하게라도 예측할 재주가 있지 않았을 따름이었던 것이었던 것이었다.

---

* 소설을 쓰지 않았더라면, 적어도, 본격적인 음악 인생을 살지 않았을까. 곡을 쓰거나 연주를 하거나 아이돌이 되거나, 아니면 적어도, 요즘 비슷하게, 하루 열두 시간 이상 음악을 듣는 사람이 되거나.

그럼에도, 그러구러 이천년대 중반까지만 해도, LP턴테이블은 일상으로부터 그리 멀지 않은 곳에서 여전히 함께 살아 숨 쉬는 무엇이었다.

　글을 쓰다가 술을 마시다가 뒤적뒤적 LP판 하나를 골라 턴테이블에 얹고 바늘을 올리는 짓은 거의 할 새가 없었다. 데스크톱 드라이브에는 몇 기가 넘는 음악 파일들이 수두룩이 쟁여져 있었으며 그걸 다 들으려면 십 년으로도 모자랄 판이었다. 그럼에도 책장 하나가 넘는 공간에는 그간 모으고 버리고 모으고 남겨둔 LP들이, 최신형 김치냉장고 옆의 텅 빈 항아리들처럼, 어쩌지 못하고 빼곡하게 보관되어 있었던 것이다. 2005년, 2006년, 그즈음까지만 해도.
　그런데 기록을 살피니 2007년 4월 10일의 일이다. 블로그에 이런 글이 남아 있다.

　밤 열한시, 명동에서 찾아온 LP 중고도매업자가 방 안 가득 쌓인 LP들을 뒤적이다가 내 쪽으로 고개를 돌렸다. 음악 꽤 들으셨네요. 이천 장 넘는 LP를, 야반도주하듯, 아파트 앞 그의 봉고차에 함께 실었다. 섭섭해 마세요. 없어지는 게 아니라 음악 좋아하는 사람들이 다 찾아 들을 테니. 이십여 년 모았던 LP 값을 후하게 쳐주는 목소리는 거인처럼 굵었다.

그날 이후 내 음생에서 LP턴테이블은 깨끗하게 지워지고 말았다. 그렇게 믿었다. 굳게 믿었다. 막역하던 블친*들이 소식을 듣고는 '섭섭하시겠다. 내가 다 안타깝다' '공연한 짓을 하셨네. 언젠가는 크게 후회할 겁니다' '그래도 돈 받고 파셨으니 다행. 난 충동적으로 친구 다 줘버리고 엄청 후회 중인데' 등등 반응을 보여 왔지만 마음에 와 닿는 것은 그다지 없었다. 하기야 뭘 모르던 시절에는 뭘 모르는 행동을 함부로 할 수도 뭘 모르는 맹세의 마음을 함부로 가질 수도 있는 일이다. 그건 안타까울지언정 부끄럽거나 슬픈 일은 아닐 것이다.

이삿짐 사람으로부터 '이 집 주인아저씨 혹시 다방 하시던 분이냐'는 소리까지 들었던 내 LP 시절은, 다시 한 번, 그렇게 끝나고 말았다. 그렇게 믿었다. 굳게 믿었다. 그리고 세상 모든 이치가 그러하듯 끝나는 어떤 것은 그것의 완전한 종말을 의미하지는 않았다. 오히려 끝이란 새로운 시작을 준비하는 과정에 가까웠으니 불과 얼마 전, 그 비밀한 이치가 다시금 일상 속에 스며들기 시작했던 사연이다. 건너 건너 아는 분을 통해 수백 장의 클래식과 흘러간 가요 등 앨범 컬렉션 일체를 고스란히 선물 받으면서. 동시에, 그간 호시탐탐 변명거리를 찾아왔던 소형 턴테이블 한 대를 이때다 싶은 속도로 책상 구

---

* 이즈음 내 사회생활의 중심에 '페친'들이 있다면 그 시절 그 자리에는 블로그 친구들, 블친들이 있었다.

석에 올려놓으면서. 그 첫날 그 첫 순간을 잊기 힘들다. 새 턴
테이블의 전원을 연결하고, 고르고 고른 브람스를 거기 얹고,
조심히 바늘을 올리고, 이내 지직지직 첫 소절이 시작되고,
순간 소름이 오싹 끼치고 미소가 벙긋 지어지는 그 심정을 어
찌 설명할 수 있을지 아직 모르겠다.

최근 새롭게 사귄 두 가지, 자전거와 턴테이블은, 그러고
보면 내 뜻과는 전혀 상관없이 둥글둥글 잘도 돌아가는 무엇
들이다. 다시 말해 자전거와 턴테이블 앞에서 나는 내 뜻을
정히 세우고 의지를 명확히 정리해 보일 필요가 없다. 자전거
와 턴테이블이 절로 돌아가는 와중의 나는 그 방향성이며 애
초에 의지했던 것 등등을 따지며 신경을 곤두세울 필요가 없
다. 다만 굴러가는 속도와 흔들림을 느끼고 느끼며 느끼면 그
만이다. 그것으로 족하다.

뜻한 대로 되지 않도록 살아가는 일. 되도록 뜻하지 아니하
며 살아가는 일에 대해서 생각한다. 사람에 관해 뜻한 대로
되지 않도록 살아가는 일. 사람에 관해 되도록 뜻하지 아니하
고 살아가는 일. 소설에 관해 뜻한 대로 되지 않도록 살아가
는 일. 소설에 관해 되도록 뜻하지 아니하고 살아가는 일. 여
행에 관해 뜻한 대로 되지 않도록 살아가는 일. 여행에 관해
되도록 뜻하지 아니하고 살아가는 일. 축구에 관해 뜻한 대로

되지 않도록 살아가는 일. 축구에 관해 되도록 뜻하지 아니하고 살아가는 일. 이 성가신 궁리들조차 결국은 부질없이 뜻하며 뜻하는 대로 되기를 바라는 마음의 한가지겠지만.

조던 필 감독의 스릴러 영화 「겟 아웃(Get Out)」(2017)을 봤던 독자라면 눈치채셨겠지만 『늙은이들의 가든파티』는 그 영화의 몇 요소들로부터 중요한 모티프를 제공받으며 구상을 시작했다. 착취적 성격의 뇌 이식 수술 부분이 바로 그러하다. 훌륭한 작품으로 소설적 영감을 선사한 원작자에게 감사드리고 싶다. 소설 속 가련한 두 청춘, 정인과 차연에게도 마음의 짐이 무겁다. 소설가 잘못 만나서 별 이상하고 더러운 꼴을 다 만나게 했던 점, 진심으로 미안하게 생각한다. 두 사람의 가장 아름답고 순수한 영혼에 끝없는 찬사를 보내고 싶다. 그들의 미래에, 만에 하나 그런 것이 있다면 말이지만, 부디 작품 속 일상과는 차원이 다른 행복과 평안이 함께하기를 빈다.

소설 발문이라는 것은, 사실상, 그를 써야 하는 사람 입장에서는 하등 득 될 만한 무엇이 있을 수 없는 종류의 글이다. 돈이 되는 것도 아니고 개인사적인 이력이나 문학적 성취를 도모할 수 있는 것도 아니요 나중에 책으로 한데 엮기도 애매한, 그런 종류의 글이다. 답답하고 불편한 시기에 선뜻 발문을 써주기로 약속하고 그 약속을 충실히 지켜준 소설가 김도연 형에게 이 자리를 빌려 무한 감사를 드리고 싶다. 그런데 형의 발문을 일독한 결과 안타깝게도 사실과 전혀 다른, 자칫 나에 관한 오해를 불러일으킬 우려가 있는 대목을 발견하고 말았다. "소설가 한차현을 내가 만난 지도 벌써 이십여 년이 흘렀다. 우리들은 서울의 여러 술집들에서 만났다. (……) 차현은 술자리에서 썰렁한 농담들을 자주 꺼내놓았는데 주변의 반응이 신통치는 않았던 걸로 기억한다. 그럼에도 그는 농담을 멈추지 않았다" 운운의 문장들이 바로 그러하다. 한 번 더 이 자리를 빌려, 당시의 진실은 그와 달랐다는—오히려 반대에 가까웠다는 점을 분명히 강조하고 싶다. 형이 어쩌다가 그런 오해를 하고 만 것인지, 도대체 어떤 작자와 나를 착각한 것인지 모를 일이다. 어쨌거나 고마워요 형. 조만간 한잔합시다.

꿈에서 만나는 사람들은
아직 아무도 마스크를 쓰지 않고 있다
그게 꿈속에서는 전혀 이상하지 않다
내 꿈은 여전히 코로나 청정지역

지난 3월 말 어느 날, 늦잠에서 막 깨어 꿈속의 사람들을 생각한 적이 있다. 그러고는 페북에 위와 같은 단상을 짧게 남긴 적이 있다. 꿈속에서 부지불식간에 그리했듯 이즈음 새로 쓰는 소설에서도 역시 그 속의 사람들은 누구 하나 마스크를 쓰지 않고 있다. 누구 하나 코로나가 뭔지 관심조차 없는 사람들이다. 하여 내 소설은 여전히 코로나 청정지역이다. 이른바 코비드 사태는 우리가, 사람들이, 인류가 한 울타리 안의 운명 공동체라는 진리를 엄히 보여주었다. 또한 그 안팎의 구조적 문제와 고민들이 얼마나 심각한 수준인지를 아프게 생중계해주었다. 이 위기가 어서 종식되기를 바란다. 머지않은 얼마 후에는 작가의 말 속 이 한마디 기원이 새삼스러운 추억으로 다시 읽히기를 기다린다.

5월 마지막 날, 오 년을 살던 정릉에서 종로 옥인동으로 이사를 왔다. 옥탑에 올라서면 좌우 하늘로 인왕산과 북한산이 쏟아져 내릴 듯 가깝게 보이는 집이다. 돌아서면 남산 타워가 멀리 보이는, 창고 같은 작업실이 딸린 집이다. 해 질 녘이면 산에서 불어오는 초여름 바람이 서늘하게 느껴지는 집이다. 이 글들 접하는 당신들 모두를 이곳으로 초대하고 싶은 마음이다. 수송 계곡에서 불어오는 여름 바람 속에서 빨간 소주 몇 잔 대접하고픈 마음이다.

작가의 말을 마무리할 무렵이면 하고픈 말이 속절없이 많아진다.

훗날을 기약하며 남겨둘 수 있기에 늘 다행스럽다.

다시 만날 때까지 안녕.
모두 안녕히.

2021년 8월 옥인동에서

한차현